독서한담

讀書閑談

독서한담

강명관 지음

**오래된 책과 헌책방 골목에서 찾은
심심하고 소소한 책 이야기**

Humanist

머리말

 여기에 실린 글은 모두 책에 관련된 글이다. 그렇지만 대단히 중요한 책, 곧 희귀본이나 귀중본에 관한 이야기는 아니다. 전형필 선생이 김태준의 도움으로 《훈민정음(訓民正音)》의 원본을 구할 때의 아슬아슬한 그런 이야기가 아니라는 말이다. 또한 인류의 역사에 영향을 끼친 고전에 대한 비평도 아니다. 부끄럽게도 나는 그런 근엄하고 장중한 책을 정색하고 읽어본 적이 거의 없다.

 나는 장서가도 아니다. 일본의 장서가들은 책 무게 때문에 집이 무너진다고 하지만, 나는 그렇게 많은 책을 가지고 있지 않다. 내 책들은 한 권, 두 권 사다 보니 모인 것일 뿐이다. 모인 책들도 지금 당장 서점에 가면 흔히 구할 수 있는 그저 그런 것들이다. 희귀한 자료, 값비싼 책은 한 권도 없다. 요컨대 나는 비블리오마니아 (Bibliomania, 서적광) 근처에는 가지도 못한다.

 이태준은 〈冊과 책〉에서 "책(冊)만은 '책'보다 '冊'으로 쓰고 싶다. '책'보다 '冊'이 더 아름답고 더 '冊'답다."라고 한 적이 있는데, 나는 이 말에 찬동하는 사람일 뿐이다.

어느 햇살이 나른한 오후, 책을 읽다가 싫증이 나서 창밖을 보았다. 푸른 하늘에 구름이 몇 점 떠 있었다. 문득 동무가 없구나 하는 생각이 들었다. 원래 동무가 많지 않고, 게다가 나이가 들수록 적은 동무마저 만나는 날이 더욱더 적어진다. 어떨 때는 조금 쓸쓸하기도 하다. 다행인지 아닌지는 모르겠지만, 공부를 직업으로 택했기에 문자가 적혀 있는 물건, 그러니까 책을 보는 것이 일상의 일이다. 동무 없는 사람이 심심한 나머지 머릿속으로 책에 관한 이야기를 혼자 지껄이다가, 어느 무료한 날 짬을 내어 글로 옮긴 것이 이 책이 되었다.

　나란 사람이 원래 그렇듯, 이 책에 실린 글에도 어렵고 거룩한 이야기는 한 토막도 없다. 그냥 그저 그런 책에 관한 심심한 이야기다. 혹 이 책을 읽으시는 분이 있다면 그냥 그 심심함에 공감해주셨으면 고맙겠다.

2016년 10월

冊酒山室에서 강명관 쓰다

차례

2장

오래된 책들이 남긴 후일담

1장

그저 그런 책 이야기

보수동
책방 골목에서
책을 팔아볼까

대학 다닐 때는 별로 없던 책이 대학원 시절부터 본격적으로 늘기 시작했다. 영인본을 외상으로 사서 달마다 갚아나갔다. 그렇게 해서 늘어나는 책을 보면서 내 지식이 늘어나는 것인 양 착각하며 뿌듯해한 적도 있었다. 한데 대학에 자리를 잡고 나니, 책이 불어나는 속도가 더 빨라졌다.

책을 사는 핑계도 여럿이다. 지금 진행 중인 연구에 꼭 필요해서 사들이는 경우는 나무랄 필요가 없다. 하지만 연구와 관계없는 책도 사들이는 데 문제가 있다. 전공과는 상관없지만 워낙 고전으로 소문난 책이라서, 그 책을 읽지 않으면 무언가 시대에 뒤떨어질 것 같아서 산다. 내가 이런 책을 사주지 않으면 누가 사주랴 하는 어쭙잖은 동정심(?)에서 사들인 책도 있고, 심지어 장정이 너무 좋아서 산 책도 있다. 이러니 연구실은 물론 집에도 책이 자꾸 쌓인다.

17년 전 이사할 때 가장 큰 방을 차지하고 사면에 책장을 둘러 넣어 책을 쌓기 시작했고, 나머지 방도 아이들이 자라서 집을 떠날 때마다 하나씩 책방으로 바꾸었다. 그러고도 책이 넘쳐 일부는 솎아서 버렸다. 공부에 소용이 닿지 않을 것 같아서, 또 영원히 볼 것 같지 않아서 버린 것이지만, 한 권 한 권 살 때의 추억이 떠올라 적잖이 섭섭했다.

정년이 되면 이 책들을 어떻게 할 것인가. 가까이 지내는 교수님들과 이따금 이 문제를 한가한 이야깃거리로 삼는다. 그분들 역시 공부 욕심, 책 욕심이 많은 터라 적지 않은 책을 가지고 있다. 자녀가 부모와 같은 분야의 학문을 하는 경우라면 더할 나위 없이 좋다. 그냥 물려주면 된다. 고민할 필요가 없는 것이다. 하지만 이 경우는 아주 드물다.

어떤 교수님은 정년 뒤 어디에 큼지막한 공간을 빌려 거기에 책을 모두 가져다놓고 작은 도서관을 만들면 어떻겠느냐고 제안한다. 그 작은 도서관에 매일 출근해 책도 보고 저녁이면 석양주도 한잔 하는 것이다. 하지만 공간을 빌리는 비용이며 책 관리는 어떻게 할 것인가. 당장 공상이란 핀잔을 들었다.

대개 교수들은 정년 뒤에 자신의 책을 대학 도서관에 기증하기를 원한다. 그런데 예전에는 도서관에서 무척 좋아했지만, 요즘은 썩 반기지 않는 눈치다. 대학에 부임한 해 어느 봄날이었다. 정년퇴임을 한 노교수님이 연구동 복도에서 혀를 차면서 "무슨 이런 짓을 하누?" 하신다. 여쭈어보니 도서관에 장서를 기증한 뒤 시간이 지나 찾아갔더니 복본을 모두 골라서 한구석에 쌓아놓았더란다. 짠한 마음에 자신이 수십 년간 있었던 연구동으로 다시 가져왔다는 것이다. 집으로 가져가기 위해서였다.

평생 애지중지 끼고 살던 책들이 버림을 받아 팽개쳐진 꼴을 보면 분하고 섭섭한 마음이 드는 것은 당연한 일이다. 하지만 도서관의 처지도 이해는 된다. 책은 쏟아져 나오고 서고는 부족하다. 무한정 받아들일 수는 없는 일이다. 해서 복본을 버릴 요량으로 솎아내어 둔 것이리라. 그게 기증자의 눈에 띄지 않았더라면 좋았을 텐데, 마침 눈에 띄는 바람에 기증자를 한없이 서운하게 한 것이리라. 이런 이유 때문인지는 모르지만, 책 많기로 소문난 어떤 교수님은 대만에 기증했고, 어떤 교수님은 일본에 기증할 예정이란다.

한동안 한 달에 두어 번 보수동 헌책방 골목을 찾았다. 버스를 타고 남포동에서 내려 먼 길을 산보 삼아 걸어갔다. 골목을 지나면서 이따금 눈에 걸리는 책을 사서 배낭에 쑤셔 넣었다. 그런 나를 보고 아내는 집에도 책이 적지 않건만 보지도 않을 책을 왜 그리 사느냐고 나무랐다. 대답할 말이 궁했다.

공부하는 딸에게 물려줄까도 생각했지만, 전공이 달라 필요한 책만 좀 솎아내면 나머지 책은 갈 곳이 없다. 앞서 말한 것처럼 도서관에 기증할까 생각해보았지만, 대부분이 도서관에 있는 책이고 희귀본이 있는 것도 아니니, 대부분 솎아내어 버릴 것이다. 요컨대 도서관 직원만 귀찮게 할 뿐 결코 반가운 대상은 아닐 것이다. 에라, 그래, 그럼 묶어서 팔아버리자! 속이 갑자기 시원해진다.

그런데 이따금 보수동 헌책방 골목에서 책을 뒤지다가 아는 분의 장서인이 찍힌 책을 보면 기분이 썩 좋지 않다. 묶어서 판 책들이 그곳까지 흘러온 것이리라. 사정이 이러니 묶어서 파는 것도 보류할 수밖에.

다시 궁리에 궁리를 거듭한 결과 묘안을 생각해냈다. 어느 날 보수동 골목을 걷다가 아내더러 정년 후 보수동에서 책방을 내면 되지 않겠느냐고 제안했다. 집에 쌓인 책에 넌덜머리가 난 아내는 즉각 정말 괜찮은 생각이라고 하면서, 작은 책방에 들러 이런 규모의 가게를 얻는 데 얼마면 되냐고 물어보기까지 했다. 그리 많은 돈이 들지는 않았다. 또 내가 가진 책이면 그런 책방 서너 개는 채울 수 있을 것 같았다. 참으로 황홀한 생각이 아닐 수 없었다.

점잖게 책방에 앉아서 책을 읽다가 손님이 오면 책을 챙겨주면 그만이다. 돈을 벌자고 하는 일이 아니니 책이 안 팔린다고 안달복달할 것도 없다. 친구들이 소문을 듣고 찾아오면 그날 책 판 돈을 가지고 아래쪽 동네, 곧 깡통골목, 국제시장, 남포동, 광복동으로 건너간다. 구석구석 좋은 술집 천지다. 대폿잔을 기울이면서 하루를 마친다. 어떤가? 황홀하지 않은가.

이 기막힌 계획을 주위 교수님들에게 털어놓았더니, 모두들 환호작약(歡呼雀躍)하면서 좋은 생각이라고 칭찬이 자자하다. 더욱 고무적인 것은 여러 교수님이 자신의 책도 '강 교수의 책방'에 내놓을 터이니 같이 팔아주면 좋겠다는 것이다. 그리고 그 책방을 아지트로 삼는 것이 어떻겠느냐고 한다. 대충 계산해보니, 그 교수님들의 책만 모아도 몇만 권을 훌쩍 넘는다. 그러므로 책의 공급에는 아무런 지장이 없다. 아마 이 소문이 나면 다른 교수님들도 동참할 터이고 그러면 '강 교수의 책방'은 20, 30년은 계속할 수 있을 것이다.

책의 입장에서도 폐가 도서에 꽂혀 있다가 소각되는 운명을 맞는 것보다 헌책방의 서가에서 자신을 읽어줄 새 주인을 기다리는 것이 훨씬 더 행복할 것이다. 아, 그러고 보니 나는 정년 뒤 책을 처리하는 방법이며 인생 이모작 계획까지 벌써 완벽하게 세웠구나! 행복하여라!

헌책방에서 산
60년 전
일기장

한 달에 한두 번 보수동 헌책방 골목을 드나든다 하니, 무어 대단한 책이라도 잔뜩 사들이는 것 같지만 결코 그렇지 않다. 그냥 산보 삼아 들르는 것이다. 쉬는 날 이따금 아내와 버스를 타고 남포동에서 내려 광복동 거리를 걷다가 영화관에서 영화도 보고, 국제시장과 부평시장(일명 깡통시장)으로 돌아다니며 구경을 한다. 깡통시장에는 최근 야시장도 생겨서 밤에 볼 것이 더 많다.

어떤 날은 둘이 깡통골목을 거쳐 대청동까지 올라간다. 나는 길을 건너 보수동 책방 골목으로 가고, 아내는 깡통골목을 더 뒤지고 다닌다. 그렇게 두어 시간 지난 뒤 다시 만난다. 나는 배낭을 지고 서점을 훑고 지나가는데 무슨 좋은 책이 있으리라고는 기대하지 않는다. 책방 골목은 그냥 헌책을 파는 곳일 뿐, 도쿄의 '간다(神田) 거리'처럼 고서점이 밀집해 있는 그런 곳은 아니기 때문이다.

책을 사지 않는 날이 대부분이고, 이따금 있어도 그만 없어도 그만인 책을 두어 권 사거나, 아주 드물게 앞으로 공부에 참고가 됨직한 책을 사기도 한다. 하지만 사는 책은 대부분 신간일 필요가 없는 소설 같은 것이다. 한번은 도스토옙스키 전집을 구하려 하니, 1974년에 나온 정음사 판 전집이 있었다. 시렁 높이 있는 것을 내려달라 해서 보니, 워낙 오래되어 낯설기 짝이 없었다. 포기하고 말았다. 뭐, 이런 식이다. 그냥 걷느니 책방 골목으로 다닐 뿐이다.

수삼 년 전 봄날 역시 아내와 헤어져 책방 골목을 배회하다가 골목 중간쯤에 있는 제법 규모가 있는 책방에 들렀다. 자주 들르기는 하지만 책을 산 기억은 별로 없는 곳이었다. 훑어보니 책이 한쪽에 정리되지 않은 채 마구잡이로 잔뜩 꽂혀 있다. 그중 책등이 벗겨진 볼품없는 책이 있다. 뽑아보니, 어라, 케이스까지 갖춘 책이다. 케이스 앞면에는 찔레꽃이 그려져 있고 '文藝日記(문예일기) 1961'이란 제목이 붙어 있다. 책을 꺼내보니 하드커버다. 그 표지에는 '學園日記(학원일기) 4289 學園社(학원사)'라고 쓰여 있다. 단기 4289년은 1956년이니 책 케이스의 1961년과는 맞지 않는다. '문예일기' 케이스에 '학원일기'를 넣어둔 것이 틀림없다.

'학원일기'는 청소년을 독자층으로 삼았던 잡지 〈학원〉의 부록이다. 당시 잡지사에서는 잡지를 더 팔 의도로 종종 부록을 끼워 팔곤 했는데, 일기장 역시 그런 부록이었을 것이다. 독자 중에는 일기장이 탐나서 잡지를 사는 사람도 있었을 것이다. 이야기가 옆으로 빠지지만, 〈학원〉은 고등학생들이 읽기에 꼭 맞는 잡지였다. 학원사에서는 고등학생을 대상으로 현상 시문 대회를 열기도 했는데, 그 대회를 거친 전국의 청소년 문사들이 뒤에 정식 문인이 되곤 했다.

일기를 훑어보니 푸른 만년필로 단정하게 쓴 글씨다. 갑자기 구미가 당겼다. 주인을 불러 짐짓 아무것도 아닌 체하면서 "이거 얼마요?" 하고 물으니, 주인은 내 얼굴을 한 번 보고, 책을 한 번 보고 망설망설하다가 2만 원이라고 한다. 자기로서는 밑져야 본전이라는 심정이었을 것이다. "아니, 무슨 이런 낡은 공책이 2만 원이란 말이오?" 하지만 내 얼굴에서 비상한 관심의 자취를 읽어낸 주인의 말투가 갑자기 단호해졌다. "세상에 한 권밖에 없는 책 아닙니까?" 하는 수 없이 지갑을 열고 2만 원을 건넸다.

집에 돌아와 일기를 읽기 시작했다. 일기장 안쪽에 '張大成 專用 (장대성 전용)'이라고 쓰여 있다. 아마도 이 일기는 장대성이란 사람이 쓴 것일 터이다. 일기는 1956년 1월 1일부터 10월 16일까지의 것이다. 일기를 쓴 사람은 스무 살 정도의 청년이다. 집은 경상남도 진주 근처의 시골이다. 일기가 시작될 때 장대성은 진주에서 하숙을 하고 있었다. 그는 진주농림고등학교 3학년생으로 졸업을 앞둔 처지였다. 1, 2월 대입 시험을 앞두고 마음을 졸이며 공부를 하는 둥 마는 둥 하며, 진주 하숙집에 있다가 시골집으로 갔다가 하더니, 결국 3월 4일 낙방 통보를 받는다. 다시 동아대학교에 응시했지만, 또 낙방이다. 어쩔 수 없이 자기 집안에서 하는 제재소 사무실에서 사무를 보며 불안한 마음으로 입대(入隊)를 기다리다가 5월 8일 동아대학교 야간부 편입 시험에 합격한다. 당연히 5월 19일 징집 연기를 하고 계속 제재소 사무실에 근무하면서 학교를 다닌다. 따지고 보면 별로 신기할 것도 없는 일기다. 하지만 6·25전쟁 뒤 불안한 시대의 20대 초반 평범한 대한민국 청년의 일상과 속내를 엿보기에 족하다. 미래에 대한 불안감, 친척이나 친구들과의 친밀한 관계, 젊은 여성에 대한 치기 어린 애정, 일상의 일과 휴식 등을 그야말로 날것으로 볼 수 있다.

장대성의 주 활동 무대는 미화당백화점이고, 주 취미는 영화 보기다. 하루치를 보자.

7월 1일. 금일이 일요일인 동시에 7월의 첫날이어서 시민들은 오랜 장마에 시달렸던 몸을 비가 그치자 각 곳으로 산보하는 모습들이 눈에 띈다. 오전에는 남포(南浦)에서 〈벼락감투〉를 구경하고 오후에는 책상에 앉아 NOTE 정리에 골몰. 저녁에 DS에 있는 S miss와 약속을 포기하고 본점의 Y와 같이 시민관에서 〈안다루샤〉를 관람하고 돌아와 DS에서 S에게 변명을 하고 11시경 SY와 같이 중국요리로 식사를 마치고, 돌아와 DS에서 경음악으로 1시가 넘도록 감상에 잠긴다.

하루의 일과가 복잡하기도 하다. 7월의 일기가 시작되기 전 '이달의 메모'에서 7월에 본 영화를 정리해두고 있는데, 모두 16편이다. 엄청난 영화광이 아닐 수 없다.

일기를 통독하고 나서 대단한 자료라는 생각은 들지 않았지만,

그래도 내가 치른 2만 원의 값은 하는 것 같았다. 또한 영화사를 공부하는 사람에게 1950년대 젊은이의 영화 보기도 시각에 따라서 참고할 만한 자료가 되지 않을까 한다.

이 일기를 사들인 뒤로 혹 서점이나 고물 파는 곳을 들르면 일기가 있는가 하고 유심히 살피게 되었다. 언젠가는 고리원자력발전소 인근의 고물 파는 곳에서 1960년대 충청도 부여 쪽에 사는 농민의 일기장을 발견한 적도 있다. 살까 하다가 말았는데, 지금 생각해보면 아쉽기 짝이 없다.

조선시대의
일기들

    보수동에서 산 일기장 이야기를 하다 보니, 생각이 옛날 일기로 번진다. 현재 남아 있는 일기는 모두 조선시대의 것이다. 조선 전기의 일기로는 이문건(李文楗, 1494~1567)의 《묵재일기(默齋日記)》와 유희춘(柳希春, 1513~1577)의 《미암일기(眉巖日記)》가 남아 있는데, 《묵재일기》는 1535년부터 1567년까지, 《미암일기》는 1568년부터 1577년까지 쓴 것이다.

    《묵재일기》에는 달아난 노비를 잡다 매를 친 이야기, 전답 문제로 소송한 이야기, 맹인을 불러 점을 친 이야기 등 16세기 사족의 일상을 세세하게 들여다볼 수 있는 내용이 담겨 있다. 이 일기에는 노비에 관한 이야기가 퍽 많은데, 이것을 모두 뽑아 정리하면 조선 전기의 노비에 대해 구체적이고 풍부한 지식을 얻을 수 있을 것이다.

《미암일기》에는 유희춘의 개인사는 물론이고 그가 선조의 신임을 받은 고급 관료였던 만큼 당시 조정에서 일어난 사건도 소상히 기록되어 있다. 임진왜란 때 경복궁이 소실되어 기본 사료들이 모두 불타고 말았기에 이 책은《선조실록(宣祖實錄)》의 중요한 자료가 되기도 한다.

유희춘은 책을 사랑한, 책에 집착한 다독가이자 애서가였다. 그는 원하는 책이 있으면 온갖 수단을 동원해 손에 넣었는데, 그 과정을 이 일기에서 확인할 수 있다. 그런 그였기에《주자대전(朱子大全)》과《주자어류(朱子語類)》를 모두 외울 수 있었다. 1543년 간행된 오자 많은《주자대전》의 교정도 그가 맡았다.《미암일기》에는 교정을 본 분량도 꼼꼼히 기록하고 있다.

《미암일기》에는 흥미로운 자료들이 즐비하지만, 내가 각별히 주목하는 것은 이 일기에 나오는 물품들이다. 거의 하루도 빠지지 않고 어느 고을의 누구에게서 어떤 물건이 왔다는 기록이 이어진다. 쌀·포목·꿀·미역·종이·생선 등 아주 구체적인 물건의 목록과 수량이 나온다. 화폐가 유통되지 않던 시대였으니, 경제는 실물을 증여하는 방식으로 이루어지고 있었던 것이다. 이 자료를 잘 분석하면 16세기 실물경제의 일면을 짐작할 수 있을 것이다.

《미암일기》에 이어 쓰인 일기로 오희문(吳希文, 1539~1613)의《쇄미록(瑣尾錄)》이 있다. 1591년 11월 27일부터 1601년 2월 27일까지 9년 3개월간의 일기다. 임진왜란의 경험이 담긴 일기니 그 중요성이야 굳이 말할 필요가 없다.《쇄미록》이후의 일기로는 김령(金

坽, 1577~1641)의 《계암일록(溪巖日錄)》이 있는데, 전쟁 이후 사족 사회의 일상을 엿볼 수 있다. 하나 덧붙이자면, 임진왜란의 경험이 담긴 일기류는 사족들의 문집에 상당히 많이 전한다. 이것들을 공간(公刊)해 번역하면 임진왜란 연구에 상당한 도움이 될 터이다.

조선 후기에는 방대한 일기가 적지 않게 전한다. 대표적인 것을 꼽으라면 황윤석(黃胤錫, 1729~1791)의 《이재난고(頤齋亂藁)》, 유만주(俞晩柱, 1755~1788)의 《흠영(欽英)》이 있다. 전라도 고창의 선비 황윤석은 서울로 올라와서 당대 최고의 벌열이던 안동 김씨 가문의 김원행(金元行)의 제자가 된다. 황윤석은 1738년부터 1791년까지 일기를 썼다. 이 일기에서 각별히 중요한 것은 18세기 후반 북경(北京, 베이징)에서 수입된 서적들의 소유 현황과 유통 양상이다. 특히 북경에서 들여온 한역(漢譯) 서양서가 어느 집안에 있는지, 누가 그 새 지식을 이해하고 있는지, 서울 사족들 사이에 지식의 연결망이 어떻게 구축되어 있는지를 이 일기를 통해 소상히 알 수 있다.

《흠영》을 쓴 유만주는 조선 후기 노론 명문가인 기계 유씨(杞溪 俞氏) 사람이다. 유길준(俞吉濬) 역시 이 집안의 후예다. 벼슬길에 나가지 않은 이 명문가의 자제는 오직 책 읽기로 평생을 보냈다. 따라서 《흠영》도 독서 일기다. 유만주는 문학서 위주로 매일 어떤 책을 얼마나 읽었는지 꼼꼼하게 쓰고, 중요하고 흥미로운 대목을 발췌해 옮겨놓는가 하면, 비평도 곁들이고 있다. 정조의 시대에 경화세족 가문에서 어떤 책을 주로 읽었는가를 알려면 《흠영》을 읽지 않을 수 없다.

조선시대의 일기를 읽으면 오늘날의 일기와 사뭇 다르다는 것을 알게 된다. 곧 조선시대 일기에는 개인의 내면 고백이 없다. 내면 고백은 근대의 산물일 것이다. 그 최초의 예는 윤치호(尹致昊, 1865~1945)의《윤치호 일기(尹致昊日記)》가 아닐까? 1883년부터 1906년, 1916년부터 1943년까지 쓴 방대한 이 일기가 한국 근대사의 중요한 사료가 됨은 물론이다. 원래 한문과 국문으로 쓰던 일기는 1889년 12월부터는 영어로 쓰인다. 영어가 아니면 표현하기 어려운 것이 많았기 때문이다.

　윤치호는 열여섯 살에 일본에 유학하여 2년 동안 서양 학문을 배우고, 열아홉 살에 고종과 민비를 직접 만나 조선의 장래에 대해 건의하는 등 정치에 깊이 개입했다. 1884년 갑신정변이 실패한 후에는 중국 상해(上海, 상하이)로 떠나 중서서원(中書書院)에서 서양의 근대 학문을 공부하다가, 감리교인이 되어 미국으로 건너가 대학을 다니며 신학과 인문학, 사회과학, 신학을 공부한다.

　이쯤 되면 그의 세계관이 어떻게 구성되어 있을지 짐작할 수 있을 것이다. 기독교적 세계관을 가진 근대적 지식인 윤치호는 조선의 현실에 절망하는 한편 기독교를 통한 문명화를 추구해야 한다고 생각했다. 서구 문명에 대한 열등감, 그들의 인종주의에 대한 비판 등등 조화를 이룰 수 없는 생각, 개신교 신자로서 죄의식의 표백(表白) 등 근대를 경험하기 시작한 개인의 내면을 볼 수 있는 자료로《윤치호 일기》만 한 것도 없을 것이다.

일제강점기
미모의
서점 주인

보수동 책방 골목에서 일기 쪽으로 이야기가 흘렀다. 서점 이야기를 좀 더 해보자. 어릴 적에 집에 책이 없다 보니, 가장 부러운 게 책이 많은 집이었다. 중학교 때 같은 반 친구의 집은 대본소였다. 학교 정문을 벗어나 조금만 가면 문방구를 파는 가게가 있었고, 그 가게의 한쪽 벽면에는 책이 가득했다. 대본소를 겸했던 것이다. 나는 책을 마음껏 볼 수 있는 그 친구가 부럽기 짝이 없었다. 하지만 그 친구는 책을 별로 좋아하지 않았다. 왜 그런 행운을 외면하는지 나는 도저히 이해할 수가 없었다.

어느 날 친구네 대본소에 갔더니 어떤 사람이 와서 책을 찾았다. 친구는 그 책이 어디에 꽂혀 있는지 모르고 허둥대었다. 내가 즉시 책의 위치를 손으로 가리키자 친구는 깜짝 놀라며 어떻게 아느냐고 되물었다. 그 책의 위치만 아는 것이 아니었다. 나는 그 벽면 가득한 책의 위치를 거의 다 알고 있었다. 지금 생각하니 우습다. 중학교 동창의 이름은 거의 다 잊었지만, 그 친구의 이름은 지금도 똑똑히 기억난다.

서점은 동네 어디에나 있었다. 출판업의 규모가 크지 않아 진열할 책도 적었기에 서점의 규모도 크지 않았지만, 서점은 거리마다 동네마다 있을 만한 곳에 다 있었다. 대학 다닐 때는 학교 앞에 서점이 열 곳 정도 있었다. 또 서점은 좀 점잖은 직업에 속했다.

지금은 학생 수가 그때의 다섯 배이고, 경제 규모는 열 배도 넘을 것이다. 하지만 서점은 단 두 곳뿐이다. 이 두 곳의 서점조차 평소에는 파리만 날린다. 단행본을 사가는 사람이 없단다. 그런데 왜 새 책은 자꾸 받느냐고 물었더니, 서점을 유지하기 위해서란다. 요컨대 신학기에 교재를 파는 것을 제외하고는 대학 앞 서점은 본래의 기능을 잃은 것이다.

서점을 운영하는 것은 과거 꽤나 괜찮은 직종이었다. 일제강점기의 서점을 보자. 〈삼천리(三千里)〉(9권 4호, 1937년 5월 1일 발행)에 〈미모의 서점 마담, 문사(文士) 노춘성(盧春城) 부인 이준숙(李俊淑) 씨〉란 대담이 실려 있다. 노춘성은 유명한 문인이던 노자영(盧子泳)을 말한다. 그의 아내인 이준숙이 서점을 경영했던 것이다. 기사는 '여학교 교사를 그만두고 직업선상에 나선 인텔리 여점주와 인텔리 여류의 할 만한 직업'이라고 했으니, 서점 운영은 당시의 신여성이 할 만한 직업으로 꼽혔던 것이다. 책은 아무래도 여느 상품과 다르고, 고객 역시 이른바 배운 사람들이었기에 그랬을 것이다. 이준숙은 '다른 장사와 달리 손님들이 모두 점잖은 분들'이라고 했다.

이준숙은 이화여자전문 음악과를 졸업한 뒤 교사로 몇 년 근무하다가 5년 전 서점 경영에 뛰어든 '인텔리 여성'이었다. 교사를 그만두고 다른 직업을 택한 것은 당연히 돈을 벌어 생계를 돕자는 것이었는데, 굳이 서점을 택한 것은, 서점이 이미지가 괜찮고 자신의 성격과 취미에 맞기 때문이라는 것이었다. 남편 노자영이 문학을 본업으로 하는 까닭에 책에 관심을 갖게 되었고 자신이 음악을 전공했지만 문학에 애착을 가졌던 것, 이런 것이 서점 경영을 결심한 좀더 내밀한 이유였다. 거기에 모 대학교수가 모 사건으로 투옥된 뒤그 부인이 남편의 장서를 가지고 본정(本町, 지금의 충무로)에서 서점을 시작하여 상상 이상 잘되었다는 체험담을 들어 실행에 옮기게되었다는 것이다.

이준숙의 서점 상호는 '미모사 서점'이고 동소문 근처 동성상업학교 옆에 있었다. 시내 중심가는 아니지만 인텔리층이 많이 사는성북정과 명륜정으로 드나드는 초입이고, 또 경성제국대학을 위시한 여러 고등학교가 주위에 있어 인텔리층과 학생층을 고객으로 확보할 수 있다는 점을 고려한 것이었다. 미모사 서점은 지방 통신판매도 하고 있었다. 신문과 잡지에 광고도 하고 목록도 그해 봄300원이나 들여 만들었다. 출판도 했다. 그해 처음 서간집《홍장미필 때》를 출판했는데, 주인의 말에 의하면 '그 성적이 퍽 좋은 편'이었다.

책은 주로 도쿄나 오사카 등에서 구입했고, 나우카 사 같은 출판

사에서 재고 정리를 위해 할인할 때 싸게 사들이기도 했다. 이익은 조선 책은 2할 내지 3할, 일본 책은 4할 내지 5할 정도라고 했다. 가장 많이 팔린 책은 문예 서적이고, 일본 잡지로는 〈映畵之友(영화지우)〉·〈キング(킹)〉·〈日の出(해돋이)〉·〈主婦之友(주부의 벗)〉 등이, 조선 잡지로는 〈삼천리〉·〈조광(朝光)〉·〈여성(女性)〉이 가장 많이 팔린다고 했다. 경성제국대학 학생들은 의학 서적을 많이 찾지만 없는 것이 많고, 고상(高商, 고등상업학교) 학생들은 경제와 역사 분야를, 중학생들은 시집과 탐정소설을 주로 사간다고 했다.

흥미로운 것은 독자의 성별이다. 고객이 어느 쪽이 많냐는 질문에 이준숙은 여자는 거의 없다고 말한다. 이하는 직접 읽어보자.

여성들이 독서를 하지 않는가 봐요. 학생 시대에는 무엇을 열심히 공부하든 여성들은 한번 가정에 들어가면 그만 가정의 노예가 되어 바깥세상과는 인연을 끊는 모양이지요. 첫째, 여자들은 경제권을 갖지 못하니, 아마 책도 자기 마음대로 살 수 없으니 남자에게 부탁하게 되겠지요. 말이 좀 딴 길로 갑니다만, 조선 여성들은 가정에만 들어가면 자기 개성은 영영 죽이고, 그저 충실한 가정부인이 되려고만 하는 듯하여요. 그러나 서양 사람들은 그렇지 않아요. 가정을 가진 후도 충실한 가정부인이 되는 동시에 어디까지든지 자기의 개성을 살려가며 키워가는 것이외다.

저의 이전(梨專) 동창생들 가운데에는 그때 몇 분은 졸업 후 꼭 큰 인물이 되리라고 자타가 믿었던 것인데, 한번 가정에 들어간 후 그 존재조차 찾아볼 수 없어요. 그것이 무엇보다 쓸쓸하여요. 저도 졸업 당시에는 위대한 음악가가 되겠다는 양양한 야심을 가지었던 것인데 가정을 가지니 그리 마음대로 안 되더구먼요. 그러나 아직 그 야심만은 버릴 수 없어요. 저는 음악 외에 문학을 즐기는데, 서점을 경영한 후부터는 독서만은 더 하게 되니 그것만은 행으로 생각합니다.

서점 주인이 여성이다 보니, 자연히 여성의 입장을 대변하고 있다. 요즘은 어떤가? 서점 이야기를 하다가 딴 길로 빠졌다. 용서하시기를!

경성의
스테디셀러들

〈삼천리〉(7권 9호, 1935년 10월 1일 발행) 잡지를 보니, 책에 관한 이야기가 더 있다. 〈서적시장조사기(書籍市場調査記), 한도(漢圖)·이문(以文)·박문(博文)·영창(永昌) 등 서시(書市)에 나타난〉이란 기사가 그것이다. 이 기사를 통해 1935년 당시 경성(京城), 곧 서울에서는 서적 시장도 '꽤 활기를 띠고 있었던 것'을 짐작할 수 있다.

나날이 번창하여가는 서울에는 안국동을 중심으로 삼고 관훈동을 뚫고 종로 거리로 나가는 좁은 거리와 창덕궁 돈화문 앞으로 내려오는 좁은 거리 등으로는 무수한 서점들이 어깨를 나란히 하고 날로 늘어가고 번창하여감을 보게 된다. 약 5, 6년 전보다도 훨씬 서점들이 많아진 것을 바라볼 수 있는 현상이다.

안국동, 관훈동 등의 지명은 지금과 꼭 같다. 곧 종로 일대에 서점이 날로 불어나고 있다는 것이다. 여기에 더하여 최근에는 종로 '야시(夜市)'에 고본서적상(古本賣商輩)도 족출(簇出)한다고 했으니, 밤이면 야시장에 헌책을 파는 상인이 대거 출현하기도 했던 것이다.

이들 불어난 서점에서 팔리는 대부분의 책은 '현해탄을 건너온', 곧 일본 책이다. 하지만 '조선 안에서 조선 사람의 손으로 되어서 나오는 서적도 전보다 훨씬 많아져가는 현상'이란다. 조선의 인쇄, 출판 역시 발전 추세에 있었던 것이다. 이 발전 추세의 원인은 일차적으로 학자와 전문가의 증가에 있겠지만, 한편으로는 "조선의 고전(古典)을 찾아보려는 학구적 양심을 갖고 있는 학도, 한글 문헌에서 '우리의 넋과 얼, 모든 특색, 자랑, 모든 문화적 유산을 알아보자'는 학생 내지 일반 민중의 심리 현상의 발현"에도 있을 것이라고 이 기사를 쓴 기자는 추측한다.

이 기사에는 한성도서주식회사(漢城圖書株式會社)와 이문당(以文堂), 박문서관(博文書館), 영창서관(永昌書館) 등 큰 서점의 판매 부수가 적혀 있다. 이것을 검토해보면 당시 스테디셀러를 짐작할 수 있다. 한성도서주식회사에 의하면, 심의린(沈宜麟)의 《조선동화대집(朝鮮童話大集)》은 출판 이래 5000부를 돌파하여 3판을 준비 중이고, 이윤재(李允宰)의 《문예독본(文藝讀本)》 상·하 2권은 각각 4000부를 판매하여 재판을 준비 중이며, 이은상(李殷相)의 《조선사화집(朝鮮史話集)》도 출간 이래 3000부를 돌파했다고 한다.

그 외 문학 서적으로는 사화(史話)와 역사소설이 가장 많이 팔렸다. 이광수(李光洙)의 《마의태자(麻衣太子)》와 《이순신(李舜臣)》 등이 수위를 점하여 각각 4000부를 넘었고, 그다음 이은상의 《노산시조집(鷺山詩調集)》이 2500부를 돌파해 재판이 절판되고 3판을 인쇄하고 있으며, 그다음은 이광수의 '순 문예 작품'인 《무정(無情)》·《개척자(開拓者)》·《재생(再生)》 등이 출판된 지 오래된 이유도 있겠지만 4000부 가까이 판매되었다. 근자에 출판된 《흙》 역시 호평을 받아 3판 인쇄 중이고 4000부는 돌파할 것으로 예상한다고 한다. 김동인(金東仁)의 《여인(女人)》과 이태준의 《달밤》 등 문예 작품도 2000, 3000부가 매진되어 재판 인쇄에 들어갔고, 심훈(沈熏)의 《영원의 미소》 등 4, 5종도 인쇄 중이라 한다. 역시 소설의 시대다!

한성도서주식회사의 경우 전국 각지에서 들어오는 주문이 몇 년 전보다 훨씬 증가하고 있고, 특히 조선 사화와 문예 작품에 대한 일반 사람들의 인식이 확연히 높아져서 아무리 안 팔린다 해도 4000, 5000부는 쉽게 팔린다는 것이다. 이것은 몇 해 전 잘 팔리는 책이 4000부를 넘기 어려웠던 것과는 확연히 구분되는 현상이다. 기자는 '조선의 독서열이 늘어가고 있는 사실'에 감탄한다.

이문당은 한성도서주식회사와 함께 오래전부터 지방에까지 널리 알려진 대서점이다. 이문당의 판매를 조사해보면, 1922년에는 노자영의 작품이 '조선의 젊은 남녀들에게 많이 읽혀' 그의 수많은 작품

중 《사랑의 불꽃》 같은 소설은 하루 평균 30, 40부씩 팔려 서적 시장에서. 최고의 판매고를 자랑한다고 한다. 1925년부터는 '세계대전 이후 세계 사조의 격변과 외래 사상의 격랑으로 반도 사상계에도 일대 센세이션과 파문을 일으키고 있었던 관계'로 노자영의 소설은 급격히 몰락하고 이광수의 《단종애사(端宗哀史)》·《이순신》·《마의태자》 등 역사소설이 잘 팔리기 시작했고, 한편으로는 새로운 사조의 영향을 받아 《카프작가 7인집》과 《카프 시인집》 등의 새로운 문예 서적류가 이광수의 역사소설 다음 가는 좋은 성적을 보이고 있다고 한다.

박문서관은 종로에 있어 가장 많은 독서가가 찾는 서점이다. 사전류가 가장 많이 팔리고, 그중 《선화사전(鮮和辭典)》이 4000, 5000부를 돌파하여 고대소설, 신소설을 제하고는 판매의 수위를 점하고 있다고 한다. 《일선신옥편(日鮮新玉篇)》과 《한일선신옥편(漢日鮮新玉篇)》 등이 퍽 많이 나가고, 이제까지 팔린 것을 계산하면 고대소설보다 훨씬 더 나간 것이라고 한다. 일제강점기였으니, 일본어·한국어·한자를 동시에 찾아볼 수 있는 사전에 대한 수요가 워낙 컸을 것이다.

고대소설이 가장 많이 팔린 것은 지방의 농사꾼이나 부녀자의 수요가 여전히 존재하기 때문이었다. 《충렬전(忠烈傳)》·《춘향전(春香傳)》·《심청전(沈淸傳)》 등이 그중 3만, 4만 부를 돌파했으며, 그 다음으로 《추월색(秋月色)》·《송죽(松竹)》·《미인의 도(道)》·《능라도(陵羅島)》·《춘몽(春夢)》 같은 이른바 '신소설'류도 많이 나갔는데, 이런 책들은 대개 2만 부를 넘겼다고 한다. 옛 소설이 여전히 가장 많이 팔렸다니 아주 흥미롭다. 책으로만 보면 1930년대 농촌은 여전히 조선시대였던 것이다!

인터넷에서
헌책
구하기

앞서 보수동 헌책방 골목 이야기를 했는데, 대학 다닐 때부터 이
곳을 드나들었다. 나이가 꽤 든 분이 하는 골목 초입의 작은 가게에
서는 약간의 한장본(韓裝本) 고서나 일제강점기 세창서관 등에서
나온 연활자본 책, 한의서 등을 팔았다. 이 가게에서 지금 연구실의
한 귀퉁이에 있는 (한 번도 보지 않은)《통감절요(通鑑節要)》언해본과
사서(四書) 언해본을 구입했다. 서울로 가서 석·박사 과정을 마치
고 지금 있는 대학에 부임한 뒤 다시 책방 골목을 찾았을 때, 그 영
감님은 가게에 계시지 않았다. 돌아가신 것이 아닌가 싶다. 그 가게
도 지금은 예전에 팔던 책을 팔지 않는다. 보수동 책방 골목에서 고
서를 파는 가게는 단 한 곳만 남았을 뿐이다.
헌책방에는 자주 들르고, 또 무언지는 모르지만 그곳에서는 어떤
편안함도 느낀다. 물론 그렇다 해서 새 책을 파는 보통의 서점이 싫

은 것은 아니다. 서울 살 때 광화문의 교보문고에는 일주일에 한 번씩 갔다. 책도 사고, 아내와 두 아이와 함께 아이스크림도 사 먹고 하면서 그곳에서 주말을 보내기도 했다. 부산에도 세계 제일이라고 선전하는 백화점 안에 교보문고가 있어 종종 들러 책을 고른다. 다만 헌책방에 들렀을 때처럼 편안함을 느끼지는 못한다.

책과 서점이라면 거의 무조건적인 호감을 느끼지만, 이상하게도 인터넷 서점에 대해서는 별로다. 인터넷 서점에서 책을 구매한 경우는 지금까지 세 번 정도다. 이태준이 책이란 글자만은 '책'이 아니라, '冊'으로 쓰고 싶다고 했던가? 인터넷 서점에서는 책을 구입하면 할인을 해준다고 선전하고 있지만, 그것에 마음이 당기지는 않는다. 책은 직접 보고 골라야 한다는 낡은 믿음을 갖고 있기 때문일 것이다.

새 책의 경우, 책을 펼쳐 목차를 보고 전체를 거칠게 훑어본 뒤 내가 원하는 내용을 충실히 갖추고 있는지, 문장은 또 얼마나 치밀한지 등을 살펴본다. 고전급에 해당하는, 너무나 잘 알려진 책의 번역본이라면 뒤에 충실한 해제와 주해가 있는지 등을 본다. 본문은 얼마나 잘 짜였는지, 읽기 편한지, 도판은 정교한지, 적절한 위치에 있는지, 종이는 어떤지 등을 살핀다. 잉크 냄새도 맡아본다. 그렇게 해서 마음에 드는 책이면 정말 좋은 책이다.

인터넷 서점은 그것이 불가능하다. 내 손에 떨어지기 전에는 그것이 과연 내가 바라는 책인지 아닌지 알아낼 도리가 없다. 한국에는 믿을 만한 서평 잡지가 없기 때문에 신문의 신간 소개 외에는 달리 책에 관한 충실한 정보를 얻을 곳도 마땅치 않다. 또 그 신문 서평이란 것이 부실한 경우가 허다하다.

인터넷 서점에서는 표지 사진을 싣고, 목차와 본문의 몇 쪽을 맛보기 삼아 보여주기도 하지만, 현장에서 직접 책을 보고 뒤적이면서 판단하는 것과 같을 수는 없다. 이런 이유로 인터넷 서점이 생긴 이후에도 나는 학교 앞에 있는 서점에서 책을 사고, 또 주문한다.

주문한 책이 오면 오가는 길에 들러서 확인한다. 책이 만약 내가 원하는 것과 다르면 사지 않으면 그만이다. 이렇게 하는 동안 서점 주인과 이야기도 나눌 수 있다. 또 서가에 꽂힌 책을 찬찬히 훑어볼 수도 있다. 오랫동안 얼굴이 익은 주인에게는 책과 관련하여 이런저런 부탁을 할 수도 있다. 인터넷 서점에서 나는 그 친절한 대화를 기대할 수 없다.

인터넷 서점을 이용하는 경우도 있다. 바로 인터넷 헌책방이다. 요즘은 헌책방도 발전을 거듭하여 충실한 목록을 갖추고 있고, 인터넷에 그 목록을 제공한다. 또 여러 인터넷 헌책방을 동시에 검색할 수 있는 사이트도 있어 개별 사이트를 일일이 방문할 필요도 없다. 여간 편리한 게 아니다. 물론 오프라인 서점을 들르는 것처럼 인터넷 헌책방에 자주 들르는 것은 아니다. 신간이지만 절판이 된 책이나 나온 지 오래라 오프라인 서점에서 아예 팔지 않는 경우에 찾으러 방문한다. 이건 이미 아는 책이라는 말이다.

도서관에서 빌려 볼 수도 있고, 또 이미 빌려도 보았지만 꼭 가지고 싶은 책이 있다. 예컨대 E. H. 카의 《반역아 미하일 바쿠닌》(박순식 옮김, 종로서적, 1989)이 그런 경우다. 도서관에서 빌려서 읽은 뒤 한 권을 구입하려고 했지만, 절판된 지 오래였다. 더욱이 이 책을 낸 종로서적 역시 없어진 지 한참 되었다. 인터넷 헌책방을 뒤졌으나 찾을 수 없었다. 약 1년 동안 이따금 확인해보니, 어느 날 한 권이 나왔다. 즉시 주문해 손에 넣은 것은 물론이다. 한데 이 책은 활자가 너무 작아서 불만이었는데, 연전에 《미하일 바쿠닌》(이태규 옮김, 이매진, 2012)이란 제목으로 새 번역본이 나왔다. 활자도 크고 편집도 좋아 읽기가 훨씬 편하다.

이렇게 해서 구한 책이 더러 있다. 약간 오래된 아나키즘에 관한 책 《탈환》도 인터넷 헌책방에서 구입했다. 하지만 구입하는 책의 대부분은 내 전공과 관련된 책이다. 내가 갖고 있는 장지연의 문집 《위암문고(韋庵文稿)》(국사편찬위원회, 1956)의 복사본은 연보 부분의 몇 쪽이 빠져 있다. 부산대학교 도서관에 있는 원본 자체가 파본인 것이다. 역시 인터넷 헌책방에서 깨끗한 책을 구할 수 있었다.

이야기가 약간 옆으로 새지만 《위암문고》의 경우에는 엄청난 문제를 안고 있는 책이다. 원본의 연보에는 장지연의 친일 사실이 명백히 실려 있건만, 그 연보를 싣지 않고 다른 엉뚱한 연보를 실었던 것이다. 이렇게 문헌을 변개한 사람이 누구인지, 그 의도가 어떤 것인지는 앞으로 반드시 밝혀내야 할 것이다.

각설하고, 위암장지연선생기념사업회에서 2004년에 출간한 《위암 장지연 서간집(韋庵張志淵書簡集)》(3책)은 장지연 연구에 반드시 필요한 자료인데, 일반 판매를 하지 않아 구할 수 없었다. 인터넷 헌책방에는 혹시 있을까 하여 검색해보았더니, 파는 곳이 있었다. 인터넷 헌책방을 검색할 수 없었다면 구하는 데 아주 애를 먹었을 것이다.

인터넷 헌책방에서 언제나 원하는 책을 구할 수 있는 것은 아니다. 원하는 책을 손에 넣을 확률은 대단히 낮다. 그러니 자주 들러 책이 나왔는지 확인하는 수밖에 없다. 책이 있을 경우 주문을 넣고는 흡사 옛날 초등학교 시절 소풍날을 기다리는 심정이 된다. 그런 어린아이 같은 나 자신을 보고 하도 우스꽝스러워 혼자 슬며시 웃곤 한다.

책갈피에서
나오는
것들

　가끔 헌책을 사면 그 안에서 별것이 다 나온다. 책장과 책장 사이
는 무언가 얇은 것을 숨기기 좋은 장소인 것이다. 나의 경험으로는
오래된 엽서를 본 적도 있고, 우표를 본 적도 있다. 꽃잎이나 나무
잎사귀도 흔하다. 여학생들이 그런 것들을 책갈피 사이에 넣어두었
다가 편지를 보낼 때 붙여 보내곤 했는데, 깜빡 잊어버리는 바람에
뒷날 헌책을 산 사람이 발견하는 것이다.
　얼마 전 내가 사는 해운대와 가까운 일광 쪽으로 갔다가 고물가
게에서 책을 몇 권 샀는데, 그 책 속에서 일제강점기의 '우편저금통
장'이 나왔다. '東萊郡 機張面(동래군 기장면)' '大日本婦人會 機張面支
部 貯金組合(대일본부인회 기장면지부 저금조합)'이란 푸른 도장이 찍혀
있고, 안에는 돈을 언제 얼마 저축했는지 적혀 있었다. 아무 짝에도
쓸모없는 것이지만, 한편 재미있는 것이라는 생각이 들어 버리지

않고 서가에 얹어두었다.

　옛날 책이라고 해서 다를 것은 없다. 아무 대학에 계시는 분에게 들은 이야기다. 고서점에서 책을 한 권 샀는데, 안에서 희한한 것을 보았노라고 한다. 무슨 고서냐고? 흔하디흔한 《논어(論語)》·《맹자(孟子)》·《중용(中庸)》·《대학(大學)》 이런 것이다. 집에 와서 책을 들추다 보니, 책갈피 안에 무언가가 있었다. 고서는 인쇄한 종이를 접어서 책으로 맨다. 그러니 접힌 종이 안에 무언가를 넣을 수 있다. 그 무언가를 끄집어내었더니, 좀 이상한 그림이었다고 한다. 그림이라고? 무슨 그림? 공부하는 학생들이 보아서는 곤란한 그런 그림이다. 이쯤 말해도 모르시겠는가? 춘화(春畵), 다른 말로 포르노그래피다. 물론 빼어난 '작품'은 아니지만, 그런대로 볼 만한 것이었다고 한다. 이 책의 주인은 거룩한 성인의 말씀을 공부하다가 좀 지겨워지면 춘화를 꺼내서 감상했던 것인데, 그것을 넣어두었다는 사실을 잊어버렸던 것이다.

　어떤 장면이 떠오른다. 젊은 아들은 과거 공부에 열중하고 있다. 하지만 시험공부란 예나 지금이나 얼마나 지겨운가. 엄한 아버지의 눈초리에 목이 늘 당긴다. 공자왈 맹자왈을 수없이 반복하다가 스트레스가 쌓이면 책갈피에 넣어놓은 춘화를 꺼내보며 야릇한 상상에 빠진다. 이런 기억은 누구에게나 있으리라. 그런데 일은 늘 공교롭게 일어나게 마련이다. 실로 오랜만에 춘화를 꺼냈는데, 그때 마침 '어흠, 어흠, 아무개 있느냐' 하는 아버지의 음성이 문밖에서 들린다. 후다닥 춘화를 책 속으로 집어넣고 '예' 하고 답한다. 어디로 심부름을 갔다 오라는 하명이시다. 이러구러 세월은 흘러 그 책 속 어디에 춘화를 넣어두었는지 까마득히 잊고 만다. 그게 백수십 년 을 뛰어넘어 어느 고서점에 출현하게 된 것이다.

　말이 옆으로 빠지지만 불쑥 떠오르는 장면이 있다. 중학생 때 친 구들 가운데 좀 올된 녀석들은 어디서 구했는지 이상한 사진을 가 지고 왔다. 쉬는 시간에 교실 한구석에 뭉쳐서 그것을 보느라 선생 님이 오신 줄도 모르다가 결국 사진을 빼앗기고 사진을 가져온 녀 석은 교무실로 불려가 출석부로 머리를 통타(痛打)당하기도 했다. 요즘에는 이런 책을 보는 학생이 없을 것이다. 인터넷에 그런 희한 한 것들이 지천이니 말이다.

　《이향견문록(里鄕見聞錄)》이란 책을 보면 책갈피 속의 물건과 관 련해 흥미로운 이야기가 하나 실려 있다. 이 책은 규장각 서리를 지 낸 유재건(劉在建, 1793~1880)이란 인물이 편집한 책인데, 양반이 아 닌 부류들(주로 중인 계층)의 전기를 모은 것이다. 조선 후기에 역관· 의관 등 기술직과 서울 각 관청의 서리들이 자의식을 가지고 문예 운동을 활발하게 벌였는데, 대개 그런 인물을 중심으로 비양반층의 전기와 일화를 모아서 편찬한 책이다.

　유재건은 이 책에 자신이 쓴 《겸산필기(兼山筆記)》를 잔뜩 인용 해두었다. 그중 홍윤수(洪胤琇)란 인물에 대해 짤막하게 쓰고 있다. 홍윤수는 가난한 독서가다. 양반이 아니니 과거에 응시할 일이 없 다. 하지만 독서인이다. 그는 필사(筆肆, 붓 가게)와 책시(冊市, 서점) 를 오가는 것으로 생계를 꾸렸다. 무슨 붓 가게나 서점을 냈다는 것은 아니고, 판매자와 구매자를 연결해주고 구문을 받는 거간이 되었다는 것이다.

금속활자의 나라 조선에는 희한하게도 책을 만들어 파는 출판사가 아예 없었고, 서점도 19세기나 되어서야 출현했다. 위의 책시란 것 역시 19세기의 것일 터이다. 사정이 이랬으니 책을 사기를 원하는 사람도 개인이고 팔기를 원하는 사람도 개인인 경우가 대부분이었다. 양자 사이에서 중개를 하는 사람을 책쾌(册儈)라고 한다. 책거간(册居間)이란 뜻이다.

홍윤수가 하루는 친구가 팔아달라고 내놓은 경서 몇 함을 구매해주는 단골 책가게에 가져다주기 전에 훑어보는데 그 안에서 금은과 대모갑(玳瑁甲), 곧 바다거북의 등딱지로 장식한 칼 한 자루가 있는 것이 아닌가. 제법 돈이 될 만한 것이었다. 처자식들이 늘 굶주리는 판이었다. 자신이 그 칼을 가진다 해도 아는 사람은 아무도 없었다. 갈등이 없지 않았겠지만, 그는 즉시 친구를 찾아 칼을 돌려주었다. 이게 제법 의리 있는 일로 평가를 받아 기록에 남게 되었던 것이다. 어쨌거나 그 비싼 칼까지 책 속에 넣고 잊어버리는 경우도 있었던 것이다.

내가 대학 다닐 때 존경하던 어느 선생님께서 돌아가신 뒤 제자들이 서재의 책을 정리하다가 희한한 책을 하나 발견했다. 책 안에서 편지 봉투가 나왔는데, 현금 약간과 어디에 얼마를 썼는지를 꼼꼼하게 적은 종이쪽이 있었던 것이다. 그분이 활동하던 시절에는 인터넷뱅킹도, 현금카드도 없었다. 월급을 종이봉투에 현금으로 넣어 주던 시절이었다. 인품이 훌륭하신 분이었지만 어쩌다 생기는 현금을 한곳에 따로 두고 사모님 몰래 관리했던 것이다. 그 점잖으신 분이 서재에서 사모님이 보지 않게 봉투에 현금을 넣고 빼는 광경을 생각해보면 웃음이 절로 난다. 하하!

그러고 보니 나 역시 10년 전쯤 어떤 논문집에 현금을 약간 넣어두고 뒤에 찾으니 씻은 듯이 없었다. 착각을 했나 싶어 가지고 있는 논문집을 죄다 꺼내놓고 샅샅이 뒤졌지만 지금까지 찾지 못하고 있다. 몇 해 전 논문집들이 자꾸 불어나 한데 묶어 버렸는데, 아마도 그 논문집에서 현금을 약간 발견하고 기뻐하는 사람이 있을지도 모르겠다.

어릴 적
학교 도서관

책에 관한 어릴 적 기억을 더듬어보면 늘 떠오르는 곳이 있다. 도둑을 막기 위한 쇠꼬챙이 창살 너머에 있었던 초등학교 도서실이다. 작기는 했지만, 창살 건너로 보이는 서가에는 꼬맹이의 눈에는 평생 읽어도 다 읽지 못할 정도로 많은 책이 꽂혀 있었다. 짙푸른 색의 커튼 틈새로 들여다보면, 도서실 안은 차분하다 못해 무거운 침묵만이 있었다. 나는 거기 한구석에 앉아 마냥 책을 읽고 싶었다. 문자의 배열이 만들어내는 다양한 이야기와 이미지의 세계에 빠져드는 그 순간 결코 행복하지 않은 나날의 고통을 잠시나마 벗어날 수 있었기 때문이다. 하지만 나의 기억에 그곳은 졸업할 때까지 한 번도 열리지 않았다. 어떻게 열린 적이 없었겠는가마는, 책을 읽는 학생들을 위해서는 한 번도 열리지 않았던 것이다.

지금 와서 곰곰이 생각해보면 이해는 된다. 한 학년이 14개 반이었고, 한 반마다 80명 가까운 학생이 있었다. 1·2학년은 2부제 수업을 했으니, 6학년 전체를 계산하면 7000명을 훨씬 넘었을 것이다. 점심시간 직후 운동장은 아이들로 가득 차서 10미터를 곧장 뛸수가 없었다. 이런 상황이었으니, 그 작은 도서실을 개방했다가 무슨 일이 벌어질지 몰랐을 것이다. 어쨌거나 그 도서실은 열리지 않았기에 지금도 아쉽고 그리운 공간으로 남아 있다(졸업한 지 한참 지난 후에 지나는 길에 학교를 들렀더니 그 넓던 운동장이 손바닥만 하게 보였다. 어릴 적이라 운동장도 엄청나게 크게 느껴졌던 것이다).

도서관에는 중학교 때부터 들어갈 수 있었다. 내가 입학한 중학교는 신축 교사(校舍)를 지은 뒤 일본식 기와를 얹은 옛날 교사를 도서관으로 꾸며 놓았다. 서고라고 해봐야 큰 교실 네댓 칸 정도였지만 나에게 그곳은 책의 바다였다. 어느 날 도서관에서 소소한 일을 돕는 학생 몇을 구한다는 소리를 들었다. 사서를 도와 책 정리도 하고, 청소도 하는 그런 일이었다. 내 오른팔은 나의 생각을 기다리지도 않고 올라갔다. 다음 날 나는 도서부원으로서 서고에 드나들수 있는 특권을 얻었다. 도서관 입구에는 서고와 별도로 옛날 잡지며 오래된 책을 넣어두는 창고가 있었는데, 거기도 들어갈 수 있었다. 책장으로 출입구를 막아놓았지만, 어떻게든 몸을 움츠려 비집고 들어갔고, 일단 들어가기만 하면 온전한 나의 낙원이 펼쳐졌다. 〈학원〉 잡지의 과월호도 거기서 원 없이 볼 수 있었다.

고등학교에도 작은 도서관은 있었다. 하지만 대학 입시의 중압감으로 인해 도서관에 접근하기 쉽지 않았다. 교사들도 도서관의 책을 읽으라고 적극 권유하지 않았다. 학교 한쪽의 후미진 곳에 있던 도서관 책을 빌려 보지 않은 것은 아니지만, 그곳은 다시 아득히 먼 곳에 있는, 잃어버린 낙원이 되고 말았다.

대학에 들어가서 도서관을 보고 정말 크기도 크구나 하고 생각했던 것은 두말할 나위가 없다(지금 생각해보면 좀 우스운 수준이지만 말이다). 더더욱 특별한 경험도 있었다. 내가 다닌 대학은 어떤 과정을 통했는지 알 수는 없지만, 몇몇 문중으로부터 고서를 기증받아 가지고 있었다. 한데 그 고서는 오랫동안 정리가 되지 않은 채 방치되어 있었다. 도서관에서 고서를 정리할 학생을 구한다는 소리를 듣고 즉시 자원했다. 물론 무보수였다. 도서관 서고의 꼭대기 층에 갔더니, 고서가 바닥에 산더미처럼 쌓여 있었다. 난방이 되지 않는 곳이라 겨울이면 손이 곱아 글을 쓰기 어려웠다. 하지만 고서를 정리하고 카드를 만들면서 나는 옛 전적에 대한 감각을 익힐 수 있었다. 이 경험은 한문학 연구자가 되는 데 말할 수 없이 귀중한 밑천이 되었다. 도서관의 덕을 톡톡히 본 것이다.

박사과정을 다닐 때였다. 어렵게 시간을 쪼개어 국립중앙도서관으로 고서를 보러 다녔다. 아침에 내가 국립중앙도서관으로 가면 아내는 내가 써준 고서 목록을 가지고 서울대학교 규장각으로 갔다. 내가 하루에 두 곳을 다 갈 수 없었기 때문이다. 지금은 고서의 영인본도 흔하고 인터넷으로도 볼 수 있지만, 그때는 보기 참 어려웠다. 도서관을 직접 찾아다니며 어렵게 복사해내는 것이 유일한 방법이었다. 그렇게 구한 자료로 논문을 발표하고 책을 썼다. 도서관의 그 책들로 나는 공부하는 사람이 되었다. 부족한 삶이지만, 이 삶을 후회해본 적은 없다.

돌아보면 도서관은 언제나 선망의 공간이었다. 평생 도서관처럼 책을 많이 쌓아놓고 필요할 때면 언제나 꺼내 보는 것이 소원이었다. 하지만 서생의 살림에 책값이 넉넉할 리 없었다. 연구에 필요한 책만 조금씩 구입하는 정도고, 전공을 벗어난 책에는 쉽게 손이 가지 않았다. 앞서 이야기한 것처럼 대학에 자리를 잡고부터는 당장 연구에 필요하지 않은 책도 워낙 유명한 책이라서, 이름만 알고 있다가 막 번역이 되어 나와서, 내가 사지 않으면 저자와 번역자, 출판사에 미안할 것 같아서, 장정이 워낙 예쁘고 특이해서 사들이는 경우가 생기기 시작했다. 물론 그 본질은 그냥 책 욕심일 뿐이다. 어릴 적 책에 대한 결핍감, 도서관에 대한 환상이 그 욕심의 뿌리일 것이다.

집 가까이에 작은 구립도서관이 생겼다. 건물이 무척 예뻐 호감이 간다. 옆에는 맑은 개울이 흐르고, 개울을 따라 산책로가 나 있다. 약수터에 갈 때 그곳을 지난다. 그 도서관을 보며 정년 이후를 꿈꾼다. 그래, 정년이 되면 저기서 시간을 보내야지. 약수터에 갔다 온 뒤 아침을 먹고 저곳으로 출근해야지. 부러워하기만 하고 읽지 못한 책들, 이름만 듣고 들추어보지 못한 책들, 술렁술렁 읽어 미안한 마음이 든 책들을 천천히 음미하며 읽어보리라. 《논어》와 《좌씨전(左氏傳)》을, 두보의 시를, 플라톤의 《국가》와 마르크스의 《자본》을, 《성서》와 《코란》을 읽어보리라. 다시 읽기도 하고, 새로 읽기도 하고, 천천히 읽기도 하고, 입으로 외며 읽기도 할 것이다. 읽다가 존다고 나무랄 사람도 없고, 당장 갚아야 할 글빚도 없으니, 시간은 온전히 나의 편일 것이다. 초등학교 때 그토록 앉아보고 싶었던 그 작은 도서관의 한구석에 앉아서 나는 비로소 연구를 위한, 원고를 쓰기 위한 독서가 아닌 '무책임한 독서의 자유'를 한없이 누려볼 것이다.

빌려주고
영원히
헤어진 책

　세상의 모든 책을 다 가질 수는 없다. 또 가지고 싶은 책이라 해
서 다 가질 수도 없다. 도서관은 그렇게 해서 생긴 것이다. 도서관
이 없던 시대 혹은 도서관이 없는 사회라면, 또 있어도 이용할 자격
이 없다면 어떻게 할 것인가? 빌려서 보는 수밖에 없다. 다른 것은
몰라도 '책'과 '빌린다'는 말은 아주 가까운, 인접 관계에 있는 말이
다. 다른 물건을 상상해보라. 책처럼 쉽게 빌려달라고 할 수 있는
물건이 있는가? 이러니 책을 빌리고 빌려주는 일에 근거를 둔 이야
기도 숱하게 많다.

　조선 초기의 문인 김수온(金守溫, 1410~1481)의 이야기다. 어느 날
서거정(徐居正, 1420~1488)에게 희귀한 책 한 권을 빌려달라고 한다.
당연히 빌려주었다. 그런데 아무리 기다려도 책을 돌려주지 않는
다. 집으로 찾아가 돌려달라고 채근을 했더니 돌려줄 수 없다는 것

이다. 왜냐고 물으니, 자기 머릿속에 다 있다며 좔좔 외운다. 빌려 간 책을 뜯어 도배를 해놓고 외운 것이다. 이쯤 되면 돌려받는 것을 자발적으로 포기해야 할 것이다.

사실 책은 빌리고 빌려주는 것이고, 또 그런 과정에서 온갖 이야기를 만들어낸다. 책을 좋아하는 사람들에게 이런 이야기를 듣고 모아보면 책 한 권 분량은 나올 것이다. 최석정(崔錫鼎, 1646~1715)이라면 병자호란 때 주화론자였던 최명길(崔鳴吉, 1586~1647)의 손자이고 또 벼슬이 영의정까지 오른 인물이다(무려 여덟 차례나 영의정에 올랐다). 이분은 《구수략(九數略)》이란 수학 책을 저술한 수학자로도 유명한데, 한편으로는 책을 엄청나게 많이 소장한 장서가이기도 했다. 그런데 최석정은 자신의 책에 장서인을 찍지 않았다. 책은 개인의 소유물이 될 수 없기 때문이라는 것이다. 이런 분이었으니 책을 잘 빌려주었던 것은 불문가지다. 또 책을 돌려달라고 채근도 하지 않았다고 한다. 다만 돌려받을 때 책을 읽은 흔적이 없으면 몹시 언짢아했다고 한다. 이쯤 되면 진정한 독서가, 애서가로 보아야 하지 않을까?

어떤 선배 교수님에게 책을 잔뜩 빌렸다. 10년을 실컷 보고 난 뒤 돌려주려고 하니, 그냥 가지고 있으란다. 자신은 당장 볼 일도 없고 연구실도 좁아 그 책까지 돌려받으면 따로 둘 데도 없단다. 가지고 있다가 자신의 정년 때 돌려달라고 한다. 뭔가 이상하다. 그 선배 교수님은 정년이 되면 책을 모두 없애버린다고 하지 않았던가. 연구실로 돌아와 곰곰 생각해보니, 이게 책을 맡아달라는 건지 가지

54

독서한담

라는 건지 도무지 짐작이 가지 않았다. 어쨌건 그분의 정년 때까지 그 책들은 내 연구실에 있게 되었다. 아마도 이분은 최석정 같은 분인가 보다.

어떤 책이 갑자기 필요해서 서가를 뒤져보면 없다. 다시 훑어보아도 없다. 연구실에도 없고 집에도 없다. 이럴 경우 누가 빌려간 것일 터이다. 어떤 책은 기억이 나지만 어떤 책은 기억이 나지 않는다. 예전에는 무지하게 아쉬웠지만, 요즘은 깨끗이 잊고 만다. 왜냐고? 내 서가에도 빌려 보고 돌려주지 않은 책이 있기 때문이다. 물론 내가 고의적으로 책을 빌리고 돌려주지 않는 사람은 아니다. 어쨌든 이래서인지 요즘은 빌려주고 누구에게 빌려주었는지 까마득히 잊어도 별로 충격을 받지 않는다.

책을 빌리는 이야기를 하다 보니 빌려주고 돌려받지 못한 못내 아쉬운 책, 아니 문서가 있다. 1979년, 나는 대학 3학년이었다. 알다시피 10월 16일 그 사건이 일어났다. 부마민주화항쟁 말이다. 아침에 상대(商大) 건물에 강의를 들으러 갔더니(상과대학 학생은 아니지만, 상과대학 강의실에서 수업을 해 들으러 갔다), 학생들이 줄지어 미라보다리(부산대학교 안 계곡에 놓인 다리)를 건너고 있었다. 강의를 팽개치고 따라갔다. 구도서관 자리에 이르렀더니, 선언문을 낭독하는 사람이 있었고, 이어 구호를 외쳤다. 스크럼을 짜고 곧 학교 대운동장으로 내려갔다. 학교 옆 사범대학 부속고등학교 담장이 무너졌고, 학생들은 거기를 통해 밖으로 나갔다. 그다음부터는 다 아는 이야기다. 남포동, 광복동에서 박정희 정권의 타도를 외치는 시위를 벌였다.

나는 부산대학교 학생이었다. 그다음 날도 같은 시위가 있었다. 나는 그날도 부산대학교 학생이었다.

버스가 폭발해 화염이 치솟았다. 파출소 안에 벌겋게 불이 번지고 있었다. 그 모든 것을 보았다. 이건 역사적 사건이었다. 내가 본 것을 기록해야만 해! 집으로 돌아와 내가 본 시위의 시작과 끝을 꼼꼼히 적었다. 오랫동안 나는 그 종이 뭉치를 소중히 간직했다. 그 뒤 1980년대에 대학에서 조교로 근무할 때였다. 워낙 엄혹한 시절이라 학교 안에도 사복 경찰이 눈을 번득이고 있었다. 그럼에도 학생들은 저항했다. 등사판으로 찍어낸 성명서, 선언서 같은 것들이 교정에 뿌려졌다. 손에 닿는 대로 그것들을 모았다. 나와 가까이 지내는 학생들은 그런 것들을 보면 일부러 챙겨다주었다. 이것도 언젠가는 역사의 자료가 될 것이라 생각하고는 따로 갈무리해두었다.

그 뒤 서울로 올라와 다시 학업을 계속했다. 어느 날 친구와 술을 마시다가 부마항쟁으로 화제가 번져 그때 일을 기록한 자료가 있다고 했더니 빌려달란다. 그 자료는 친구의 손으로 건너간 뒤 다시는 나의 손으로 넘어오지 않았다. 거의 30년이 지난 뒤 친하게 지내는 동료 교수가 전에 그 자료에 대해 들었다면서 보자고 한다. 당연히 보여줄 수가 없었다.

2011년인가, 그 이듬해인가 부산의 부마민주항쟁기념사업회에서 그 자료에 대해 어디서 들었는지 좀 보자고 했다. 자료를 빌려간 친구는 같은 과 동료 교수와 이래저래 인척 관계가 된다. 그래서 동료 교수를 통해 연락했더니 이미 잃어버렸다는 것이다. 프랑스로 유학을 가고 어쩌고 하는 동안 사라진 것이다. 사정을 이야기했더니 기념사업회 쪽은 아주 서운해했다. 광주민주화항쟁에 대해서는 여러 기록물이 정리되어 있지만, 부마항쟁은 그렇지 않다는 것이다. 연구실로 찾아온 그분은 녹음이라도 남기는 것이 옳다면서 내 희미한 기억을 꺼내어 가져가려고 했다.

생각해보면 특별한 사람이 역사의 자료를 남기는 것이 아니다. 내가 좀 더 마음을 썼더라면 그 자료를 곱게 정서해서 복사해두었을 것이다. 신중하지 못했던 젊은 날이 마냥 후회스럽다. 그러고 보니 세상에는 빌려줄 자료가 있고, 아닌 자료도 있는 것 같다.

책 빌리는 자,
빌려주는 자

책을 빌리고 빌려주는 이야기는 20세기에도 상당수 남아 있다. 책은 '冊'으로 써야 한다고 말한 소설가 이태준은 〈冊과 책〉이란 수필에서 자신이 읽지 않은 책을 빌리러 오는 친구를 이렇게 평한다.

가끔 冊을 빌리러 오는 친구가 있다. 나는 뜨거운 질투를 느낀다. 흔히는 내가 첫 한두 페이지밖에는 읽지 못하고 둔 冊이기 때문이다. 그가 나에게 속삭여주려던 아름다운 긴 이야기를 다른 사나이에게 먼저 해버리려 나가기 때문이다. 가면 여러 날 뒤에 나는 아조 까맣게 잊어버렸을 때 그는 아조 피곤해져서 초라해져서 돌아오는 것이다. 친구는 고맙다는 말만으로 물러가지 않고 그를 평가까지 하는 것이다. 나는 그런 경우에 그 冊에 대하여 전혀 흥미를 잃어버리는 수가 많다.

이태준은 자신이 읽지 않은 책을 빌리려 하는 사람을 질투한다고, 또 그 책을 다 읽은 친구가 책에 대한 평을 하면서 돌려주면 그 책에 대해 아주 흥미를 잃어버린다고 고백한다. 흡사 그 사람은 마치 내가 사랑하되 아직 고백을 하지 못한 여인에게 먼저 접근해 그 여인의 마음을 훔쳐간 연적(戀敵)과 같다! 이렇게 빌려준 책은 아주 집을 나간 '노라'가 되는 경우도 있다. 영영 집으로 돌아오지 않는 것이다. 하지만 자신도 남의 冊을 빌린다.

이러는 나도 가끔 남의 冊을 빌려 온다. 약속한 기간을 넘긴 것도 몇 권 있다. 그러기에 冊은 빌리는 사람도 도적이요, 빌려주는 사람도 도적이란 서적 윤리가 있는 것이다. 일생에 천 권을 빌려 보고 9백9십9권을 돌려보내고 죽는다면 그는 최우등의 성적이다. 冊을 남에게 빌려만 주고 저는 남의 것을 한 권도 빌리지 않기란 천 권에서 9백9십9권을 돌려보내기보다 더 어려운 일이다. 그러므로 빌리는 자나 빌려주는 자나 冊에 있어선 다 도적이 됨을 면치 못한다.

이태준 역시 책을 빌리고 기한을 넘겨 돌려주지 않은 책도 있다. 그러기에 책은 빌리는 사람이나 빌려주는 사람이나 모두 도둑을 면하지 못한다. 하지만 이태준의 결론은 이렇다. "그러나 冊은 역시 빌려야 한다. 진리와 예술을 감금해서는 안 된다. 그러나 冊은 물질 이상이다." 이태준은 진정 책을 사랑한 사람일 것이다.

책을 사랑하는 사람일수록 책을 빌리는 데 대한 언급을 많이 남기고 있다. 이희승(李熙昇, 1896~1989) 선생이 쓰신 〈뺨 치고 싶어〉(〈동아일보〉 1962년 7월 16일자)라는 글을 보자. 선생은 자신의 책에 대한 사랑을 '본능적인 것'이고, 작위적이거나 누가 시킨 결과가 아니라고 말한다. 이어 책을 돈 주고 사거나 선물로 받거나, 책의 가치가 높거나 낮거나 일단 들어온 책을 되판 적은 한 번도 없다고 한다. 책을 파는 것은 손가락을 잘라버리는 것과 같으며, 조선시대의 아름다운 풍속에 의하면 '사군자(士君子)로서 패가망신의 단말마적 최후의 행동'이 되기 때문이라는 것이다.

일석(一石) 선생은 자신의 수천 권 장서가 6·25전쟁 때 깡그리 소실된 이후 책을 아끼는 마음이 더욱 심해졌다고 한다. 그러면서 현재의 장서는 과거의 장서만 못하다고 말한다.

과거의 장서는 주로 국내판 고서(古書)로서 언해류(諺解類)·어학서류(語學書類)[《청어노걸대(淸語老乞大)》·《몽어류해(蒙語類解)》 등]였는데, 고서점에서 이런 책을 하나 발견할라치면, 어떠한 일이 있더라도 그것을 입수하여야 되었고, 한번 입수한 다음에는 구기박살이 된 책장을 일일이 펴서 인두질을 치고 의(표지表紙)를 갈아 붙이거나 풀칠을 하여 개장(改裝)을 하는 것이었다. 그리고 책에 문자를 기입하는 등의 일은 절대로 하지 않았다. 이러한 책을 저장함으로써 마음의 가멸(부富)을 느끼었고, 그 책을 읽어갈 적에 이해에 앞서 우선 법열(法悅)을 만끽하게 되었던 것이다. 남에게 빌려주었다가 돌려올 적에 책에 낙서를 했거나 책장을 구겼을 때에는, 그처럼 불쾌

하고 분한 일이 다시없었다. 그 사람이 만일 옆에 있다면 뺨이라도 갈기지 않을 수 없는 충동을 느끼곤 했다.

아! 책을 사랑하면서 법열을 느끼다니! 그리고 빌려준 책에 낙서나 구겨진 책장을 볼 때 분한 나머지 뺨이라도 갈기고 싶다니, 점잖으신 선생께서 이런 폭력을! 책에 대한 사랑이 얼마나 깊은지 알 만하다.

국어학자인 이숭녕(李崇寧, 1908~1994) 선생 역시 책에 대한 극도의 애정을 표시한다. 〈미신 같은 망상 속에, 책 사랑 때문에 항상 인색해지고〉(〈동아일보〉 1962년 4월 30일자)란 글에서는 책을 보여달라는 사람이 적지 않아 서가에서 책을 뽑아다주는데, 그 사람이 침을 바르고 책장을 넘기는 것까지는 그래도 용납할 수 있지만, 엄지와 검지로 책장을 집어 넘길 때면 형언할 수 없는 '안타까운 초조감'을 느낀다는 것이다. 게다가 '이 책을 일주일만 빌려주셔야……' 하는 말을 이어 듣게 되면 '어디 먼 나라로 자식을 인질로 납치하는 심정'을 느끼며 '거절의 이유'를 마련한다는 것이다.

선생은 '사치(四痴)'라는 옛말을 들며 책은 빌려주는 것이 없어지는 것의 시초라고 말한다. 빌리는 것이 일치(一痴), 빌려주는 것이 이치(二痴), 빌리고 돌려주지 않는 것이 삼치(三痴), 빌렸다가 돌려주는 것이 사치(四痴)다. 그래서 선생은 고급 학생(아마도 높은 학년을 말하는 듯)이나 후배에 한해서 대출부에 기입하고 반환 날짜를 다짐받은 뒤 빌려준다고 한다. 언젠가 최남선(崔南善, 1890~1957)이 《재물보(才物譜)》를 베끼겠다면서 빌려달라는 것도 책 주인과 상의한 뒤에 결정하겠다면서 거절한 적도 있다고 한다(물론 그 책은 선생의 것이 아니었다).

　선생은 결론으로 '책을 위하면 책은 모여든다.', '책은 공부하는 주인을 찾아 모여든다.'라는 미신적인 망상을 믿으며 "공부와 인연을 끊으면 책도 주인과 인연을 끊는 것이다."라고 말한다. 또한 "책을 사랑하는 자는 책에 대해 무척 인색한 법이나 결코 오해할 것이 아니다."라고 말한다.

나의
《조선왕조실록》
독서기

《조선왕조실록(朝鮮王朝實錄)》은 조선시대를 연구하는 학자들에게, 혹은 조선시대사에 관심이 있는 독서가들에게 둘도 없이 중요한 책이다. 이 책이 만들어진 내력은 알 만한 사람은 다 알기에 굳이 여기서 말할 필요가 없을 것이다. 다만 이 책이야말로 한국 역사의 비극을 고스란히 안고 있는 책이라는 점을 강조해두어야 할 것 같다.

임진왜란 때 거의 모든 서적이 잿더미가 되었지만, 필사적인 노력을 경주한 끝에 《실록》 한 벌이 남았고 전쟁이 끝난 뒤 네 벌로 복제되었다. 일제강점기에 일본은 동경제국대학으로 《실록》 한 벌을 가져갔는데 1923년 간토 대지진 때 재가 되고 말았다. 6·25전쟁 때는 북한으로 또 한 벌이 넘어갔다. 이건 한반도에 남아 있는 것이니, 《실록》을 여러 곳에 흩어둔다는 원래의 취지에 맞는지도 모르겠다. 또 북한과 남한이 각각 번역본을 내었으니, 분단이란 비극이 없었다면 두 벌의 번역본은 생겨나지 않았을 것이다.

《실록》영인본은 원문 네 면을 축소해 한 쪽에 실어놓았다. 영인본도 큰 책이지만 원본에 비하면 10분의 1도 되지 않는다. 영인본을 펼치면 새까만 한자의 숲이다. 무언가 장엄하고 신비스러운 느낌이 든다. 저 속에는 뭔가 조선시대의 비밀이 숨어 있을 것이라는 생각도 든다. 하지만 읽어보면 그냥 그런 사료다. 무슨 은밀한 내용은 없다. 아니, 세상 어디에도 그런 신비한 책은 없다.

《실록》은 조선시대의 거의 모든 것을 담고 있는 사료 중의 사료다. 곧 사료로서의 《실록》의 가치는 단연 '갑'이다. 때문에 조선시대에 관련된 그 무엇을 찾아보려면 《실록》이 가장 기본적인 자료가 된다. 임진왜란 때 경복궁 홍문관의 거대한 장서고가 완전히 잿더미로 변하고, 한반도 전역의 문헌들 역시 같은 운명에 처해서 남은 책이 아주 희귀하기 때문이다.

《고려사(高麗史)》를 엮었던 고려시대의 문헌 역시 이때 모두 사라졌다. 그렇기 때문에 조선 전기에 관련된 그 무엇을 알려면 《실록》이 필수적이다. 조선 건국 이후 100여 년간, 그러니까 태조에서 성종 때까지의 《실록》은 고려시대 사회의 연속이기에 고려 사회를 짐작하는 데도 결정적으로 중요한 것이다.

500년 동안의 기록이니 《실록》은 시대에 따라 문체도 내용도 차이가 난다. 임진왜란 이전의 문체는 좀 순박한 문체랄까, 읽기가 편하다. 하지만 조선 후기로 가면 문체가 꽤나 까다로워진다. 내용도 조선 전기 《실록》에는 정치만 있는 것이 아니라, 사회·문화·풍습·예술 등 다양한 내용이 실려 있는데, 조선 후기 《실록》에는 정치, 곧 당쟁에 관련된 것이 대부분이다. 사족 사회가 달라진 것을 《실록》의 문체와 내용으로도 짐작할 수 있는 것이다.

《실록》은 오직 사고(史庫)에만 있었기에 누구나 볼 수 있는 책이 아니었다. 일제강점기에 영인본이 한 번 제작되었다. 실물을 본 적이 있는데, 원문 한 면을 한 쪽에 축소한 것이었다. 하지만 얼마나 제작되었는지, 과연 《실록》 전체를 영인했는지는 알 수가 없다. 이러니 《실록》을 직접 손으로 베끼는 사람도 있었다. 부산대학교 도서관에 따로 제작한 특별히 큰 원고지에 만년필로 베껴 쓴 《실록》이 50책 소장되어 있다. 일본인 학자가 베낀 것이다. 옛날 문헌학을 전공하신 류탁일 선생님으로부터 그 일본인 학자의 이름을 들었는데 기억이 나지 않는다. 돌아가신 선생님께 여쭈어볼 수도 없고!

1955년부터 1958년까지 국사편찬위원회에서 영인본을 찍어내면서부터 보통의 학자들도 《실록》을 쉽게 접할 수 있게 되었다. 비싼 것이 흠이었지만, 그래도 무리를 하면서까지 구입했다. 이윽고 한문 원문에 끊어 읽는 점을 찍은 영인본이 나와 읽는 데 도움을 주기도 했다. 이른바 국학을 전공하는 분들, 곧 한국사나 국문학을 연구하는 분들의 연구실에 가면 새까만 《조선왕조실록》이 한 질씩 있었다.

교수님이 자리를 비울 적에 《실록》을 슬쩍 꺼내 펼쳐보고는 그 빽빽한 한문의 숲을 헤쳐 나가시는 교수님을 정말이지 존경해 마지않았다. 그분들은 그것을 줄줄 읽는 줄 알았기 때문이다. 하지만 비밀을 아는 데는 오랜 시간이 걸리지 않았다. 그 책을 읽을 수 있는 분들은 드물었다. 그 책들은 대개 장식용이었던 것이다. 그 검고 장중한 책이 연구실에 꽂혀 있으면 뭔가 있어 보이지 않는가. 하지만 보통 학자들은 그 책을 읽을 수가 없었다.

공부의 길로 접어든 이래 책값이 늘 궁했다.《실록》을 한 질 사고 싶었지만, 가난한 서생에게는 너무나 비싼 것이었다. 30대 초반 구파발의 어떤 고서점에《실록》한 질이 단정하게 꽂혀 있는 것을 보고 물어보았더니, 몇십만 원이었다. 어떻게 해볼 엄두가 나지 않았다. 아직도 깨끗한 그 책의 외관이 눈에 선하다. 그 뒤 국사편찬위원회의 영인본을 복제한 조잡한《실록》을 팔러 다니는 사람이 있었다. 값이 눅어 구입할까 했지만, 종이가 너무 거칠어 작은 글씨는 거의 보이지 않아 포기하고 말았다. 북한에서 번역한《실록》을 다시 영인해서 파는 출판사도 있었다. 하지만 그 책은 너무나 쉽게 풀어 써서 연구자가 이용하기에는 문제가 적지 않았다.

나는 어떤《실록》도 갖지 못하고 도서관 신세를 져야만 했다. 박사 논문을 쓸 때는 색인을 처음부터 훑어나가며 관계되는 용어를 검색해서 해당 부분의 원문을 복사했다. 그렇게 모은 자료를 책으로 묶어 하나씩 읽어나갔다. 하지만 이 색인이 불완전할 거라는 생각이 끊이지 않았고, 놓치고 있는 자료가 당연히 있을 거라는 불안감이 엄습했다.

학위논문을 쓰고 나서 남한에서《실록》번역본 400책이 완간되었고, 곧이어 디지털화되었다. 검색은 이루 말할 수 없이 편리해졌다. 최근에는 인터넷에서도 번역문과 원문 모두를 제공한다. 누구라도 인터넷에 접속하면 《실록》의 번역문과 원문을 볼 수 있는 것이다. 《실록》뿐인가? 《승정원일기(承政院日記)》와 《비변사등록(備邊司謄錄)》도 《실록》과 함께 읽을 수 있다. 요즘에는 만화로 그린 《박시백의 조선왕조실록》까지 있으니, 《실록》 보기는 이래저래 편해진 것이다.

만화
좋아하는
대학교수

앞서 만화 《박시백의 조선왕조실록》 이야기를 했으니, 이참에 만화 이야기를 한번 해보자. 어릴 적에 만화를 보는 것은 마치 나쁜 짓을 하는 것 같았다. 내놓고 보기에는 뭔가 좀 애매한 책이었다. 집안 어른들은 어떤 이유에서인지 내가 만화를 보는 것을 좋아하지 않았다. 내 경우만 그랬던 건지, 아니면 남들도 그랬던 건지 모르겠다.

어른들이 싫어하거나 말거나, 나는 만화책 보기에 푹 빠진 아이였다. 내가 다니던 초등학교 앞에는 박재동 선생의 부모님이 하시던 만홧가게 '문예당'이 있었고, 그곳을 수시로 드나들었다. 사람들은 어떤 유명한 분이 있으면 공연히 자신과 어떤 관계라고 엮는 습성이 있는데, 나 역시 그런 습성을 충만히 가지고 있다. 박재동 선생은 나와 절친한 친구의 형의 친구다. 좀 복잡하지만 그렇다.

재작년인가,《박시백의 조선왕조실록》에 대한 서평을 써주었더니 연말에 개정판 간행을 기념하는 자리에 박시백 선생과 박재동 선생, 그리고 지금 이 자리에서 열렬한 팬임을 고백하는 이희재 선생 등이 모인다고 오라고 했다. 일정이 겹쳐 가지 못해 너무나 아쉬웠다. 박재동 선생의《실크로드 여행기》와 이희재 선생의《나의 라임오렌지나무》를 가지고 가서 사인을 받는 건데 정말 아쉬웠다.

　각설하고, 문예당은 지나간 만화 중에서 아주 좋은 만화를 따로 튼튼하게 묶어 두었다. 나는 그 책들을 보며 오후를 보내곤 했다. 지금도 그때 본 만화 하나는 또록또록 기억난다. 임창 선생의《땡이의 사냥기》던가? 동물의 행동과 습성에 대해 소상히 밝히고 있어 재미도 있고 공부도 되는 아주 유익한 책이었다. 나는 자연 교과서에서보다 이 책에서 동물에 대한 유익한 지식을 더 많이 얻었다.

　이야기가 딴 곳으로 번지지만, 이희재 선생이 그린《나의 라임오렌지 나무》는 J. M. 데 바스콘셀로스의 소설 원작보다 훨씬 낫다고 생각한다. 주인공 제제와 뽀르뚜가의 형상은 이희재 선생의 붓끝에서 완성되었다고 보아야 할 것이다. 1994년에 이 책을 사서 초등학교 2학년인 아이에게 읽으라고 주었다. 며칠 뒤 아이와 함께 어딜 갔다가 지하철을 타고 오는데, 아이가 그 책을 꺼내 읽으며 "아빠, 이 책은 재미있는데, 읽으면 이상하게 절로 눈물이 나요."라고 했다. 그 아이는 이제 대학을 졸업하고 직장에 다니는 청년이 되었다. 아마 그 책과 눈물을 아직도 기억하고 있을 터이다. 아쉽게도 두 권으로 된 그 책은 없어졌고 뒤에 양장본을 구입해 갖고 있다.《악동이》·《아홉살 인생》·《간판스타》 등도 구입했는데, 서가 어딘가에 있을 것이다(《간판스타》의 리얼리즘이야말로 한국 만화의 새로운 경지다!)

대학교수가 만화책을 즐겨 본다니 이상하게 생각하실 분도 있겠지만, 나는 만화를 좋아한다. 너무나도 좋아했고, 지금도 좋아한다. 짬이 나지 않아서 실컷 보지 못하는 것이 유감일 뿐, 시간만 허락된다면 좋은 만화를 구해서 하루 종일 보고 싶다. 돌이켜보면 좋은 만화가 적지 않았다. 중학교 때 너무나 좋아했던 고우영!《수호지》·《삼국지》·《서유기》·《십팔사략》·《일지매》 등 수많은 작품이 있었지만, 나로서는 《수호지》가 단연 으뜸이다. 고우영의 이 책은 《수호지》에 대한 탁월한, 새로운 해석일 것이다. 근자에는 허영만·강풀·윤태호 등의 작품을 꼬박꼬박 읽었다. 《미생》은 연재할 때 한 회도 빼먹지 않고 보았다. 이 만화는 암울한 시대의 정직한 풍경이다. 나는 《미생》이 충실한 리얼리즘으로 끝나기를 고대한다.

최근에 읽은 작품으로서 가장 묵직했던 것은 조 사코의 작품이다. 그의 《팔레스타인》과 《팔레스타인 가자 지구 비망록》은 이스라엘의 억압과 학살에 의해 일그러지고 분쇄된 팔레스타인 사람들의 분노, 좌절의 삶, 기억을 그리고 불러내고 있다. 《안전지대 고라즈데》보다 보스니아 내전을 생생히 전하고 있는 작품도 없을 것이다. 최근에 번역된 《저널리즘》에서 그가 전한 인도 쿠시나가르의 불평등한 신분제, 가난에 몰려 죽음 직전에 있는 빈민들의 처참한 생활은, 명상과 신비로 왜곡된 인도의 대척점에 있는 인도의 현실을 그대로 보여준다. 르포와 만화가 어우러진 《파멸의 시대 저항의 시대》처럼 미국 자본주의의 황폐함을 고발한 책도 없을 것이다.

아, 조 사코의 《팔레스타인》을 말하면서 우리나라 작가 원혜진의 《아! 팔레스타인》을 말하지 않는다면 실례가 될 터이다. 이 책으로 우리도 좁은 민족주의에서 벗어나 세계시민으로서의 자격을 얻었다. 안토니오 알타리바의 《어느 아나키스트의 고백》도 말하지 않을 수 없다. 에스파냐의 아나키즘과 에스파냐 내전, 그리고 죽을 때까지 자신의 신념을 버리지 않았던 아나키스트 안토니오! 그는 스스로 자신의 죽음을 선택했다. 그의 자살은 인간의 존엄을 지키려는 주체적 인간의 주체적 판단이다.

어떤 경우 나는 만화에서 쉽지만 깊이 있는 지식을 얻기도 했다. 장 피에르 필리외가 글을 쓰고 시릴 포메스가 그림을 그린 《아랍의 봄》에서 2011년에 일어난, 이른바 '아랍의 봄'의 이유와 경과에 대한 요령 있는 지식을 얻었다. 체르노빌의 사고를 다룬 《체르노빌》은 어떤가. 이 책만큼 체르노빌의 비극을 정확하게 전달하는 책이 있을까? 《맛의 달인》의 작가 카리야 테츠가 쓰고 슈가 사토가 그린 《일본인과 천황》은 일본 천황제의 역사와 허구성, 천황제가 일본인을 지배하고 있는 현재 상황을 일목요연하게 정리하고 있다.

한국 만화의 역사도 이제 짧지 않다. 훌륭한 젊은 만화가도 쏟아져 나온다. 하지만 아직까지 조 사코의 코믹 저널리즘, 알타리바의 그래픽 노블에 필적하는 작품은 드물지 않나 한다. 앞으로 깊이 있는 좋은 만화가 쏟아져 나와서 그런 작품을 읽는 안복(眼福)을 충만하게 누렸으면 한다.

무협소설 속
졸개들은
가족도 없는가

40대 중반을 지나면서 몸에 큰 고장이 났다. 한동안 병원 신세를 진 것은 물론이다. 퇴원을 한 후 집에서 요양하면서 몸을 다시 일으켜 세워야 했다. 꼬박 1년 반을 집에서 보냈다. 의사 선생은 책을 보지 말고 무조건 쉬라고 했다. 한동안은 보라고 해도 아예 볼 수가 없었다.

무료하기 짝이 없었다. 할 수 있는 일이란 누워서 텔레비전을 보는 것이 다였다. 대한민국 텔레비전이 얼마나 볼 것이 없는지 일주일 만에 뼈에 사무치도록 깨우쳤다. 어느 날 선배 교수님이 경과가 어떠냐고 전화를 했다. 이런저런 이야기 끝에 너무나 무료하다고 했더니, 웃으면서 비디오방에 가서 무협 비디오나 빌려다가 보라고 했다. 그냥 소일거리로 켜놓고 있으란다. 무슨 재미가 있을까 싶었지만, 생각도 말고 그냥 시간을 보내는 데는 그만이라며 웃으며 하는 말씀에 혹시나 싶어 아파트 상가에 있는 비디오가게로 가서 스무 개를 한꺼번에 빌렸다. 가게 주인은 좋아라 하면서 30퍼센트 할인을 해주었다.

돌아와 몇 편을 연속 상영했는데 얼마 안 가 볼 수가 없었다. 요즘의 막장 드라마와 비슷했다. 아니, 막장드라마 같은 중독성도 없었다. 빌려온 돈이 아까웠지만 그걸 보고 있을 바에야 다시 무료한 시간으로 복귀하는 것이 나았다. 무협 비디오에 실패한 뒤 문득 옛날 생각이 났다. 나 역시 무협소설을 꽤나 보았던 것이다. 주로 중학교 때였다. 가장 인상에 남는 것은 《군협지(群俠誌)》다. 고등학교 때까지 읽은 책 중에는 《정협지(情俠誌)》·《비룡(飛龍)》·《비호(飛虎)》 등이 떠오른다. 10년 전 보수동 책방 골목에서 《군협지》 다섯 권을 묶어서 팔고 있기에 옛날 기억이 나서 사려다가 그만두었다.

어른이 되어서 무협소설을 본 것은 김용(金庸, 진융)의 작품이 번역되어 나오면서부터였다. 하도 신문지상에서 김용 김용, 《영웅문(英雄門)》《영웅문》하니까 궁금증이 났다. 그 시리즈 중 어떤 것을 읽었는데, 중간에 포복절도할 일이 있었다. 여주인공의 이름이 공손대낭(公孫大娘)이었는데, 다음 권을 보니 '공손 큰아가씨'로 변하는 것이 아닌가. '대낭'을 '큰아가씨'로 번역한 것이었다. 아마 책을 찢어 나누어주고 번역을 시킨 뒤 거두어 모았을 것이다. 번역자로 이름을 내 건 사람이 전체적으로 다시 문장을 다듬어야 마땅한 일이지만, 그게 귀찮아 팽개친 것이 아닌가 싶다. 공손대낭이라면 두보의 시 〈관공손대랑제자무검기행(觀公孫大娘弟子舞劍器行)〉에 나오는 무녀(舞女)로서 꽤나 좋은 이미지를 갖고 있었다. 어쨌거나 '공손 큰아가씨'가 나오고 난 뒤 책을 덮고 말았다.

문학평론가 김현의 이야기를 들자면, 무협소설은 어른의 판타지다. 주인공은 언제나 미남·미녀다. 당연히 독자는 그 미남·미녀와 자신을 동일시한다. 주인공은 탁월한 능력의 조력자를 만나 위기를 극복한다. 또 우연히 동굴 속에서 비급을 얻어 절세의 고수가 되기도 하고, 어떤 약을 먹고 내공이 증진되기도 한다. 그런가 하면 칼도 창도 뚫을 수 없는 갑옷도 얻고, 무엇이든 끊어버릴 수 있는 날카로운 칼도 얻는다. 주인공은 원수에게 부모가 살해되는 고난을 겪고 버려지지만, 결국 세상에서 가장 강한 무공을 갖추어 이어지는 온갖 고난을 극복하고 부모의 원수를 갚는다. 미인과 결혼해 행복한 삶을 보내는 것은 물론이다. 이게 무협소설의 문법이다. 그야말로 판타지가 아닌가. 독자들은 잠시나마 그 판타지의 세계로 들어가 현실의 고달픔을 잊어버리는 것이다. 무협소설이 판타지라 해서 저급하다고 판단하는 것은 편견이다. 판타지라면 톨킨의 《반지의 제왕》도 마찬가지다. 결국 무협이란 제재로 인간과 사회, 세계에 대한 어떤 통찰을 보여주느냐 하는 것이 문제일 뿐이다.

루쉰(魯迅)의 《중국소설사(中國小說史略)》에 의하면, 무협소설은 청대 의협소설의 후예다. 더 거슬러 올라가면 사마천(司馬遷)이 《사기(史記)》〈유협열전(遊俠列傳)〉에서 형상화한 협객들, 곧 형가(荊軻)와 같은 사람과 만나게 된다. 협객은 강한 자를 누르고 약자를 돕는 것을 덕목으로 삼되 무(武), 곧 폭력을 그 방법으로 택한다.

유협은 다른 것이 아니라 깡패다. 의리 있는 깡패, 핍박 받는 민중을 위해서 폭력(그것도 대개는 절제된 폭력)을 쓰는 자다.

무협소설이 워낙 인기가 있다 보니, 여기에 대한 비평서도 있다. 양수중(梁守中)의 《무림백과(武林百科)》가 그것인데, 무협소설의 역사, 특히 구무협(舊武俠)과 신무협의 차이, 무림의 문파, 무술, 무기 등에 대해서 소상히 정리해놓았다. 또 하나는 진주교육대 송희복 교수가 쓴 《무협의 시대》인데, 주로 1966년에서 1976년 사이 무협영화의 계보와 영화의 주인공 및 배우에 대해 상설한 것이다. 나는 이 두 책으로 무협소설과 무협영화에 대한 전반적인 정보를 얻을 수 있었다.

전근대 사회에서 약자를 착취하는 자들, 법으로 도저히 어떻게 할 수 없는 자들(아니, 법을 넘어 있는 자들), 주로 관료나 토호(土豪) 같은 자들을 어떻게 할 수 없을 때 민중은 유협을 간절히 바라게 된다. 따라서 유협이 횡행하는 세상, 예컨대 《수호지》의 108명의 협객이 영웅으로 대접을 받는 세상은 분명 썩은 사회인 것이다. 내가 무협 비디오를 보고 실망했던 것은 그런 사회 현실에 대한 통찰이 보이지 않았기 때문일 터이다.

한국의 무협소설은 아마도 《홍길동전(洪吉童傳)》이 최초일 것이다. 물론 도술 운운하는 것이 무술은 아니지만, 무협소설의 무술이란 것도 사실 도술이나 진배없는 것이다. 실례되는 말씀인지 모르겠지만, 《장길산》 같은 것도 무협소설의 기미가 있다. 김홍신의 《인간시장》도 현대판 무협소설로서 썩 괜찮은 작품이 아닌가 한다. 하지만 읽을 만한, 한 번 손에 쥐면 놓을 수가 없는 그런 흥미진진한 한국판 무협소설은 아직 본 적이 없다. 세상이 이 모양이면 좋은 무협소설이 나올 만도 한데, 그러지 못하니 이 역시 좋은 작가가 없어서 그런 것인가. 아니면 무협소설 따위는 우습게 여겨 그런 것인가.

　사족. 무협소설이나 영화를 보면 정파건 사파건 졸개들을 죽일 때면 아무런 감정이 없는 것 같다. 졸개들은 늘 고수가 칼을 한 번 휘두르거나 주먹을 한 번 휘두르면 그냥 쓰러져 죽곤 한다. 그러면서 주인공은 언제나 인명의 귀중함, 의리 등을 들먹이고 있는데, 정말 웃기는 이야기다. 하기야 이렇게 따지고 들면 무협소설과 영화는 아예 볼 수가 없을 것이다. 하하!

감명
받은
책?

중·고등학교는 물론이고 대학 입학할 때나 직장을 처음 가졌을 때, 입학·입사 서류에는 반드시 취미란이 있었다. 적지 않아도 그만이지만 공연히 적지 않으면 무언가 불이익을 받을 것 같아 꼬박꼬박 채워 넣었다. 요즘도 그런 난이 있는지는 모르겠지만, 그런 서류를 만들어야 할 때는 주로 1970, 1980년대라 먹고살기 바쁜 가난한 시절이었다. 무슨 취미를 기를 여유가 있단 말인가. 또 대학생 때는 '음주'나 '흡연'이 유일한 취미였지만, 그렇다고 해서 그것을 그대로 쓸 수는 없었다. 제일 만만한 것이 '독서'였다. 이야기가 옆으로 새지만, 이제는 담뱃값이 올라 흡연의 즐거움도 쉽게 누릴 수가 없다. 어쨌거나 왜 남의 취미는 묻는단 말인가. 나는 취미란의 취미들이 어떤 효용 가치가 있는지 지금도 모른다.

취미가 독서라면 이런 질문도 반드시 받았을 터이다. "가장 감명

(때로는 감동) 깊었던 책은 무엇입니까?" 이 질문도 상당히 곤란하다. 나는 책 읽기와 관련하여 지금도 '감명'이란 말을 정확히 이해하지 못한다. 국어사전은 "감격하여 마음에 깊이 새김. 또는 새겨진 그 느낌."이라고 풀이하고 있다. 정말 사람마다 그런 감격해 마지않아 마음에 깊이 새겨진 그런 책이 있을 것인가? 지극히 개인적인 생각이지만, 대부분 없으리라 생각된다.

질문은 지금까지도 계속된다. 얼마 전에도 강연을 마친 뒤 '감동받은 책이 무엇이냐'는 질문을 받았다. 내가 쓴 책을 주제로 대학생들과 대화를 나누는 작은 자리에서도 같은 취지의 질문을 받은 적도 있다. 언제나 답할 말이 애매하다. 아니, 황당하다! 왜 내가 감동받은 책을 알아내려 한단 말인가. 애써 머릿속을 뒤적여보지만 그런 책이 떠오르지 않는다. 감동 받은 책이 없다니, 무언가 게으른 사람 같기도 하고, 이제까지 성의 없는 책 읽기로 살아온 것 같아서 약간 부끄러운 생각이 든다.

그런데 생각해보자. 정말 '감동'한 적이 있는가. 살아오며 온몸이 전율할 정도로 감동을 받은 적이, 그리하여 그 이후 인생에 큰 영향을 끼친 그런 감동을 한 적이 있었는가 말이다. 그건 아마도 질문을 받는 순간 머리에 그냥 떠오르는 그런 것이어야 할 것이다. 하지만 내 머릿속에는 그런 감동적인 순간이 없다.

한 걸음 더 나아가 보자. 도대체 왜 이런 질문이 사라지지 않는가? '가장 감명 깊었던 책은 무엇인가?'라는 질문은 내게만 던져진 것도 아니고, 요즘 새로 생긴 것도 아니기 때문이다. 이 질문은 나의 정치적 성향을 알아내려는 불순한 의도를 담고 있는 것이 아닐까 하는 생각도 든다. 또 엉뚱하게도 이 질문의 기원을 한번 따져보고 싶은 생각도 든다. 어찌 보면 우리는 책을 읽으면 무언가 감동해야 한다는 강박에 사로잡혀 있는 것은 아닌가. 이런 식으로 변명하자니 마음이 한결 수월해진다.

사실 그렇게 뜨거운 감동을 받은 책은 없지만, 내게 약간의 영향을 끼쳐 기억하는 책은 있다. 물론 내 인생의 행로를 바꾸었다든지 하는 그런 책은 아니다. 또 이름만 들으면 사람들이 고개를 주억거리는 그런 묵직한 고전도 아니다. 먼저 떠오르는 책은 중학교 3학년 때 읽은 벤자민 프랭클린의 《자서전》이다. 소상인의 아들로 태어난 프랭클린이 17세에 가출하여 인쇄소 직공이 되어 거기서 책을 읽으며 스스로 지식을 쌓아나가고, 24세에 '펜실베이니아 가제트(Pennsylvania Gazette)'의 경영자가 되는 일련의 과정은 중학교 꼬맹이에게는 정말 찬탄할 일이었다. 더욱 충격적인 것은 프랭클린의 엄격한 자기 관리였다. 자신의 도덕적 결함, 고쳐야 할 약점의 목록을 만들어서 하루하루 반성하고, 지키지 못한 경우 동그라미로 표시하여 그 동그라미가 없어지도록 노력하는 모습이 내게 희한한 매력으로 다가왔던 것이다. 사회와 학교, 나라가 박아 넣은 이상한 도덕률에 대한 반성적 사고가 전혀 없는 상태였으니, 프랭클린의 계획이야말로 나를 온전한 인간으로 이끄는 지침으로 여겨졌다. 고등학교에 올라가서 잠시 나는 그 노력을 흉내 내었다. 물어보나마나 그 모방은 참담한 실패로 끝났다. 나는 프랭클린의 뒤꿈치도 따라가지 못하는 인간이었던 것이다. 그 결과 더욱 심한 열패감에 빠지게 되었던 것도 두말할 필요가 없다.

이상하게도 비슷한 일은 반복되었다. 프랭클린에 대한 연모가 끝난 뒤 다시 유사한 책에 매료되었다. 토마스 아 켐피스의 《준주성범(遵主聖範)》이 그것이었다. 프랭클린은 엄격한 청교도 쪽이었지만, 켐피스 쪽은 경건하기 짝이 없는 가톨릭 신자였다. 그런데 이상하게도 《준주성범》이 내 마음을 끌었다. 손바닥만 한 책을 한동안 가지고 다니며 흉내를 내보려 했지만, 그 결과는 프랭클린의 《자서전》과 다르지 않았다. 이 책으로 얻은 소득이 있다면, 내가 '경건'과는 아주 길이 다른 속된 삶을 사는 인간임을 철저히 알게 되었다는 것이다. 또 다른 소득도 있었다. 절제하는 경건한 삶이 얼마나 훌륭한 것인지를 알게 된 것이다.

뒤에 공부하는 길로 접어들면서 자기 욕망을 절제하는 삶의 길이 기독교에만 있는 것이 아니라는 것을 알게 되었다. 그것은 모든 종교에서 동일하게 지향하는 길이었다. 불교와 성리학 역시 인간의 욕망에 대해 깊이 성찰할 것을, 욕망의 절제 없이는 결코 만족스러운 삶에 도달할 수 없음을 가르치고 있었다. 하지만 그것은 본래적 종교일 뿐이고 제도화된 종교, 곧 교단을 형성한 제도적 종교는 그런 절제와 아무 관련이 없거나 절제를 팔아서 돈과 권력을 향유하고 있다는 것도 알게 되었다. 이후로 종교 서적에서 무언가 느낌을 얻는 경우는 거의 없었던 것 같다. 하지만 종교와 관련해 감명 받은 책을 떠올릴 수 없게 된 것은 별로 아름다운 일은 아닌 것 같다!

끝으로 한마디 덧붙인다. 프랭클린의 《자서전》은 서문당의 문고본으로 읽었다. 1970년대 서문당의 문고본은 꽤나 좋았다. 《수호지》도, 《마농 레스코》도 이 문고본으로 읽었다. 값이 저렴하여 고등학생 신분으로도 구입할 수 있었다. 지금도 서가 맨 아래쪽의 한쪽에는 그때 책 몇 권이 먼지를 뒤집어쓴 채 꽂혀 있다.

가장
영향력 있는 책은
무엇인가

가장 감명 깊은 책은 쉽게 말할 수 없지만 가장 영향력이 있는 책은 누구에게나 다 있다. 무슨 고전 같은 것을 말하느냐고? 그건 아니다. 내 인생에 가장 큰 영향력을 행사한 책은 아마도 초·중·고등학교 교과서일 것이다.

반박하실 분도 있을 것이다. 교과서라니? 꿈에도 생각해본 적이 없다고 답할 분도 있을 것이다. 기독교인이라면 《성경》을 꼽을 것이다. 불교 신자라면 《불경》을, 드물지만 이슬람교 신자라면 당연히 《코란》을 꼽을 것이다. 또 어떤 이는 자신이 좋아하는 어떤 작가의 소설을 들 수도 있을 것이다. 하지만 그것들은 일시적인 감명일 수는 있지만 당신을 '만든' 책은 아닐 터이다. 가장 엄청난 책은 당신 자체, 혹은 나아가 인간 자체를 만드는 책이다. 그 거룩한 책의 이름은 교과서다.

교과서를 좋아하는 사람은 없을 것이다. 자발적으로 교과서를 읽겠다고 나서는 사람도 없을 터이다. 하지만 교과서는 국가권력을 배후에 두고 있다. 곧 교과서는 국가권력에 의해 개인에게 강제로 주입되는 책이다. 우리는 교육과 교육이 이루어지는 학교가 선(善)하다는 막연한 생각을 갖고 있다. 교육이 곧 사회적 성공을 위한 유일한 길이었던 사회, 또는 교육을 받을 수 있는 기회 자체가 사회적 특권에 속했던 전근대 사회에 대한 기억이 아직도 남아 있기 때문이다. 그런 이유로 한글을 모르던 할머니들이 한글을 깨친 뒤 감격하는 모습을 전하며 배우는 것이야말로 '해방'과 '자유'임을 설파하기도 한다. 이것이 교육의 순수한 본래적 의의일 것이다. 하지만 정작 국가권력에 의해 이루어지는 교육에서 본래적 의의는 희미한 그림자로 남아 있을 뿐이다.

냉정히 말해 교육은 개인의 대뇌를 열고 교과서를 쑤셔 박는 행위이고, 학교는 그 행위가 강제로 이루어지는 공간이다. 하지만 이 사실은 늘 은폐되어 있다. 생각해보면, 교과서를 말로 되풀이하는 권위적 도구가 교사이며, 교과서를 확장한 것이 참고서이며, 교과서가 개인의 대뇌에 제대로 장착되어 있는가를 점검하는 것이 시험이다. 그 시험의 과정은 초·중·고등학교 12년 동안 끊임없이 반복된다. 이상하지 않은가? 당신이 어떤 책을 읽어도 그 책의 내용을 알고 있느냐고 덤비는 사람은 아무도 없다. 오직 교과서만이 알고 있는지 강제로 확인하는 과정을 거친다. 수능시험은 결국 교과서에 근원을 둔 지식들이 머릿속에 어느 정도 들어 있는지를 총체적으로 점검하여 점수를 매기는 과정이고, 사회는 그 점수로 개인의 사회적 서열을 정한다. 그 주홍색 서열이 이마에 한 번 찍히면 영원히 지울 수 없는 카스트의 기호가 된다.

사람들은 왜 지금의 형태로 교과서가 세팅되어 있는지, 왜 교과서의 내용은 그러한지, 동일한 주제라면 다른 나라, 다른 사회의 교과서와는 어떻게 다른지를 생각해보지 않았을 것이다. 곰곰 따져보면 교과서를 통해 배우는 것들이 모두 쓸모 있는 것은 아니다. 미분·적분과 삼각함수를 꼭 알아야 사람 구실을 하는 것은 아니다. 또한 교과서는 모든 인간에게 통용되는 진리가 아니다. 일제강점기의 교과서와 지금 북한의 교과서, 대한민국의 교과서는 각각 다른 진리를 말하고 있다. 쿠바의 교과서와 미국의 교과서 역시 다를 것이다. 어느 교과서가 진리를 말하고 있는가? 나는 한국인이기에 오직 한국의 교과서를 진리로 수용할 뿐이다.

어떤 사람들은 시험을 칠 때마다 0점을 받았으니 그의 대뇌에는 교과서가 장착되어 있지 않을 것이라고 말할 것이다. 그렇지 않다. 초·중·고등학교를 다니며 교과서로 한국사(또는 역사)를 배운다. 그 배움의 과정이 끝나면 한국사의 세세한 국면은 잊힐 수 있어도 우리가 동일한 과거의 기억을 공유한 한 민족이라는 권력적 진술은 머릿속에 깊이 박힌다. 쉽게 지울 수도 없고, 쉽게 비판할 수도 없다. 거의 모든 교과서가 동일한 구실을 한다. 초·중·고등학교를 거치는 동안 우리는 교과서에 의해 의식화되면서 한국인으로 만들어지고 성장하는 것이다. 범위를 넓혀보면, 한국인과 중국인, 미국인,

북한인은 그렇게 해서 각각 만들어지는 것이다. 요컨대 국가의 권력에 의해 이루어지는 교육은 인간을 보다 자유롭게 만드는 것도 아니고, 주체적으로 사고하고 판단하고 행동하는 개인을 만드는 것도 아니다. 그것의 목적은 국가에 충성하는 개체를 만드는 것이다. 또 교과서를 가장 충실히 대뇌에 복제한 사람, 이른바 시험에서 우수한 성적을 거둔 우수한 인재들 중 일부는 그 교과서를 개량하여 보다 강력한 교과서를 만들기도 한다.

이런 의미에서 교과서는 세상에서 가장 힘이 센 책이다. 감동이니 감명이니 하는 말과는 다른 차원에서 개인에게 깊이 각인되는 책인 것이다. 교과서를 엄밀히 분석해보는 일은 그래서 정말 중요하다. 하지만 교과서를 비판적으로 분석해보는 사람은 거의 없다. 또 교과서만큼 빨리 사라지는 책도 없을 것이다. 너무나 흔하기 때문이다. 학년을 올라가면, 학교를 졸업하면 그냥 버리고 만다. 대부분의 교과서는 어디로 갔는지 사라지고 없다. 나 역시 초·중·고등학교 12년 동안 배운 교과서가 어디로 사라졌는지 모른다. 도무지 기억에 없다. 이미 머릿속에 장착되었으니 아무 소용도 없는 책이 교과서다. 학교를 마치고 나면 아무도 거들떠보지 않게 된다.

과거 사회를 알기 위해서는 교과서만큼 중요한 책도 없다. 구한말의 교과서는 많지 않으니 학자들이 수습해서 영인본으로 제작해놓았다. 하지만 일제강점기의 교과서를 정리했다는 말을 들어본 적은 없다. 교과서가 몇 종이었는지, 또 얼마나 남아 있는지도 모른다. 나아가 일본 제국주의자들이 식민지의 신민을 만들기 위해 교과서를 통해 한국인에게 어떤 담론을 주입시키려 했는지도 아직 충분히 연구되어 있지 않은 것 같다. 해방 이후로 넘어오면 사정이 더욱 딱하다. 초·중·고등학교의 교과서는 수천 종에 이를 것인데 모두 남아 있는지 의문이다. 남아 있는 것만이라도 어디 한곳에 모으고 이미지 파일로 만들어 인터넷으로 제공했으면 한다.

사족. 서울 살 때 일이다. 광화문에 있던 공씨책방을 기억하는 분들이 꽤나 있을 것이다. 공씨책방의 지하는 마치 도적의 산채 같았다. 오만 가지 책이 다 있었다. 공진석 사장은 어디서 책을 가져오는지 괜찮은 책을 잘도 가져다놓았다. 어느 날 들렀더니 대한제국 시대 교과서가 몇 권 꽂혀 있었다. 수중에 돈이 없어 내일 와야지 하고 돌아섰다. 며칠 뒤 들렀더니 그 책이 꽂혀 있던 자리만 비어 있었다. 이래저래 가난한 서생의 몫이 아니었던 모양이다.

평전을
기다린다

    같은 대학에 근무하는 친구가 나더러 자기들 모임에 좀 나와 줄
수 없느냐고 부탁을 한다. 무슨 모임인가 물었더니 한 달에 한 번
책 한 권을 읽고 토론하는 모임인데, 이번에는 내가 쓴 책을 읽을
예정이란다. 책 쓴 이가 친구라고 하자 모임에 불러 같이 이야기를
해보자는 제안이 있어 전화를 한 것이었다.

    친구는 자연과학을 전공했고 그 모임 역시 자연과학 전공자의 모
임이다. 꼭 그런 것은 아니지만, 문과 쪽 전공자들이 자연과학 쪽
지식을 결여하고 있듯, 자연과학을 전공하는 분들은 대체로 인문학
쪽에 관심이 희박하다. 같은 대학에 있지만 사실 딴 세계에서 살고
있는 듯한 느낌이 없지 않은 것이다. 그런데 자신의 결핍을 채우고
자 하는 의식적 노력도 있다. 친구의 모임은 주로 인문학 서적을 읽
고 있었다. 나 역시 교양 과학서에 손이 자주 가는 편이다. 어쨌든

그날 모임은 아주 즐거웠다.

달포 뒤 그 친구가 전화를 걸어서는 다산(茶山) 정약용(丁若鏞, 1762~1836)을 좀 더 쉽게 읽을 수 있는 방법은 없냐고 물었다. 그런 방법은 없노라고 답하자 이어 다산에 대해 이것저것 물었다. 신통한 답은 아니지만 아는 대로 조금 주워섬기자 이내 '다산평전(茶山評傳)' 같은 책은 없냐고 물었다. 지금 같으면 박석무 선생이 쓴 《다산 정약용 평전》을 소개했을 터인데, 그때는 이 책이 나오기 한참 전이었다. 없다고 하자, "그래? 그런 책이 있으면 좋을 텐데." 하고 아쉬워하면서 전화를 끊었다.

어떤 인물에 대해 공부를 하고 싶은데 접근할 방향을 찾기 어려울 때가 있다. 그가 남긴 저작이나 연구서를 읽으면 되지 않겠느냐고 하겠지만 그게 또 쉽지 않다. 원 저작이 어렵고 또 연구서는 어디서 시작해야 할지 알 수가 없다. 지금 하고 있는 연구에 반드시 필요한 것이라면 무조건 읽어야 하겠지만, 그런 정도는 아니다. 그러나 알아야 할 필요가 조금이라도 있으면 평전에서 시작하면 된다.

평전을 읽는 것은 여간 즐거운 일이 아니다. 최근에 읽은 평전은 철학자 피터 싱어가 쓴 헨리 스피라의 평전 《모든 동물은 평등하다》인데, 동물 운동가 헨리 스피라의 생애를 통해 동물권에 대한 생생한 지식을 얻게 되어 엄청나게 고마웠다. 거슬러 올라가면 평전을 읽고 공부가 된 적이 적지 않다. 프랜시스 윈의 《마르크스 평전》, 막스 갈로의 《로자 룩셈부르크 평전》, 아이작 도이처의 트로츠키 평전 3부작을 읽고 비로소 혁명의 시대를 희미하게나마 그려볼 수 있었다. 트로츠키의 숙적 스탈린 평전(《스탈린》)도 러시아 혁명과 전체주의 체제를 이해하는 데 아주 요긴했다.

그런가 하면 네차예프 평전(《네차예프, 혁명가의 교리문답》) 역시 혁명의 또 다른 얼굴을 이해하는 데 절대적으로 도움을 줬다. 아나키즘에 대한 이해는 바쿠닌 평전(《미하일 바쿠닌》)과 엠마 골드만 평전(《엠마 골드만》)으로, 인도 독립사는 《간디 평전》으로, 또 그것으로 채워지지 않는 부분은 《암베드카르 평전》으로 읽었다. 문인, 예술가의 평전도 흥미롭기 짝이 없다. 파블로 네루다 평전(《빠블로 네루다》)과 자코메티 평전(《자코메티》) 등등 이루 말할 수 없을 정도로 다양한 평전은 나의 뇌 어딘가에 일부가 간직되어 있을 것이다. 읽다가 만 것도 있다. 《케인스 평전》은 읽다가 다른 책으로 옮겨가는 바람에 끝을 내지 못했다. 헤겔 평전(《헤겔》)은 너무 길고 난삽하여 3분의 1쯤 읽다가 두 손을 들고 말았다. 아우구스티누스 평전(《아우구스티누스》)·《윌리엄 모리스 평전》·《미켈란젤로 평전》은 아직 서가에서 나를 기다리고 있다.

한국의 학계나 문필계에서는 아직 평전을 쓰는 분위기(?)가 아닌 것 같다. 근대 이후는 모르겠으되 조선조로 거슬러 올라가면 그야말로 평전의 황무지다. 조선 건국에 있어 결정적인 영향력을 행사한 정도전 같은 경우도 텔레비전 연속극은 있지만 믿고 읽을 만한 평전은 없다. 세종대왕은 어떤가? 왕이라서 평전이 필요 없다고? 그렇지 않다. 왕이야말로 권력에 가려 평가의 왜곡이 일어나기 쉬우므로 엄정한 평전이 필요한 것이다. 이순신은 어떤가? 이순신의 전기는 대부분 영웅서사시에 가깝다. 당대 사회의 맥락을 충분히 고려하면서 철저한 자료 비판을 통해 그의 내면까지 읽어내는 그런 평전은 아직 없는 것으로 알고 있다.

따지고 보면 평전의 결핍은 상상외로 심각한 수준이다. 다산이라면 모두 대단한 학자인 줄 알지만, 최근에 출판된 박석무 선생의 《다산 정약용 평전》 외에는 믿고 읽을 수 있는 평전이 없다. 이 책으로 급한 대로 해갈(解渴)은 하게 되었지만, 다산 같은 학문적 거인의 경우에는 그의 학문 전체를 충실히 조망할 수 있는 '학자 다산'의 평전이 또 나왔으면 한다. 어디 다산뿐이겠는가? 박지원(朴趾源, 1737~1805)도, 박제가(朴齊家, 1750~1805)도, 이덕무(李德懋, 1741~1793)도 모두 평전이 절실히 필요하다.

사실 한 인물의 생애와 업적을 평가하는 글은 한문학의 전통에서는 결코 드물지 않다. 아니, 오히려 풍성하다. 사람이 죽고 나면 쓰는 행장과 비문, 전(傳) 등이 그런 경우다. 이 중에는 지금의 평전의 양에 걸맞게 아주 긴 것도 있다. 주자의 〈장위공행장(張魏公行狀)〉이란 작품은 한문 책으로 220면, 전겸익(錢謙益)의 〈손승종행장(孫承宗行狀)〉은 224면이다. 우리말로 번역하면 책 두 권은 너끈히 나올 것이다. 물론 이렇게 긴 행장은 드문 것이고, 또 행장은 인물에 대한 긍정적 평가 위주로 쓰인다는 한계가 있다. 하지만 여러 문학 장르를 통해 개인의 삶을 평가하던 중국과 조선의 오랜 전통은 까맣게 잊히고 말았다. 오늘날의 평전은 행장과 비문, 전의 복합물이라고도 할 수 있을 터인데, 볼 만한 작품이 없다는 것은 정말 유감이 아닐 수 없다. 하기야 시간이 흐르면 읽을 만한 평전이 적지 않게 나올 것이다. 다만 간절히 바라노니, 제발 영웅서사시는 그만 썼으면 한다.

　나와 같은 과 교수로 있는 정출헌 교수는 평전과 연보에 관심이 많다. 정 교수는 점필재연구소 소장이기도 한데, 이 연구소에서 '연보와 평전'이란 제목으로 작은 잡지를 낸다(연구소에서는 《이완용 평전》 등 몇 종의 평전을 내기도 했다). 나 역시 거기에 몇 차례 원고를 싣기도 했는데, 이 잡지가 평판이 아주 괜찮다. 광고도 없고 모조리 읽을 만한 글로 채워졌으니 어찌 그렇지 않을 것인가!

망가진
책의
아쉬움

잘 아는 교수님이 소설책을 번역해서 보냈다. 번역자가 둘이었다. 그분의 배우자도 교수신데, 한 분은 영문학자, 한 분은 역사학자다. 두 분이 번역했겠거니 하고 생각했는데, 번역자 중 한 사람은 아드님이란다. 참으로 (순전히 내 생각이지만!) 행복하겠구나 싶었다.

책을 훑어보니, 한 쪽은 인쇄가 되어 있고, 한 쪽은 인쇄가 되어 있지 않았다. 파본이었다. 서점에서 산 책이라면 당장 바꾸었을 것이다. 하지만 기증 받은 책을 파본이라며 돌려보내고 새 책을 달라고 하면 뭔가 좀 이상할 것 같았다. 그래서 서가에 꽂은 후 내쳐 그냥 두었다. 뒤에 그 교수님을 만나 책을 보내주어 고맙다고 인사하고 책의 상태가 그랬다고 하니, 깜짝 놀라면서 새 책을 보내주겠다고 했다. 하지만 그럴 필요가 없다고 했다. 아니, 파본이니까 그냥 갖겠다고 우겼다. 왜냐? 혹 아는가? 이 책이 뒷날 유명해져서 에러

우표처럼 엄청난 값을 받게 될지? 하하!

　파본일 수도 있다면서 책을 사면 꼭 첫 쪽부터 마지막 쪽까지 넘겨가며 검토하는 분도 보았다. 자신이 못하면 학생을 시켜서라도 꼭 확인하는 것이었다. 왜 그렇게 깐깐할까 하고 생각했다가 다시 생각해보니, 과거 책들은 그럴 만도 했다. 인쇄나 제본 기술이 시원치 않았을 때 종종 인쇄되지 않은 쪽, 중복된 쪽, 없는 쪽이 드물지 않게 있었던 것이다. 그분의 깐깐한 행동도 이해가 되었다.

　파본은 종종 경험하는 터이다. 한번은 학교 앞 서점에서 책을 사서 붉은 색연필로 줄을 그으며 신나게 읽고 있는데, 어라, 갑자기 내용이 튄다. 전후를 꼼꼼히 훑어보니 몇 쪽이 빠졌다. 서점에 가지고 갔더니 두말하지 않고 바꾸어준다. 또 책날개에 파본은 바꾸어준다고 적어두고 있으니 요즘은 파본 걱정할 필요가 없다. 정작 사람을 괴롭히는 건 이빨 빠진 고서다.

　서울의 모 대학 도서관에 꼭 필요한 책이 있어 중간에 사람을 넣어 복사를 부탁했다. 며칠을 기다리는데 아주 감질이 났다. 드디어 복사본을 받아 보았다. 열흘 굶주린 사람이 밥을 떠서 입에 넣듯 허겁지겁 펼쳐 자료를 훑어보는데 이게 웬일인가. 원하는 자료가 있는 책만 빠져 있는 것이 아닌가. 10권 5책의 고서라면 10권은 내용상의 분류고, 5책은 형태상의 분류다. 그런데 내가 보고자 한 것은 4책의 8권에 있는데, 4책이 없는 것이다. 목록에는 5책이 다 있는 것으로 나와 있지만 어떤 이유로 4책이 사라진 것이다.

　다시 같은 책을 소장하고 있는 다른 도서관과 접촉해서 복사를 해내었다. 그런데 이게 어찌 된 일인가. 그쪽 사본도 역시 내가 원하는 부분이 있는 책만 빠져 있는 것이 아닌가. 그 책의 중요 부분을 아는 사람이 빌린 뒤 반납하지 않은 것이 아닌가 싶다. 이렇게 이가 빠진 책을 낙질본이라고 한다. 돌이켜보면 희한하게도 내가 보고자 하는 내용이 낙질 속에 있는 경우가 많았다. 박사과정 때도 도서관에 다른 곳에서 보기 어려운 책이 있는 것을 알고 신청하면 종종 망실되었다는 답이 돌아왔다. 이건 나만의 경험인가?

최근에는 고서가 아닌 책에서도 같은 경험을 했다. 부산대학교 도서관에 《부산대학교 10년사》란 책이 있다. 나는 2005년 부산대학교 60년사를 편찬할 때 편찬위원으로 참가해서 한 꼭지를 썼다. 그때 교사자료관(校史資料館)에서 필요한 기본 자료를 건네주었다. 아주 간단한 것을 예로 들면, 부산대학교 50년사, 40년사, 30년사, 20년사, 10년사다.

그중 가장 중요한 것은 1946~1956년까지 10년의 역사를 정리한 10년사였다. 기름 먹인 원지를 철필로 긁어 등사판에 밀어 만든 이 책은 지금의 기준으로 보면 초라하기 짝이 없다. 종이는 거친 갱지고 제본을 위해 박은 철사는 녹이 슬어 빨갛다. 이런 책이지만 내용은 너무나도 흥미롭다. 해방 직후 부산에서 대학을 설립하고자 했던 부산 시민들의 노력과 그야말로 적빈(赤貧)의 상황 속에서 자금을 마련하느라 동분서주했던 선각(先覺)들, 좌우 대립, 6·25전쟁기의 전시대학(戰時大學) 등등 어느 것 하나 귀중하지 않은 부분이 없었다.

특히 국가에서 국비를 지원한 것이 아니라, 민간에서 자금을 모아 국가에 헌납한 뒤 그것을 국비로 다시 내려주는 형식을 통해 부산대학교를 건립했다는 이야기는 어디서도 찾아볼 수 없는 것이었다. 또 어떤 유명한 기업인이 부산대학교 상과대학의 설립에 기부금을 내기로 약속했다가 지키지 않고 뒷날 선거에 나와 자신의 업적을 묻는 사람에게 부산대학교에 기부금을 내었노라고 거짓말한 것까지 적어놓고 있다. 요컨대 나는 이 책에서 단순한 취업 준비 기관으로서의 대학이 아니라, 보다 나은 사회를 만들기 위한 진지한 노력과 열정으로 넘쳤던 대학의 모습을 엿볼 수 있었다. 또 무미건조한 계량적 서술이 아닌 이야기체의 서술도 너무나 흥미로웠다.

《10년사》는 이미 부산사(釜山史)의 일부를 이루고, 한편으로는 한국 대학사(大學史)의 일부가 된다. 하지만 단 한 부밖에 없는 이 귀중한 책이기에 혹시 없어지면 어떻게 될까 하는 마음에 부본(副本)을 만들었다. 책을 복사한 뒤 돌려주고 복사한 것을 대본으로 삼아 컴퓨터에 입력해 한글파일로 옮겼다. 깨끗이 교정을 보고 출력을 했더니, 아주 깔끔하게 되었다. 출판사에서 책으로 내어줄 리 만무하니 언젠가 형편이 되면 내가 개인적으로라도 주해를 달아 소량 제작하기로 하고, 몇몇 관심 있는 분들에게 출력하여 나누어주었다.

그런데 《10년사》에는 결정적인 흠이 있었다. 여러 쪽이 누락된 파본이었던 것이다. 제본할 때 실수로 몇 쪽이 빠진 것 같았다. 은퇴하신 노교수님들에게 여쭈어보는 등 백방으로 수소문했지만 온전한 책을 구할 수 없었다. 《10년사》를 낸 것이 1956년이니 교수며 학생이 수백 명에 불과한 시절이었다. 《10년사》를 몇 부나 간행했을 것인가. 또 이런 책일수록 가치 있는 것으로 여기지 않았으니 가뭇없이 사라진 것도 당연한 일일 것이다.

아마도 《10년사》는 교사 자료관에 있는 책이 유일할 것이다. 이럴 경우 다시 책을 찍는다 해도 빠진 부분을 채워 넣지 못하고 만다. 불구의 책이 되는 것이다. 책을 사랑하는 사람에게 파본은 정말 끔찍한 형벌이다. 책 만드시는 분들에게 부탁하노니, 제발 파본만은 만들지 말아주시기를!

오감으로
책
읽기

책을 읽거나 컴퓨터 화면을 바라보며 글을 쓰거나 하는 날이 계속 되면 짜증이 날 때가 있다. 일이 없는 간단한 일상을 바라지만, 그 간단함이 연속되면 단조로움에 다시 지친다. 쓸데없는 상상, 걱정으로 번질 때도 있다. 어느 날 소리를 내어 책을 읽어보았다. 큰 활자로 찍은 《고문진보(古文眞寶)》다. 요즘 책과는 달리 활자가 아름다워 보기 좋다. 고서를 소리 내어 읽으면 정말 책을 읽는 맛이 난다. 고개를 앞뒤로 흔들다가 또 좌우로 흔들며 상체를 굽혀다 폈다가 하면서 내 마음대로 흥이 나는 대로 읽어본다. 연구실은 방음이 잘되어 무어라 시비할 사람도 없다. 한참을 그러고 보면 뭔가 빠져나간 듯한 느낌이 든다. 마음이 시원해진다.

책을 소리 내어 읽은 지가 얼마였던가. 정말 이따금 소리 내어 읽을 때면 이덕무가 떠오른다. 이덕무는 알려져 있다시피 서파(庶派)

였다. 그의 조상 중에 서자가 있었던 것이다. 한 번 서자는 영원한 서자다. 5대 조부가 서자라면 그의 후손은 모두 서자 대접을 받는다. 서자는 아무리 재능이 있어도 사회에서 인정받을 수 없었다.

이 밤에 희미한 달빛이 은은히 비치자 여러 풀벌레의 구슬픈 울음소리가 요란해졌다. 등불은 가물거리는데 아무 말 없이 오뚝이 앉아 있으니 강개(慷慨)한 마음이 자꾸 소용돌이치고 까닭 모를 슬픔이 일어났다. 이는 아마 가을의 정기(正氣)가 능히 장부(丈夫)의 굳센 창자를 더욱 단련시키려는 것인가 보다. 송옥(宋玉)의 〈구변(九辯)〉을 소리 높여 읽으니, 그의 구레나룻이며 기침 소리와 웃음소리에 담긴 정령(精靈)이 글자 사이에 뚜렷이 나타나는 듯했다.

〈구변〉은 간신의 음모로 쫓겨난 충신 굴원(屈原)의 처지를 제자 송옥(宋玉)이 가을이 되어 시드는 초목에 빗댄 노래다. 이덕무는 〈구변〉을 소리 내어 읽으며 답답한 마음을 풀 수 있었다.

조선시대 책 읽기의 기본은 소리 내어 읽는 성독(聲讀)이었다. 박지원의 〈양반전(兩班傳)〉에는 《동래박의(東萊博議)》를 얼음에 박 밀 듯 외어야 한다는 말이 있다. 얼음에 박을 밀면 얼마나 매끄러울까? 책은 그렇게 매끄러운 소리가 될 때까지 읽어야 한다. 그렇다면 도대체 몇 번이나 읽어야 할까? 다산 정약용은 〈김백곡(金柏谷)의 독서(讀書)에 대한 변증〉이란 글에서 백곡 김득신(金得臣, 1604~1684)이 《사기》〈백이열전(佰夷列傳)〉을 좋아해 10만 3000번 읽었다고 하는 말을 따지고 있다. 김득신은 〈독서기(讀書記)〉에서 사서삼경과 《사기》, 《한서(漢書)》, 《장자(莊子)》, 한유(韓愈)의 산문 중 어떤 것은 6만 내지 7만 번, 적게 읽은 것은 수천 번을 읽었다고 한 것이다. 다산은 문자가 생긴 이래 김득신이 가장 부지런한 사람일 거라고 평가한다.

하지만 그 독서의 횟수에는 문제가 있다고 한다. 부지런히 읽는 선비라 해도 하루에 〈백이전〉을 100번 읽을 것이다. 그렇다면 1년에 3만 6000번을 읽을 수 있고, 3년이면 10만 8000번을 읽을 수 있을 것이다. 하지만 사람이 책만 읽으며 살 수는 없다. 병이 있고, 걱정거리가 생기고, 어디를 가기도 하고, 찾아오는 사람을 맞이하기도 한다. 어버이를 섬기는 일에도 당연히 시간이 들게 마련이다. 그러니 아무리 해도 4년이 걸려야 겨우 10만 3000번을 읽을 수 있다. 그런데 어디 〈백이전〉만 읽는단 말인가. 다른 책도 〈백이전〉만큼은 아니지만, 수만 번씩 읽었다. 어느 겨를에 이런 책들을 다 읽을 수 있단 말인가. 다산은 〈독서기〉는 백곡이 쓴 것이 아니라, 그가 죽은 뒤 전해들은 말을 기록한 것으로 추정한다. 하지만 어쨌든 백곡이 엄청난 성독가였음은 부동의 사실이다.

과거에는 책을 어떻게 읽었던가. 사서삼경이라면 지금도 그 읽는 방법이 많이 남아 있다. 구결을 붙여 길고 장중하게 늘려서 읽는다. 개인적으로는 약간 느끼하다고 생각한다. 한문 경서만이 아니라, 옛 소설과 가사를 낭송하는 것도 들어본 적이 있다. 하지만 그건 어디까지나 아마추어로서의 읽기고, 프로로서의 책 읽기가 따로 있다. 〈추풍감별곡(秋風感別曲)〉이란 소설이 있다. 채봉이란 처녀와 강필성이란 선비가 사랑하고 헤어지는 등 우여곡절을 거쳐 마침내 혼인한다는 그런 내용이다. 그런데 〈추풍감별곡〉은 노래이기도 하다. 곧 국악으로서 〈추풍감별곡〉은 서도 소리로 분류하는데, 그 하위 장르는 송서(誦書)다. 들어보면 이것은 책 읽는 소리에 가깝다. '송서'라고 한 것도 그 때문일 것이다. 아마도 소설 읽는 법이 점차 발전하여 음악화된 것이 아닌가 한다. 이건 프로로서의 책 읽기라고 할 만한 것이다.

도서관에 가보면 조용하기 짝이 없다. 혹 작은 소리라도 날까 봐 조심스럽다. 진동으로 설정한 스마트폰이 열람석 위에 있다가 우우웅 하고 울리는 소리조차 눈총을 받기 일쑤다. 책을 읽는 사람은 침묵 속에서 눈동자로만 책의 언어를 흡수하는 것이다. 이건 책 읽기의 반쪽이다. 책은 원래 소리 내어 읽어야 한다. 물론 모든 책이 소리 내어 읽기, 곧 성독의 대상이라는 말은 아니다.

오랜 시간 숱한 사람들이 빼어난 것으로 인정한 글이나 책이 있다. 그런 글과 책은 소리 내어 읽어야 한다. 소리뿐만 아니라, 그 소리에 맞추어 몸을 흔들면서 읽어야 한다. 글과 책은 오감을 통해 우리 몸에 천천히 스며든다. 그리고 그것은 곧 나 자신이 된다. 이게 책을 온전히 읽는 방법이 아닐까?

2장

오래된 책들이 남긴 후일담

한자

사전

이야기

친구가 스마트폰으로 기묘한 사전을 보여준다. 스마트폰 화면에 한자를 쓰면 곧 현재 가장 큰 한자 사전으로 알려진 《한어대사전(漢語大詞典)》의 해당 한자 항목이 뜨는 것이다. 엄청나게 편리하다. 10책이 넘는 사전이 스마트폰으로 들어가 버린 것이다.

이야기를 꺼낸 김에 자전 이야기를 해보자. 앞서 일제강점기의 베스트셀러 중 하나가 자전이라고 했는데, 이건 상당히 놀라운 사실이다. 요즘은 어떤 사전도 베스트셀러에 끼이지 않는다. 생각해보면, 일제강점기만 해도 여전히 한문을 읽었고 국문이라 해도 한자어투성이의 국한문 혼용을 사용했으니, 당연히 한자 사전의 수요가 많았던 것이다.

일제강점기에 사전에 대한 수요가 이처럼 높았다면, 순전히 한문을 사용한 조선시대에는 그 수요가 더 컸을 것이다. 또 조선시대에는 보다 많은 다양한 사전이 있었을 것이라고 미루어 짐작할 수 있다. 하지만 그건 그렇지 않다. 조선시대에는 지금 우리가 아는 그런 한자 사전이 없었다.

원래 모르는 한자를 찾는 사전은 중국에서 세 가지 종류로 발전했다. 첫째는 의미상 같이 엮일 수 있는 한자를 모은 사전이다. 예컨대 '집'이란 의미를 갖는 한자를 모으는 방식이다. 가(家)·실(室)·당(堂)·재(齋)·누(樓)·헌(軒)·관(館)·관(觀) 등은 모두 집을 나타낸다. 한(漢)나라 이전에 만들어진 《이아(爾雅)》가 그 최초의 것이다.

둘째는 운서(韻書)다. 한시를 지을 때 한자의 운(韻)과 그 글자의 평·측을 알아야 한다. 모든 한자를 106운으로 나누고(206운으로 나눈 것도 있으나 잘 쓰이지 않았고, 우리나라에서 쓴 것은 106운이었다), 각 운마다 글자를 소속시키는 것이다. 중국 남북조시대에 만들어진 《광운(廣韻)》을 시작으로 다양한 운서가 만들어졌으며, 고려와 조선은 그것들을 수입해 사용했다. 한편 조선에서도 몇 종의 운서를 제작해 사용했는데, 그중에서 《규장전운(奎章全韻)》(1800)이 가장 널리 사용되었다.

셋째는 자서(字書)다. 즉, 전혀 모르는 글자가 나왔을 때 그 글자의 음과 뜻, 운 등을 알기 위한 사전이다. 후한의 허신(許愼, 30~124)이 《설문해자(說文解字)》를 엮고 처음으로 540개의 부수를 제시하여, 부수로 한자를 검색하는 법을 고안했다. 이 방법을 따라 양(梁)나라 고야왕(顧野王, 519~581)의 《옥편(玉篇)》, 명나라 매응조(梅膺祚)의 《자휘(字彙)》, 청나라의 《강희자전(康熙字典)》 등이 만들어졌다.《옥편》부터는 부수의 수도 214개로 줄었다. 20세기 이후 근대식 사전이 만들어지고도 온갖 한자 사전에 '옥편'이란 이름이 붙었으니, 고야왕의《옥편》의 영향력은 정말 장구하다 하겠다. 청나라 강희제(康熙帝)의 명령으로 만들어진《강희자전》은 4만 9030자를 수록한 가장 정보량이 많은 자전이었고, 이후 자전은 모두《강희자전》을 모본으로 삼았다. 비록 '옥편'이란 이름을 달고 있어도 내용은《강희자전》에 근거를 둔 것이다.

고려와 조선은 대체로 위에서 언급한 중국의 운서와 자전을 수입하여 사용하거나, 그것을 복각(覆刻)하여 사용했다. 만든 것도 몇 종 있지만, 널리 사용된 것 같지는 않다. 조선에서 제작한 운서와 자전으로서 가장 영향력이 있었던 것을 꼽으라면《규장전운》과 《전운옥편(全韻玉篇)》을 들 수 있다. 전자는 정조의 명으로 이덕무 등이 중국의 다양한 운서를 참고하여 만든 것이고, 후자는《강희자전》을 바탕으로 하여 만든 것이다. 이 두 책은 정조 이후 민간에 가장 광범위하게 유포되었다. 20세기 초반까지 관판본(官板本)은 물론이고 민간의 방각본(坊刻本)으로 여러 차례 간행되었던 것이다.

한자 사전의 역사는 매우 복잡하여 그것만으로도 거창한 학문의 분야가 된다. 이 방면에는 상당한 연구 업적이 축적되어 있다. 하지만 우리나라의 경우에 사전들이 과연 얼마나 발간되고 유통, 이용되었는가 하는 문제는 아직 선명하게 밝혀진 바 없다. 조선시대에는 책값이 엄청나게 높았다. 그렇다면 과연 조선시대 과거를 준비하는 사족 양반들은 모두 다양한 사전을 개인적으로 가지고 있었을까? 여기에 과감히 그렇다고 답할 자신은 없다. 잠정적인 추정으로는 그렇지 않았을 것이라고 생각한다.

대체로 어릴 적에 한문을 배울 때는 선생님이 뜻과 음을 알려준다. 《천자문(千字文)》이나 《유합(類合)》 같은 글자를 모아놓은 책을 배운다. 《천자문》은 다 아는 책이니 설명이 필요 없을 것이다. 《유합》은 한자를 의미별로 분류한 것이다(서거정이 만들었다는데 확실하지는 않다). 이런 글자를 가르치는 텍스트부터 읽고 외우고 쓰는 과정을 거친다. 뒷날 이게 적절한 텍스트가 아니라는 비판이 있어 중종 때 최세진(崔世珍, ?~1542)이 일상생활과 밀접한 관계에 있는 글자 3360자를 모아 《훈몽자회(訓蒙字會)》를, 선조 때 유희춘(柳希春, 1513~1577)이 《유합》을 개정하여 수록 한자 수를 배 정도로 불린 《신증유합(新增類合)》(3000자)을 엮기도 했다. 이것들이 주로 어린이를 교육할 때 사용한 한자 책이다.

약간 복잡한 텍스트는 스승으로부터 뜻과 음을 배우고 다시 또 읽고 외우고 쓰는 과정을 거친다. 이런 과정을 거쳐 기본적인 한자를 익힌다. 하지만 조금 더 수준이 올라가면 그때부터 문제가 발생한다. 예컨대 《논어》나 《맹자》를 읽다가 모르는 글자가 있으면 어떻게 하는가? 대개 어려운 글자는 주석이 달려 있다. 이 글자의 음은 무엇이고 뜻은 무엇이라고 나와 있는 것이다. 그럼에도 불구하고 주석이 없는 글자들은 어떻게 하는가? 스승을 찾아 물어볼 수밖에 없다. 이덕무의 《청장관전서(靑莊館全書)》에는 어떤 글자를 써놓고 무슨 뜻이냐고 묻는 편지와 이덕무의 답장이 여러 통 실려 있다. 워낙 박학한 이덕무이기에 그런 문의가 많았던 것이다. 물론 이것은 이덕무만이 아니라 다른 문집에도 더러 보인다.

　지면이 짧아서 상론하지는 못하지만, 엄밀한 의미에서 우리나라에서 제대로 만든 한자 사전은 단국대학교 동양학연구소에서 30년에 걸쳐 만든 《한한대사전(漢韓大辭典)》(2008년 완간, 전 16권)이 아닌가 한다. 이 사전으로 일본식 한자 사전으로부터 비로소 자유롭게 되었던 것이다.

조선시대
서울
사전

박사과정에 들어가서 번역을 하는데, '자각(紫閣)'이란 말이 나왔다. 아무리 찾아도 알 수가 없었다. 경인(絅人) 선생님(나의 박사 논문 지도 교수님이신 임형택 선생님)께 여쭈어보았더니 "응, 서울을 자각이라 그랬어."라고 하신다. 그 뒤로 서울이란 오래된 도시에 관심이 쏠렸다. 요즘 유행하는 말로 하자면 서울의 장소성에 흥미가 생겼던 것이다.

공부의 길로 접어든 이래 한문학사에 이름을 남기고 있는 사람은 거의 다 서울 사람이라는 것을 알게 되었다. 특히 조선 후기가 되면 높은 벼슬을 하는 사람이나 유명한 문인들은 대개 서울 사람이었다. 박지원과 박제가, 이덕무, 유득공(柳得恭, 1749~1807) 등이 어울려 살던 곳도 종로 백탑 부근이었고, 김창협(金昌協)과 김창흡(金昌翕) 등도 모두 서울 자하문 근처에 살았던 것이다. 대개의 서울 양반들은 충청도와 경기도에 따로 향제(鄕第)를 두고 다시 서울에 집을 두고 살았다. 홍대용(洪大容)은 충청도 청주(지금은 천안이 되었다)에 향제가 있고, 서울 남산 아래에 서울 집이 있었다. 추사(秋史) 김정희(金正喜)는 충청도 예산에 향제가, 가회동에 서울 집이 있었다.

서울은 1980년대에 급속도로 덩치를 키워나갔다. 1981년 제3한강교를 건너 세곡동 쪽으로 가는데, 양재동 시민의 숲 근처를 흐르는 수로에 사람들이 낚싯대를 드리우고 빼곡히 앉아 있었다. 이제 그런 풍경은 상상도 할 수 없다. 조선시대의 흔적, 전근대의 자투리는 급속도로 씻겨나가고 있다. 나는 부산 태생이고, 집안은 원래 경상북도에 터를 잡고 살았다. 서울은 공부를 하기 위해 머물렀던 곳이다. 서울의 지역성에 대해서는 아주 젬병이었다. 이곳저곳 지역의 내력에 대해 귀동냥이라도 하려고 주변의 '서울' 사람들에게 물어보아도 잘 모른다는 이야기뿐이었다.

서울과 관련되는 유일한 끈이라면 서울 여자와 만나 결혼했다는 것이다. 서울 토박이인 처가 식구들에게 물어도 얼마 전의 서울만 알 뿐, 조선시대의 서울, 해방 전의 서울은 잘 모른다. 이래저래 책을 찾아보니 여러 책이 있었다. 유득공의 《경도잡지(京都雜誌)》, 유만공(柳晚共)의 《한경지략(漢京識略)》,《세시풍요(歲時風謠)》 등이 조선 후기 서울에 관한 이루 말할 수 없이 귀중한 정보를 제공해주었다. 《동국여지비고(東國興地備考)》,《한양가(漢陽歌)》도 빼놓을 수 없는 자료였다. 《한양가》는 서울 시전(市廛)의 구체적인 모습과 그 활기찬 분위기, 서울 중하층 사람들의 유흥 등에 대해 다른 데서 찾아볼 수 없는 자료를 제공해주었다. 그 외 강이천(姜彝天)의 〈한경사(漢京詞)〉와 같은 연작 한시들도 꽤나 남아 있었다.

이런 책은 중요하기는 하지만 그야말로 창해일속(滄海一粟)이었다. 예컨대 '우대'란 말은 학위논문을 쓰기 위해서는 그 내용을 꼭 구체적으로 알아야 할 지명인데 도무지 밝혀놓은 문헌이 없었다. 경인 선생님께 여쭈어보니, 이희승 선생님을 찾아가 뵈란다. 일석 선생의 수필을 보면, 마치 서울을 자기 동네 그리듯 자세히 표현해놓았다. 하지만 서른을 갓 넘은 젊은이가 무슨 용기로 그 극노인을 만날 수 있단 말인가. 이러구러 시간이 흐르는 동안 어찌어찌 어렵사리 문헌을 찾아 '우대'에 관한 의문을 해결할 수 있었다.

이런 과정을 거치면서 나처럼 서울의 장소성에 궁금증을 갖고 있는 사람이 있을지도 모른다는 생각이 들었고, 아예 내가 '서울 사전'을 만들면 어떨까 한 적도 있었다. 한글학회에서 만든 《서울지명사전》이 있지만, 그것은 단지 지명일 뿐이지 않는가? 또 그 서술 방식으로는 과거 서울의 구체적인 모습을 짐작하기 어려웠다. 지금 지도와 옛 지도, 그 외의 시각 자료를 풍부하게 넣고 관련되는 역사·문화·인물 등의 이야기를 곁들인 그런 사전은 어떨까? 이런 생각이 머리를 떠나지 않았다.

그런데 서울이란 도시는 불안하게도 너무나 빨리 변하고 있었다. 아니, 빠르다는 말로도 충분치 않았다. 그것은 날마다 변신하고 있었고, 전근대의 흔적을 씻어내고 있었다. 일제강점기의 서울 역시 거의 남아 있지 않았다. 과거 서울에 관한 정보를 모아 상세한 사전을 만들고 싶었지만, 1993년 나는 서울을 떠났고 이런저런 연구에 쫓겨 그 계획은 불발이 되고 말았다. 그 뒤 파트리크 쥐스킨트의 《향수》를 읽다 그 첫머리에 나오는 파리 시장의 치밀하기 짝이 없는 묘사를 보고, 과연 오늘날 우리가 조선시대 서울을 그토록 정밀하게 묘사할 수 있을까 하는 생각이 들었다. 하여, 다시 '서울 사전'을 떠올렸지만 그것을 구체화할 수 있는 힘이 없었다. 대신 이래저래 모은 자료에 주해를 붙여 2010년 《사라진 서울》이란 책으로 묶었다. 앞으로 내 평생에 다시 서울 사전을 펴낸다는 꿈은 꾸지 못할 것이다.

사전이 풍부한 사회는 문화가 풍요로운 사회다. 사전은 그 사전을 만들 당시까지 모든 문화적 업적을 압축한 것이니 말이다. 도서관의 참고 열람실에 가보면 별별 사전이 다 있다. 내 서가에도 《갑골문자전》·《금병매사전》·《홍루몽사전》·《시경사전》·《이조어사전》·《세계사대사전》·《철학사전》·《음식용어사전》·《정치경제학사전》 등등 이런저런 사전이 꽂혀 있다. 하지만 사전을 만드는 일은 고역 중의 고역이다. 요즘 대학에서는 사전을 편찬해도 업적으로 쳐주지 않는다. 10년, 20년이 걸려 사전을 만들어도 그 역시 논문 한 편과 같이 평가할 뿐이다. 만약 대학에서 사전 만드는 것을 자기 학문적 과업으로 삼는 사람이 있다면, 그는 아마도 연구 업적 0퍼센트가 되어 쫓겨나고 말 것이다. 또 사전은 제작이 어렵고 제작한다 해도 날개 돋친 듯 팔리는 것도 아니다. 그러니 누가 그 고생을 감당하려 할까?

사이먼 윈체스터의 소설 《교수와 광인》은 정신병으로 사람을 죽이고 감옥에 갇혀 있던 윌리엄 마이너가 제임스 머리 경이 요구하는 어휘의 용례를 찾아 저 유명한 《옥스퍼드 영어사전》의 제작에 열정적으로 협력했던 이야기를 담고 있다. 나 역시 사전을 만들려면 감옥에 갇히거나 갇힌 것처럼 살아야만 하는 것인가? 하하!

끝으로 한마디만 더 하자. 과거에는 모르는 것이 있으면 사전을 펼쳤다. 이제는 이런저런 사전을 펼치는 일이 거의 없다. 인터넷 때문이다. 하지만 인터넷에서 제공하는 사전 역시 어떤 사람의 노고로 만들어진 것이라는 사실은 변함이 없다!

《한양가》,
19세기 서울의
풍물지

'서울 사전' 이야기를 하다 보니,《한양가》생각이 난다.《한양가》
이야기를 좀 해보자.

집이 해운대 근처에 있으니, 승용차로 3분이면 바닷가에 도착한
다. 기장을 거쳐 일광으로 올라가면 차가 드물다. 고리원자력발전
소를 지나서 서생에 접어들면 길가에 배를 파는 가게가 많이 보인
다. 근처에 배 과수원이 많기 때문이다. 한동안 휴일이면 아내와 함
께 동해안으로 올라갔다. 물론 저 멀리 강원도까지는 아니고 구룡
포까지 가면 가장 멀리 가는 것이다. 다른 목적은 없다. 간절곶에
가서 바닷바람을 한참 쐬고 나서 칼국수를 한 그릇 먹은 뒤 다시
돌아오는 것이다.

오다가 가끔 고물을 파는 가게에 들른다. 땅값이 싸서 그런지 군
데군데 고물을 파는 곳이 있다. 고물이라 하는 이유는 이 가게의 물

건들이 골동품이라 말하기는 어려운 좀 그런 물건들이기 때문이다. 오래된 낡은 집에서 주워온 물건들이라 말하면 꼭 맞을 것이다. 깨진 옹기며 문틀, 다듬잇돌, 작은 단지, 뭐 그런 것들 말이다. 좀 값이 나가는 물건도 있다. 가께수리, 소반 같은 것은 쓸 만하다. 좀 번듯한 가게라면 중국산 물건이 태반이다. 바다를 끼고 있는 이런 가게들은 평소에 서로 연통을 하는 듯, 정해진 요일에 사장들이 큰 가게에 모여 경매를 벌이기도 한다. 그래 봐야 몇천 원, 몇만 원짜리다.

책을 읽고 쓰는 것이 직업이라 이런 곳에서도 직업병이 도진다. 가게 한쪽 구석에 헌책이며 종이 뭉치를 잔뜩 쌓아놓은 곳이 있으면 우선 가서 들추어본다. 건질 게 있을 리 만무하다. 또 오가다 이따금 들르는 곳이기에 새로 들어온 무엇이 있을 리도 없다. 그런데 어느 날 한 가게에 갔더니 안 보이던 것이 있다. 뒤적여보니, 20세기 초반에 나온 구활자본 《사씨남정기(謝氏南征記)》와 《유학자휘(幼學字彙)》, 그리고 1948년 정음사에서 출간한 《한양가》가 있다. 주인에게 얼마냐고 물었더니, 내 얼굴을 한참 보더니 모두 만 원에 가져가란다. 지폐를 건네니 책을 종이봉투에 담아준다.

《사씨남정기》는 소설을 전공하는 같은 과 정출헌 선생에게 주고, 나머지는 집에 두었다. 이 중에서 《한양가》는 아주 중요한 책이다. 송신용(宋申用)이란 분이 주해를 했는데 재미있는 분이다. 조선시대 때는 서점이 없었기에 서적 유통은 서쾌(書儈)라고 하는 중간상인이 맡았는데, 그는 조선시대에 태어나 1962년까지 활동한 서쾌였다. 서쾌라고 해서 우습게 알아서는 안 된다. 그는 한문 전적을 취급하던 사람인 만큼 한문을 읽을 줄 아는, 제법 식견이 있는 사람이었던 것이다. 학계에 여러 가지 새로운 자료를 소개하는 등 책을 보고 중요한 자료를 가려내는 안목도 있었다. 또 그가 주해한 《한양가》는 오랫동안 《한양가》를 이해하는 데 필수적인 책이었다.

《한양가》는 조선 후기 서울 풍속의 보고다. 서울 시전에서 어떤 물건을 팔았는지를 꼼꼼히 기록하고 있다. 상업사를 이해하는 데 없어서는 안 되는 자료인 셈이다. 예컨대 시전 풍경 중, 광통교 일대의 그림 시장의 존재와 거기서 팔린 그림의 종류를 소개한 부분은 어디서도 찾을 수 없는 회화사의 귀중한 자료다. 또한 능행(陵幸), 부정으로 얼룩진 조선 후기 과거장 풍경, 서울의 유흥 풍속에 관한 자료를 풍부하게 싣고 있어 가치가 높다. 서울의 각계각층, 특히 중·하층인들이 무엇을 즐거움으로 삼았는지, 어떻게 놀았는지를 상세히 기록하고 있다. 그중에서도 특히 조선 후기 서울 유흥계의 주역이었던 별감(別監)들의 '승전(承傳)놀음'에 대한 서술은, 서울의 멋쟁이 남성의 패션이라든가, 별감과 연예인과의 관계 등을 알 수 있는, 다른 어떤 곳에서도 찾을 수 없는 귀중한 자료를 담고 있다.

나는 《한양가》를 처음 읽고 이렇게 중요한 자료도 있나 하고 생각했다. 논문을 쓸 때나 풍속사를 주제로 책을 쓸 때 종종 인용했다. 그런데 이 책은 주해 없이 읽을 수가 없다. 송신용이 관명이며 지명, 풍속 등에 대해 꼼꼼하게 주석을 달아놓은 것도 이 때문이다. 그런데 근래에 이 책을 다시 살필 필요가 있었다. 송신용이 주해본을 낸 1948년으로부터 60여 년이 지나면서 역사학과 국문학 쪽의 발전으로, 대부분의 주석이 이제 별반 쓸모없는 것이 되었기 때문이다.

그럼에도 불구하고 여전히 주목할 만한 주석은 남아 있다. 예컨대 승정원 사령(司令)에 대해 "사령은 관아에서 심부름을 하는 하례(下隸)지만 승정원 사령만은 임금과 가까운 곳에 있기 때문에 신수가 빼어나고 문식(文識)이 있는 사람을 골라 사령의 옷도 입히지 않고 출입하며, 심지어 《승정원일기》도 거지반 그들의 손으로 기록했다고 한다."라는 주석을 달고 있는데, 이것은 구한말을 살았던 장홍식(張鴻植) 선생으로부터 들은 것이라고 한다. 이런 주석은 문헌에 나오지 않는다. 흔히 국고(國故)라 불리는 우리나라만의 독특한 제도나 습속 같은 것은, 당대 사람들에게는 워낙 익숙한 것이라 기록으로 남지 않았던 것이다. 하지만 이런 것들은 일단 그 사람들이 사라지고 나면 어디서도 찾을 수가 없다. 특히 파란 많은 근대사로 인해 조선의 문물과 제도를 제대로 정리할 기회를 잃어버린 것인데, 이런 지식들은 영원히 상실된 것으로 보아야 할 것이다.

나 역시 《한양가》를 주해한 적이 있는데, 어느 날 조선시대 복식사를 공부하는 딸이 좀 보잔다. 건네주니 한참 보다가 웃는다. 왜냐고 물으니, 틀린 데가 많단다. 그럼 그렇지. 언젠가 다시 꼼꼼히 공부해서 풍부한 도판을 덧붙여 《한양가》의 주해본을 다시 내고 싶다.

사족. 《한양가》만큼 서울의 지리와 풍속 등을 알 수 있는 책은 없을 듯하다. 다만 이런 생각은 해본 적이 있다. 19세기 끝에서 20세기 초에 간행된 〈대한매일신보〉나 〈황성신문〉 등 이른바 계몽기 신문은 서울에 관한 정보가 풍부하다. 이것을 잘 요리한다면 조선시대의 상황을 충분히 유추할 수 있을 것이다. 젊었을 적에 한번 해보고 싶은 작업이었는데, 이제는 물리적으로 그럴 기회는 없을 것 같다. 아쉽다.

다산 정약용의
책
빌리기

　공부 혹은 연구하는 사람이 어떤 책을 필요로 하는데, 또 그 책이 누구에게 있는지 번연히 아는데 빌려 볼 수 없다고 하자. 반대로 자신이 갖고 있는 이 책이 어떤 공부를 하는 연구자 아무에게 필요한 것을 안다고 하자. 그러면 어떻게 하겠는가? 빌려주어야 한다. 그게 책을 사랑하는 사람의 도리다.

　다산 정약용의 이야기를 해보자. 다산은 알다시피 조선 최고의 학자다. 그의 학문은 실로 광범위하여 경학(經學)·문학·사학·경제학·행정학·음악학·지리학·언어학 등등 우리가 상상할 수 있는 거의 모든 분야에 걸쳐 있다. 그런데 그가 가장 힘을 쏟은 분야는 경학이다. 경학이란 경전의 의미가 무엇인지를 확정하려는 학문이다. 주자학의 본령도 경학이다. 주자(朱子, 1130~1200)의《사서집주(四書集註)》는《논어》·《맹자》·《중용》·《대학》에 대한 기존의 모든 주해를 비판하고 자신의 주해를 통해 독특한 해석을 제시하며 그 위에 자신의 장대한 철학을 축조했다. 주자 이후 사서의 해석은 대체로 그의 《사서집주》를 따랐다.

명나라 영락제(永樂帝) 때 편찬된 《사서대전(四書大全)》과 《오경대전(五經大全)》은 주자와 그 학파의 주해를 선택한 국정 표준 주해서였다. 여기서 과거 문제가 출제되었기에 이 두 주해서의 중요함이란 이루 다 말할 수 없을 정도였다. 명은 물론 조선도 대전본(大全本)을 표준 주해서로 삼았다. 그런데 대전본은 워낙 졸속으로 만들어졌기에 수많은 문제를 안고 있었다. 드디어 명말(明末) 청초(淸初)의 학자 고염무(顧炎武, 1613~1682)가 《일지록(日知錄)》의 〈사서오경대전(四書五經大全)〉이란 논문에서 대전본의 문제를 조목조목 지적했다. 조선이 그동안 절대적으로 신임했던 텍스트가 상당한 문제를 안고 있다는 것이 처음 밝혀진 것이다.

한편 주자의 주해도 문제가 있음이 지적되었다. 모기령(毛奇齡, 1623~1718)이 경전과 역사에 관한 방대한 지식을 바탕으로 하여 주자의 경전 주해가 오류임을 주장했다. 모기령은 주자에게 심사가 꼬였던지 주자의 학설이라면 괜찮은 것도 증거를 찾아서 억지로 부정하는 짓을 서슴지 않아 비난을 받았다. 물론 그렇다고 해서 사문난적(斯文亂賊)으로 몰려 죽지는 않았다. 어쨌거나 모기령의 경학이 18세기 후반 조선 학계에 수입되자 논란이 일어났던 것은 당연한 일이다.

모기령과 함께 경학에 일대 충격을 던진 사람은 염약거(閻若璩,

1636~1704)였다. 유교 정치학의 오리지널 교과서라고 할 수 있는 《서경(書經)》(다른 이름은 《상서(尙書)》)은 원래 진시황의 분서(焚書) 때 사라졌다가 뒤에 다시 나타났는데, 여러 경로를 따라 다양한 텍스트가 출현했던 것이 문제가 되었다. 이 문제는 말하기 벅찰 정도로 복잡하다. 어쨌거나 동진(東晉) 이후 《고문상서(古文尙書)》 25편과 《금문상서(今文尙書)》 33편을 합친 텍스트가 표준 텍스트가 되어 지금까지 읽히고 있다. 그런데 이 《서경》 중에서 '고문'이라고 한 25편의 문장이 읽기 쉽고, '금문'이라고 한 33편의 문장이 읽기 어려운, 납득할 수 없는 문제가 있었다. '옛날' 글이라면 더 읽기 어렵고 '지금' 글이라면 읽기 쉬어야 하는 법이 아닌가. 학자들은 '고문' 쪽이 수상했지만, 가짜라고 단정할 만한 증거가 없었다.

염약거의 업적은 엄밀한 문헌적 증거를 들어 '고문' 쪽이 가짜라고 밝힌 데 있다. 너무나 완벽한 증거 앞에 더 이상의 논란이 있을 수 없었다. '고문' 쪽의 〈대우모(大禹謨)〉 역시 가짜였고 〈대우모〉에 근거하여 성립한 주자학도 치명상을 입을 수밖에 없었다. 그런데 희한한 일은 사사건건 주자의 학설이라면 반대하던 모기령이 이번에는 염약거에 반대하여 《고문상서원사(古文尙書冤詞)》를 써서 《고문상서》가 진짜라고 주장했던 것이다. 이로 인해 중국 학계에서는 《고문상서》의 진위를 둘러싸고 논란이 그치지 않았다.

중국 대륙에서는 염약거와 모기령이 나와 《서경》의 절반이 가짜니 아니니, 주자가 옳으니 그르니 하고 논란이 뜨거웠지만, 조선에서는 그런 상황을 까맣게 모르고 있었다. 그런 사정이 전해진 것은 대체로 1760년대 말부터다. 18세기 후반 조선 경학 쪽에 전에 없던 논의들이 풍성해지는 것은 대륙의 이런 학문적 변화를 반영한 것이었다. 1776년 즉위한 정조가 경사강의(經史講義)를 열고 경전과 역사에 대해 토론한 것도 바로 이 때문이었다. 모기령과 고염무의 학설이 검토되었다. 《고문상서》의 진위 여부도 다루어졌다. 다산은 바로 그 자리에 있었다.

신유사옥 때 걸려든 다산은 강진 귀양지에서 학문에 몰두했다. 그의 거창한 경학 방면의 업적은 여기서 나온 것이다. 그중에는 《매씨서평(梅氏書評)》이란 책이 있다. 《서경》의 절반인 《고문상서》가 동진의 매색(梅賾)이 날조한 가짜라는 사실을 밝힌 것이었다. 하지만 이상한 일이 아닌가. 그 문제는 100년도 전에 염약거가 《상서고문소증(尙書古文疏證)》에서 이미 밝힌 것이 아닌가. 이해할 수 없는 일이기는 하지만 다산은 이 책의 존재를 몰랐던 것이다. 다산만이 아니라 대체로 18세기 말까지 조선 학계에서는 모기령은 알아도 염약거의 이 책은 까맣게 몰랐다. 모기령의 《고문상서원사》가 《상서고문소증》을 의식하여 저술되었다는 것도 안 것 같지 않다. 사실 18세기 조선 학계에 정보가 어떻게 유통되고 있었는지를 따지는 것은 매우 중요한 문제지만, 현재 학계에서는 이 문제를 다루지 않고 있다.

1818년 다산은 강진 유배지에서 풀려나와 《매씨서평》의 원고를 홍현주(洪顯周)에게 보냈다. 홍현주는 정조의 사위고, 그의 형 홍석주(洪奭周)는 영의정까지 올랐다. 그의 집안은 명문 중의 명문이었고, 또 거대한 장서가로도 유명했다. 《매씨서평》의 원고를 본 홍석주는 홍현주에게 염약거의 《상서고문소증》을 다산에게 보내라고 한다. 《매씨서평》의 부족하거나 모자란 점을 보완하라는 의미였다. 책을 받아 든 다산은 망연자실했다. 그리고 이내 《매씨서평》을 고쳐나갔다. 홍석주는 노론이고, 다산은 남인이었다. 평소 서로 오가는 관계가 아니었다. 하지만 홍석주는 다산이 필요한 책을 보냈다. 다산은 책의 말미에서 홍석주 형제가 책을 빌려준 데 대해 진심으로 감사의 뜻을 표했다. 그들 형제의 호의가 아니었더라면 《매씨서평》은 완성될 수 없었을 것이다. 무슨 말을 하고 싶냐고? 부지런히 공부하는 학자에게 모쪼록 책을 빌려주자는 말이다.

　다산이 책을 빌렸던 것을 말하다 보니 책을 빌리고 빌려주는 데 대한 예절이 절로 생각난다.

　책을 사랑하기로 조선 제일이었던 박학한 독서가 이덕무는 나름 책 빌리기에 대해서도 일가견이 있었다. 가난했기에 큰 장서가가 되지 못한 그는 늘 책을 빌려 보는 처지였다. 이덕무에게서 책을 빌려달라는 부탁을 받지 못한 사람은 아무리 책이 많아도 애서인(愛書人)으로 치지 않는다는 말이 있을 정도였으니, 책을 어지간히 빌렸던 모양이다. 그가 쓴 《사소절(士小節)》은 18세기 후반 서울 사족들의 생활상의 에티켓에 대한 저술인데, 당연히 책을 빌리고 빌려주는 데 대한 에티켓도 있다.

　먼저 책을 빌리는 사람 쪽을 보자.

완성되지 않은 남의 책 원고를 건드려 그 차례를 바뀌게 해서는 안 된다. 장정하지 않은 서화를 빌려달라고 해서도 안 된다.

남의 완성되지 않은 원고를 함부로 건드리지 말고 장정이 되지 않은 상태의 서화를 함부로 빌려달래서는 안 된다는 것이다.

남의 서적·시문(詩文)·서화는 일단 보고 난 뒤에 빌려달라고 청해야 한다. 주인이 허락하지 않는데도 억지로 빼앗아 소매 속에 넣고 일어나서는 안 된다.

남의 책이나 시문, 서화는 한 번 본 뒤 빌려줄 것을 청해야 한다. 곧 보지도 않고 빌려달라고 해서는 안 된다. 주인이 허락하지 않으면 아무리 빌리고 싶더라도 억지로 빼앗아 가지고 오면 안 될 일이다. 가까운 벗 사이에는 이런 무례가 일어나기 쉽다.
다음은 책을 빌리는 기한이다.

남의 장서를 빌리면 꼼꼼하게 읽고 베낀 뒤에 약속한 날짜 안에 돌려주어야 하고, 오래 지체하여 기한을 넘기거나 돌려달라고 채근하는데도 돌려주지 않아서는 안 될 것이다. 또 다른 사람에게 재차 빌려주어 훼손하거나 잃어버린다면 결국 나의 행실에 오점을 남기는 것이 될 터이다.

그래, 책을 빌렸으면 약속한 날까지 돌려주어야 한다. 가슴에 찔리는 말이다. 도서관의 책도 빌렸다가 늦게 반납하는 경우가 허다하기 때문이다. 결국 벌금까지 물고 만다. 돌려줄 때는 어떻게 해야 하는가? "마땅히 다시 먼지를 떨고 차례대로 정리해서 보자기에 싸서 돌려보내야 할 것이다." 옛날 책은 여러 권이다. 10권이 한 세트라면 1권부터 10권까지 정리해서 먼지를 떨고 보자기에 얌전히 싸서 돌려보내야 하는 것이 예의가 아니겠는가.

빌려온 책은 당연히 더럽혀서는 안 될 것이다.

남의 글씨 병풍이나 그림이 있는 가리개 병풍을 빌리면 마땅히 보물처럼 여기며 완상해야 할 것이다. 창이나 벽을 가려 바람과 추위를 막아서는 안 될 것이다. 또 보풀이 일고 주름이 지고, 침과 콧물 자국이 나도록 해를 넘겨 돌려주지 않아서는 안 될 것이다.

빌려온 책에 오류가 있다고 하자. 책을 읽는 사람은 견딜 수가 없다. 고치고 싶다. 그럴 경우 책에다 교정을 해서는 안 된다. 책 주인이 '옛것을 사랑하여 내용을 중시하는 사람', 곧 학문이 있고 책에 대한 애정이 있는 사람이라면 교정을 해주어야 한다. 어떻게? 종이쪽에 별도로 써서 그 곁에 조심스럽게 붙인다. 함부로 책에다 써서 고쳐서는 안 된다. 그럴 경우 주인이 물건을 아끼기만 하고 학문이 없는 사람이라면 곤란해지지 않겠는가.

귀중한 책은 그냥 빌려 읽고 마는 것은 아니다.

책을 베낄 때는 처음부터 끝까지 한결같아야 한다. 해서와 초서를 섞어 써서는 안 될 것이다. 또한 처음에는 부지런히 하다가 끝에 가서는 게을러져서 마음의 거친 것을 보여서는 안 될 것이다. 마땅히 한 부의 책을 완성해야만 할 것이다.

책을 빌리는 중요한 이유는 베끼는 것이다. 베낄 때는 해서로 단정하게 베껴야 하고 중간에 그만두지 않고 끝까지 베껴서 완성해야 할 것이다.

빌려주는 사람도 지켜야 할 것이 있다. 이덕무는 "남에게 책을 빌려주어 뜻하는 사업을 성장케 하는 것은 남에게 재물을 주어 그 곤궁을 구제하는 것과 같다."라고 말한다. 책을 많이 빌려 본 사람이라 그런지 책을 빌려주어 한 사람의 지적 성장을 돕는 것은 재물을 주어 곤궁을 구제하는 것과 같다고 말하고 있다. 그래서 빌리려는 사람이 있으면 아낌없이 빌려주는 것이 책 가진 자의 도리가 된다.

내가 갖고 있는 물건이나 책을 빌리려는 사람이 있으면 인색하게 굴지 말고 즉시 빌려줄 것이다. 내가 다른 사람에게 빌릴 때 그 사람이 혹 빌려주지 않으면 화를 낼 필요가 없다. 뒷날 그 사람이 또 빌리려고 올 경우 전에 나에게 빌려주지 않았다며 앙갚음을 해서는 안 될 것이다. 만약 부형이 빌려주지 않으려 한다면, 처음에는 부형에게 잘 말씀드리고, 그래도 끝내 들어주지 않는다면 어쩔 수 없는 일이다. 하지만 "부형이 빌려주지 않으려 하신다."라고 말할 필요는 없다.

　자신의 책을 빌리려는 사람이 있으면 아낌없이 빌려주라는 말이다. 한편 내가 빌려준 어떤 사람에게서 책을 빌릴 때 그 사람이 빌려주지 않는다 해서 화를 내어서는 안 된다. 그 사람이 뒷날 나에게 책을 빌리러 왔을 때 복수심에 꽁하여 빌려주지 않아서도 안 된다. 보고 싶구나. 요즘도 이런 사람이 있는지.

　하지만 책을 빌려주기 어려운 경우도 있다. 부형이 허락하지 않는 경우다. 허락을 얻기 위해 다시 여쭙지만 그래도 허락하지 않는다면 빌려줄 수 없다. 다만 '부형이 허락하지 않는다'는 말을 해서는 안 될 것이다. 그것은 어른을 욕보이는 것이기 때문이다.

　이덕무의 에티켓은 지금도 통한다. 하지만 책이 흔해진 세상, 어지간한 책은 구할 수 있고 또 도서관에서도 빌려 볼 수 있으니, 이런 에티켓도 소용없게 되었는가?

이덕무의
조숙한
책 친구

독서가에게 가장 큰 고통은 읽고 싶은 책을 읽지 못하는 것이다. 어떤 책의 내용이 자신에게 몹시 필요한 것이라는 것을 알지만 그 책을 구입할 수 없을 때 형언할 수 없는 고통을 느낀다. 마치 마약에 중독된 사람이 마약을 갈구하는 심정과 같지 않을까? 책을 구입할 수 없으면 빌리면 된다. 다만 그 빌리기에도 에티켓이 있다. 그 섬세한 에티켓을 정리한 이덕무의 책 빌리기에 대해 간단히 살펴보자.

〈세정석담(歲精惜譚)〉에서 이덕무는 이렇게 말한다.

만 권(萬卷)의 책을 쌓아두고도 빌려주지도 읽지도 햇볕에 쪼여 말리지도 않는 사람이 있다 하자. 빌려주지 않는 것은 어질지 못한 것이고, 읽지 않는 것은 지혜롭지 못한 것이고, 햇볕에 쪼여 말리지 않는 것은 부지런하지 못한 것이다. 군자는 반드시 독서를 해야만 하는 법이니, 빌려서라도 읽는 것이다. 책을 묶어두고 읽지 않는 것은 부끄러운 것이다.

어떤가. 선비는 책을 읽어야 하는 사람이고, 책이 없으면 빌려서라도 읽어야 한다. 하지만 세상에는 수많은 책을 쌓아두고도 읽지 않는 사람이 있다. 그런 사람은 남에게 빌려주지도 않는 법이다. 책을 읽을 줄 아는 사람이 빌려주는 것도 아는 법이다.

이렇듯 책 빌리기에 일가견(?)이 있는 이덕무였으니, 자연 책을 빌려준 사람에 대한 이야기를 숱하게 남기고 있다. 그는 이서구(李書九, 1754~1825)에게 보내는 편지를 여러 통 남겼는데, 모두 책에 관련된 이야기다. 이덕무가 1741년생이고, 이서구가 1754년생이니, 나이는 열세 살 차이가 난다. 하지만 둘은 친구처럼 지냈다.

첫 번째 편지에서 이덕무는 이서구가 그의 장서를 자신의 붓으로 교정하고 점수를 매겨달라고 부탁한 데 대해 잠을 이루지 못할 정도로 기뻤다고 말한다. 이덕무는 18, 19세에 자신이 살던 집을 '구서재(九書齋)'라고 했는데, 구서란 독서·간서(看書)·장서(藏書)·초서(鈔書)·교서(校書)·평서(評書)·저서(著書)·차서(借書)·폭서(曝書) 등 아홉 가지를 가리키는 것이라 한다. 독서는 물론 책 읽기, 간서는 책 보기다. 책 보기는 내용을 읽는 것이 아니라, 그냥 보는 것이다. 장서는 책을 소장하는 것, 초서는 책을 읽으면서 내용을 뽑아 적는 것, 교서는 책을 교정하는 것, 평서는 책을 평하는 것, 저서는 책을 쓰는 것, 차서는 책을 빌리는 것, 폭서는 책을 햇볕에 쬐는 것이다. 그런데 '구서(九書)'는 이서구의 이름 '서구(書九)'를 뒤집은 것이 아닌가. 이덕무는 10년 뒤 구서재가 이서구와 연결된 것은 결코 우연한 일이 아니라 말한다. 이때 이덕무의 나이 28, 29세, 이서구는 15, 16세다. 참으로 조숙한 독서가들이다.

이서구의 부탁 편지를 받았을 때는 새해였던 모양이다.

> 또 새해가 되었으니 족하는 많은 기서(奇書)를 얻어 지혜와 식견이 날로 진보하기를 바랍니다. 나는 한가롭고 병 없이 지내고 있습니다. 창에 비치는 햇살이 늘 선명하고 밤에는 등불이 환하지요.

좋은 책을 얻어 지혜와 지식이 날로 진보하기를 바란단다. 요즘은 찾아볼 수 없는 덕담이다! 훌륭하구나.

이어지는 두 번째 편지는 저 유명한 책을 팔아먹은 이야기다. 자신의 집에 돈이 나갈 만한 가장 괜찮은 물건은 《맹자》 7책인데, 배고픔을 견디지 못해 돈 200푼에 팔아 밥을 해먹고 '희희낙락' 유득공을 찾아가 자랑을 했더니, 유득공 역시 오랫동안 굶주린 끝에 《좌씨전》을 팔아 술을 사다가 둘이 마신 이야기를 한다. 맹자(孟子)와 좌구명(左丘明)이 밥과 술을 사준 것이라면서 둘은 맹씨와 좌씨를 한없이 칭송한다. 유쾌한데, 어찌 좀 서글프게 유쾌하다.

이덕무는 다독하는 자신을 나무라기도 한다.

예전에 책을 빌려 내처 읽는 사람을 보고 나는 그가 너무 애를 쓴다고 비웃었는데, 이제 어느 결에 나도 그 사람을 닮아 눈은 어둡고 손은 굳은살이 박이게 되었습니다. 사람이란 정말 제 주제를 모르는 법이지요.

남에게 책을 빌려 바지런히 읽는 사람을 비웃었는데, 자신 역시 어느 결에 책을 빌려 읽느라 눈은 어두워지고 책을 베끼느라 손에 굳은살이 박이게 되었단다.

이런 말을 하면서도 책을 빌리고 또 빌려준다.

내 학자는 아니지만 늘 《근사록(近思錄)》을 애중하여 항상 몸 가까이 두고 밤낮으로 서너 조목씩 보면서 몰래 자신을 반성하는 터라 잠시라도 손에서 떼어놓고 싶지 않소이다. 하지만 족하의 청을 어떻게 따르지 않을 수 있겠습니까? 모두 9책을 삼가 보냅니다. 다만 이 책을 보내고 나면 내가 눈을 댈 책이 없으니, 《원문류(元文類)》 아니면 《송시초(宋詩抄)》 둘 중에 하나를 빌려주심이 어떨지요?

《일지록》을 3년 동안 고심참담(苦心慘憺) 애써 구하다가 이제야 비로소 어떤 이의 비장한 것을 읽어보았더니, 육예(六藝)의 글과 백왕(百王)의 제도와 당세의 일에 고증해 밝힌 것이 명확했습니다. 아, 고영인(顧寧人, 영인寧人은 고염무顧炎武의 자)은 진정 옛날의 큰 선비라 할 만합니다. 돌아보건대, 지금 세상에 족하가 아니면 누가 이 책을 읽을 수 있겠습니까? 또 내가 아니면 누가 이 책을 초하겠습니까? 4책을 우선 보내니 보물처럼 보심이 어떨지요. 전에 보내준 작은 공책은 이미 다 썼습니다. 족하는 계속 공책을 보내주셔서 나의 책을 초하는 일을 끝맺게 해주시기 바랍니다.

어린 이서구지만 이덕무는 이렇게 정중하게 대한다. 이것 외에도 빌려달라고 하는 책이 잔뜩 있다. 이서구의 집안은 워낙 명문이니 가난한 서파 이덕무와는 달리 책이 많았던 것이다. 이덕무는 이서구에게 책 인심을 좀 더 넉넉하게 쓰라고 부탁하기도 했다. 옛날에 송준길(宋浚吉)이라는 사람은 책을 빌려주고 돌려받을 때 책에 보풀이 일어나지 않았으면, 곧 책을 읽은 흔적이 없으면 다시 주면서 읽으라 했다. 그러자 어떤 못된 젊은이가 책을 빌렸다가 돌려줄 때 혼이 날까 하여 책을 밟고 문질러 읽은 것처럼 꾸며 보냈다. 이덕무는 이 이야기를 들면서 자신은 그런 못된 젊은이가 아니니, 송준길을 본받아 책 인심을 넉넉하게 쓸 것을 부탁한다. 과연 이덕무다.

학자의
책
모으기

　무애(無涯) 양주동(梁柱東)의 《문주반생기(文酒半生記)》는 수주(樹州) 변영로(卞榮魯)의 《명정사십년(酩酊四十年)》과 더불어 20세기 최고의 음주기(飮酒記)로 꼽힌다. 두 책을 읽으면 '낭만적 음주'의 절정을 보는 것 같다. 게다가 《문주반생기》의 자존자대(自尊自大), 곧 허풍은 도리어 얼마나 진솔한가. 두 사람은 영문학을 전공했지만 뒷날 행로는 아주 달랐다. 변영로는 시인으로, 언론인으로 살았지만, 양주동은 국어학자가 되었던 것이다. 국어학자 양주동은 여러 저작을 남겼지만 향가(鄕歌)를 연구한 《고가연구(古歌硏究)》를 제외하면 모두 자장귀 같은 것이다.
　"어려서부터 야망이 오로지 '불후의 문장'에 있었고, 시인·비평가·사상인이 될지언정 '학자'가 되리란 생각은 별로 없었던" 양주동이 국어학자가 된 것은 일본인 학자 오구라 신페이(小倉進平) 때

문이다. 향가는 알다시피 《삼국유사(三國遺事)》에 실려 있다. 이 귀중한 신라의 노래는 향찰(鄕札)로 쓰여 무슨 말인지 알아먹지 못한다. 최초로 향가를 연구한 사람은 일본의 학자 오구라 신페이였다. 양주동은 어느 날 우연히 그의 《향가 및 이두의 연구(鄕歌及び吏読の研究)》를 보고 민족의식이 격렬하게 일어났다.

그의 말을 직접 들어보자.

첫째, 우리 문학의 가장 오랜 유산, 더구나 우리 문화 내지 사상의 현존 최고(最古) 원류가 되는 이 귀중한 향가의 석독(釋讀)을 근 천년래 아무도 우리의 손으로 시험치 못하고 외인의 손을 빌렸다는 그 민족적 부끄러움, 둘째, 나는 이 사실을 통하여 한 민족이 '다만 총칼에 의해서만 망하는 것이 아님'을 문득 느끼는 동시에 우리의 문화가 언어와 학문에 있어서까지 완전히 저들에게 빼앗겨 있다는 사실을 통절히 깨달아, 내가 혁명가가 못되어 총칼을 들고 저들에게 대들지는 못하나마 어려서부터 학문과 문자에는 약간의 '천분(天分)'이 있고 맘속 깊이 '원(願)'도 '열(熱)'도 있는 터이니, 그것을 무기로 하여 그 빼앗긴 문화유산을 학문적으로나마 결사적으로 전취(戰取)·탈환해야겠다는, 내 딴에 사뭇 비장한 발원과 결의를 했다.

무리한 공부로 폐렴에 걸려 죽을 고비를 넘기면서 완성한 《고가연구》는 민족적 자존심을 살려준 것은 물론이고, 향가에 대한 학문적 관심을 폭발시킨 책이기도 하다. 이 책은 무엇보다 어마어마한 고문헌을 독파한 결과 만들어진 것이다. 책의 서두에는 방대한 문헌이 열거되어 있다. 이 책들은 당시로서는 희귀한 고서들이었다. 곧 원본밖에 없는 책으로 자신이 가지고 있지 않으면 보지 못하는 것이다. 또 누가 갖고 있는지도 알 수 없었다. 양주동은 결심이 서자 '한글 고문헌 장서가'인 방종현(方鍾鉉)·최남선·이희승·이병기(李秉岐) 등을 방문하여 문헌을 빌렸다. 또 그들은 '국보급 장서들'을 아낌없이 내주었다. 방종현 등의 '한글 고문헌 장서가'가 없었다면 《고가연구》는 완성될 수 없었을 것이다.

방종현·최남선·이희승·이병기 등은 당대를 대표하는 학자들이었다. 책이 흔하지 않고 연구에 필요한 책은 더더욱 귀했으니, 학자들은 책을 모으는 데 힘을 쏟을 수밖에 없었다. 때문에 이름난 학자는 거의 장서가이기도 했다. 지금 모모한 대학 도서관에 있는 '동빈문고(東濱文庫)', '가람문고(嘉藍文庫)'처럼 '문고'가 들어간 장서들은 모두 학자 개인들이 처절한 노력을 통해 모은 것이다. 하지만 요즘 공부하는 사람들 사이에서는 책을 모으는 분위기를 거의 찾기 어렵다. 어지간한 자료는 온라인으로 찾아볼 수 있다. 테크놀로지가 연구 환경을 바꾸고, 연구 풍토까지 바꾸는 것이다.

예전에는 보수동 헌책방 골목에도 고서가 꽤 있었다. 1978년의 기억이다. 한 고서점의 시렁 위를 보니, 고서가 잔뜩 있었다. 지금도 기억나는 책은 《좌씨전》이다. 손때가 거의 묻지 않은 책 한 질이 단정하게 묶여 있었다. 읽을 수 없는 책이지만, 살 수 없는 책이지만, 값은 물어볼 수 있었다. 한 책당 천 원이란다. 대학생이 가정교사로 나서면 한 달에 4만 원 정도 받는 시절이었으니, 책값은 그리 비싸지 않았다. 집안이 넉넉한 처지였으면 그 책을 샀을지도 모르겠다.

나는 연구자가 되고 나서도 고서점에는 아예 출입하지 않았다. 지금도 그렇다. 연구실과 집에는 고서가 없다. 고서점에 가보면 한 권당 20, 30만 원이 훅 넘는다. 연구에 꼭 필요한 고서라면 어떻게든 마련하겠지만, 그런 자료들은 이미 영인본으로 나와 있다. 그러니 굳이 고서를 사 모을 필요가 없는 것이다. 하지만 결정적인 것은 고서를 사 모을 만한 나이, 즉 30, 40대에 너무 주머니가 얇아서 엄두를 내기 어려웠던 것이다. 물론 그 책이 세상에 둘도 없는 것이라면, 또 내 연구에 결정적인 것이라면 어떤 일이 있더라도 구입했겠지만 그렇지는 않았던 것이다.

가까운 친구 중에 고서를 사들이는 친구가 있다. 어느 날 그 친구를 만났더니 아무개의 문집이 낙질본으로 몇 책 있으니 가지고 가라고 한다. 또 17세기의 유명한 문인의 간찰(簡札)도 같이 가지고 가라고 내놓는다. 굳이 마다할 이유가 없다. 친구의 마음도 고마워서 들고 왔다. 그 간찰의 주인공의 문집은 이미 영인본이 나와 있어 내용은 굳이 탐낼 것도 없지만 말이다.

고서를 열심히 모으는 분을 만나면 은근히 책 자랑을 한다. 언제 어디서 어떤 희귀본을 어떻게 구입했다는 것, 뜻밖에도 염가에 구입했다는 것 등등이다. 하지만 부러워해본 적은 없다. 그런 책들은 대개 이미 영인본이 있다. 굳이 원본으로 구입해야 할 이유가 없는 것이다. 물론 부러운 경우도 있다. 고서점 출입을 자주 하다 보면 희귀한 자료를 손에 넣을 확률이 높다. 나와 비슷한 연배의 모모한 분들은 그렇게 해서 구입한 자료를 학회에 가서 소개하고 논문도 쓰고 번역도 하여 책을 냈다. 하지만 그런 기회를 얻기 위해 고서점을 출입할 마음은 없다. 또 그럴 만한 경제적 여유도 여전히 없다. 이미 나와 있는 책만으로도 내 공부는 충분한 셈이다. 이러니 나는 앞으로 대학 도서관에 내 이름을 딴 문고를 설치할 자격은 아예 없는 셈이다. 하하!

인색한
책
인심

 양주동이 방종현 등에게서 빌려 본 책은 요즘 어렵지 않게 구할 수 있다. 영인본으로 제작되어 어지간한 학자들의 연구실이나 서재에 구비되어 있는 것이다. 소장하고 있지 않아도 도서관에 신청하면 금방 빌려 볼 수 있다. 하지만 양주동이 향가를 연구할 무렵에는 누구나 가질 수 있는 책이 아니었다.

 양주동은 최남선이 책을 빌려준 데 대해 감사를 표했지만, 사실 최남선이 책 인심이 후한 편은 아니었다. 아니, 도리어 인색했다고 말할 수 있다. 운정(云丁) 김춘동(金春東) 선생은 《오주연문장전산고(五洲衍文長箋散稿)》에 취(就)하여〉란 글에서 "육당(六堂, 최남선)은 진본(珍本)을 찾으면 널리 알리거나 동학과 함께 보기를 꺼려하는 성벽(性癖)이 있는 듯했다."라고 말했다. 점잖은 분의 조심스런 표현이 이 정도면, 희귀한 책이 있으면 자랑만 잔뜩 하고 결코 빌려주지 않았다는 뜻이다. 그런데 최남선이 그렇게 아끼던 장서는 6·25전쟁 때 몽땅 재가 되고 말았으니, 최남선이 책을 빌려주거나 여벌을 만들어놓았더라면 그 지경이 되지는 않았을 것이다.

지금은 책이 흘러넘치는 시대니 마음만 먹으면 쉽게 구할 수 있을 거라 생각하지만, 꼭 그런 것도 아니다. 특히 연구자들에게 필요한 책은 구하기가 쉽지 않다. 그 이야기를 좀 해보자. 최근 어떤 책의 영인본이 나온 것을 보고 한숨을 쉬었다. 이 책의 이름을 말하면 한문학 혹은 국문학 연구에 종사하는 분들은 모두 알 것이다. 이 책은 18, 19세기를 살았던 문인이 자신과 가까이 지낸 문인들의 작품을 모은 것이다. 다른 곳에는 실려 있지 않은 중요 작가의 작품이 대량으로 실려 있어 일찍이 관심의 대상이 되었다. 이 작가의 작품 중 일부는 필사본으로 국립중앙도서관 등에 소장되어 있었고, 그것을 읽어본 연구자들은 성리학의 도덕주의가 편만한 조선에서 그와 사뭇 이질적인 파격적 주장과 작품이 있다는 것에 경악했다.

어떤 분은 이 작가를 연구하여 박사 학위를 받았고, 이어 이 작가에 대한 연구가 붐을 일으키기도 했다. 하지만 결정적인 문제가 있었다. 공개된 작품이 너무 적었던 것이다. 대부분의 작품은 앞서 말한 그 총서에 실려 있었다. 아예 몰랐다면 모를까 소재처를 알면 연구하는 사람들은 그 자료를 보고 싶어 거의 미칠 지경이 된다. 한데 책은 개인의 소장본이었다. 어지간한 연구자라면 혹은 독서가라면 다 아는 그분은 고서점을 운영했다. 앞의 박사 학위논문을 쓴 연구자도 직접 소장자를 찾아가서 자료를 보여줄 것을 요청했지만 거절당하고 일부만 겨우 보고 논문을 썼다. 이 작가에 관심을 갖고 있었던 나의 친구 역시 학부 시절에 용감하게 그 소장자를 찾아가 자료를 보여줄 것을 요청했지만 이미 공개된, 보나 마나 한 자료의 복사본을 얻어 왔을 뿐이다. 연구자들은 모두 이 책 전체의 내용에 대해 사뭇 궁금해했다.

나 역시 그랬다. 어느 날 나와 가까이 있던 어떤 분이 그 책의 복사본을 가지고 있다는 소식을 들었다. 책 주인이 영인본을 내기로 하고 그 책의 해제를 어떤 선생님에게 맡겼고, 그 선생님은 그 책의 기본적인 내용 파악을 제자에게 맡겼던 것이다. 제자가 자료를 읽고 줄거리를 요약해주면 선생님이 해제를 쓰시기로 했다는 것이다. 하지만 해제는 나오지 않았고, 그 책 역시 영인이 되지 않았다. 세월이 흘렀다. 그 제자는 자신이 가지고 있던 자료를 가지고 박사 논문을 썼다. 물론 자료는 공개되지 않았다.

그 자료를 보기 위해서 나 역시 이런저런 방법을 동원했지만, 결코 볼 수가 없었다. 박사 학위논문을 쓰고 난 뒤다. 우연한 인연이 닿아 고서 감정으로 이름난 분과 선이 닿았다. 그 책을 이야기했더니 그게 무어 어려운 일이냐고 반문하는 것이었다. 하지만 그분 역시 그 책의 복사본을 구할 수 없었다. 뒤에 내가 어떤 책을 쓰는 과정에서 그 책을 꼭 볼 필요가 있었다. 박사 학위논문을 쓴 그 사람에게 부탁해 내게 필요한 부분 몇 면을 얻어 볼 수 있었다. 고맙기 짝이 없었다. 하지만 내용 전체를 보고 싶은 마음은 여전했다. 아니, 갈증이 더했다.

어느 날 정말 그 자료에 접근할 가능성이 대단히 높은 선생님(평소에 가까이 지내는 사이다)을 만나 부탁을 했더니, 그 선생님은 "그게 무슨 어려운 일이야!" 하고 단박에 허락하는 것이었다. 아, 이제는 되었구나 하고 며칠을 설레는 마음으로 기다렸다. 이윽고 전화가 왔다. "강 교수, 그 책 말이야······." 말씀의 서두만 듣고 나는 그 책에 대한 미련을 영원히 버렸다.

몇 달 전 같은 과 교수님으로부터 그 책이 영인되었다는 말을 들었다. 연구실로 찾아가 책을 펼쳐보니, 글씨가 선명하지 못하고 희미했다. 보기가 좋지 않았다. 원본에서 직접 사진을 떠서 영인본을 만든 것이 아니고, 복사본을 다시 복사한 것 같았다. 하기야 연구자에게는 글자만 보이면 된다. 내용이 중요한 것이니까! 그런데 그렇게 연구자들을 감질나게 하더니, 누가 이제 와서 어떻게 '봉인'을 풀고 영인본을 낼 수 있었단 말인가? 이런 마음으로 첫 권을 열고 첫 면을 펼쳐보았다. 거기에는 아무런 말이 없었다. 보통 이렇게 귀중한 자료를 영인본으로 내게 되면 그 자료의 가치와 소장처, 자료를 구한 방법, 자료를 제공한 사람에게 감사의 인사를 하게 마련이지만, 이 책에는 해제라고는 단 한 줄도 없었다. 이게 무슨 일인가? 어디서 이 자료를 구했는지 도무지 알 수가 없었다.

책을 돌려주니 동료 교수님이 구입할 것이냐고 물었다. "아니, 필요하면 김 교수에게 빌려 보고 말지 뭐." 하고 말했다. 이 책에 볼 만한 자료가 아주 없냐면 그건 아니다. 하지만 가장 중요한 것들은 이미 이래저래 다 알려졌고, 그에 대한 연구도 어지간히 이루어져 있다. 별로 당기지가 않았다. 또 적잖이 불쾌한 감정이 치솟았다. 온갖 이유로 몇몇이 끌어안고 곶감 빼먹듯이 하더니, 이제 단물이 다 빠진 뒤라서 저렇게 어설픈 영인본이 나와도 아무 말을 하지 않는가 말이다. 개인 소장 자료라면서 공개하면 안 된다고 하더니, 어떻게 고소나 고발을 하지 않고 그냥 가만히 있는지 알 수 없는 일이다. 한마디 덧붙이자면 이 책의 원소장자 분은 세상을 뜬 지 거의 10년이 되었다.

한국의

장서가들

〈동아일보〉1959년 10월 15일부터 11월 11일까지 이병기 등 13인의 장서가를 찾아 그들의 서재를 소개하는 글이 실렸다.

1. 이병기의 매화옥서실(梅花屋書室)

2. 박종화(朴鍾和)의 파초장서실(芭蕉莊書室)

3. 이희승의 일석서실(一石書室)

4. 김상기(金庠基)의 독사연경지실(讀史硏經之室)

5. 최현배(崔鉉培)의 노고산방(老姑山房)

6. 김원룡(金元龍)의 삼불암서실(三佛菴書室)

7. 이병도(李丙燾)의 두계서실(斗溪書室)

8. 황의돈(黃義敦)의 해원루서실(海圓樓書室)

9. 윤일선(尹日善)의 동호서실(東湖書室)

10. 안인식(安寅植)의 미산서실(嵋山書室)

11. 김두종(金斗鍾)의 양당서실(兩堂書室)

12. 양주동의 무애서실(無涯書室)

13. 김용진(金容鎭)의 향석서실(香石書室)

국문학자(이병기), 국어학자(이희승·최현배·양주동), 사학자(김상기·이병도·김원룡·황의돈·김두종), 의사(윤일선), 유학자(안인식), 서화가(김용진), 소설가(박종화) 등이 그 시기 대표적인 장서가로 꼽혔던 것이다.

송재오(宋在五)란 분이 13편의 글을 썼는데(송재오란 분은 내력을 전혀 모르겠다), 글이 워낙 심한 국한문혼용체여서 지금 세대는 거의 읽을 수가 없을 것이다. 대체로 각 장서가의 서재와 장서 중 가치가 있는 것을 소개하고 있다. 워낙 내용이 많아서 일일이 다 소개할 수는 없으므로 흥미로운 것을 몇 가지 골라본다. 가장 멋있는 서재는 김상기의 '독사연경지실'로 보인다. '역사를 읽고 경전을 연구하는 서재'란 뜻이다. 국한문으로 된 것을 약간 풀어본다.

밝고 정리가 잘된 서실과 집필실인 작은 방이 옆에 있었고, 그 속에 1만 3000권 장서가 서가에 즐비하다. 책상에 놓인 다소의 문방과 기완(器玩), 대소 현판은 조화된 위치에 속(俗)을 넘었고, 여러 개의 도자기를 비롯한 고물, 골동은 서재에서 역시 품 높은 벗이 되고 있었다. 시·서·화 삼절(三絶)로 이름 높은 신자하(申紫霞) 친필로 된 '독사연경지실'은 그대로 '東濱讀史研經之室'로 대 현판이 걸려 있었고, 음각, 양각의 장서인 대소 10여 개 아취가 풍겨 있었다.

책과 문방, 골동품, 도자기, 현판, 장서인 등이 제자리에 있는 아취 넘치는 서재다. 글 쓰는 사람의 서재란 본래 이런 것이다.

이희승 선생은 자신의 서재가 책이 정리되어 있지 않고 대개 어지러이 흩어져 있다고 했지만, 송재오의 '일석서실'에 대한 묘사는 사뭇 다르다. 일석서실은 '약 1만 권의 장서로 꽉 차 있는 밝고 깨끗한 서재'로서 한쪽에 목록함까지 비치한 '새삼 서장(書藏)의 의(義)와 충(充)'을 얻은 그런 깔끔하고 정돈된 서재였던 것이다. 이 서재의 소장서 중에는 1485년에 간행된 《관음경(觀音經)》, 1574년 이전에 간행된 것으로 짐작되는 《여씨향약(呂氏鄕約)》 언해본이 가장 손꼽을 만한 책이라고 한다.

장서는 역시 전공별로 구별되는데, 최현배의 '노고산방'에는 엄밀한 성격답게 '1만 권 서적이 정연히 분류된 목록'이 있었고, 국어학의 희귀 자료가 많았다. 곧 귀중서의 대부분이 운서(韻書), 언해본이었던 것이다. 《두시언해(杜詩諺解)》·《주역전의구결(周易傳義口訣)》·《훈몽자회》·《화동정운통석운고(華東正韻通釋韻考)》·《십구사략언해(十九史略諺解)》·《마경초집언해(馬經抄集諺解)》·《노걸대언해(老乞大諺解)》·《병학지남언해(兵學指南諺解)》·《예기언해(禮記諺解)》·《연화경언해(蓮華經諺解)》 등이 그것이다.

사물로서의 책에 몰두한 흔적이 보이는 장서가는 이병기다. 그는 '필체, 교판(校板), 소위 서향(書香)을 좇는 애착과 더불어 책의 초각(鈔刻), 초(鈔)의 위(僞)·정(正), 각(刻)의 정(精)·조(粗), 종이의 미·악, 장정의 교·졸, 인(印)의 초종(初終) 등'을 따져서 책을 수집 했던 것이다. 이병기의 《가람일기》를 보면, 그가 책을 수집하는 과 정이 아주 세밀하게 묘사되어 있다.

약간 특이한 취향의 장서가도 있다. 고고미술사학자인 김원룡의 장서에 《고활자취요(古活字聚要)》란 책이 있다고 소개하고 있는데, 임진왜란 전후의 20여 종 활자의 견본을 모은 것이라고 한다. 김원 룡은 애국계몽기 잡지를 다수 소장하고 있으며, 광복 이후 쏟아져 나온 잡지와 벽보까지 수집했다고 한다.

좀 각별한 분은 김두종 선생인데, 원래 서양 의학을 공부해 내과 의사가 되었다가 다시 한의학을 공부했다. 의사학(醫史學)을 연구 하는 한편 전혀 다른 분야인 한국의 활자와 인쇄술을 연구하기도 하여, 《한국의학사(韓國醫學史)》와 《한국고인쇄기술사(韓國古印刷 技術史)》란 대저를 남기기도 했다. 이런 이유로 그의 장서에는 활 자·인쇄와 관련한 귀중서가 많았다. 김두종 선생은 《일산당 고활자 본 서목(一山堂古活字本書目)》을 만들었는데, 700여 종의 고활자본 을 정리한 책이다. 이 책에 실린 《법천송증도가(法泉頌證道歌)》는 비록 조선에 와서 복각한 것이기는 하지만, 그 저본은 1239년 이전 에 제작된 고려 때의 금속활자본이라고 한다.

거의 모든 장서가가 국문학자·사학자이지만, 윤일선만은 성격이 다르다. 의학을 전공하여 서울대학교 의과대학 교수, 서울대학교 총장을 지낸 그의 서재는 '동서 양본(洋本), 신간 고판(古版)이 조화되어 있었고, 거의가 의서(醫書)라 과학스러운 운치도 나부끼는' 그런 곳이었던 것이다.

　장서가들의 책은 대개 대학과 공공 도서관으로 갔다. 이병기·이희승의 장서는 서울대학교로, 김두종의 장서는 국립중앙도서관과 한독약품으로, 최현배의 장서는 연세대학교로, 김상기의 장서는 일부는 서울대학교로, 일부는 영남대학교로 갔다. 좋은 책을 모아 연구도 하고 후학들에게도 도움이 되니 얼마나 다행인가.

6·25전쟁과
책

사회적·정치적 격변은 책을 재로 만들고, 흩고, 옮기고, 다시 모이게 한다. 조선시대 역모 사건이 나면 책은 흩어지고, 옮겨지고, 다시 모였다. 실학자로 유명한 유수원(柳壽垣)이 나주 괘서 사건으로 역적으로 몰려 죽자, 그의 책은 홍봉한(洪鳳漢)의 차지가 되었다. 이렇듯 거대한 정치적 사건은 책을 흩고 옮긴다. 하지만 뭐니 뭐니 해도 책을 소멸시키고, 흩고, 옮기고, 다시 모으는 것은 전쟁이다.

조선의 책은 임진왜란 때 한 번 소멸되었다. 이후 책에 크나큰 액운이 된 전쟁은 말할 것도 없이 6·25전쟁이다. 유명한 장서가들의 회고담을 읽으면 반드시 6·25전쟁 이야기를 한다. 앞서 《오주연문장전산고》의 원본을 소장했던 최남선을 언급한 적이 있는데, 전쟁 당시 우이동에 살았던 그는 난리 통에 장서를 모두 소실했다. 지금

2장 오래된 책들이 남긴 후일담

고려대학교 도서관에 있는 육당문고(六堂文庫)는 전쟁 이후 수집한 것이라고 한다.

조지훈(趙芝薰) 선생도 6·25전쟁 때 장서를 상실한 것 같다(〈나의 서재〉). 화재 때문은 아니고, 피난 가느라 집을 비운 사이에 도둑이 들었던 모양이다. 그런데 재미있는 것은 이 도둑이 범상치 않은 상당한 식자층이었던 것 같다. 선생의 말을 직접 들어보자.

책 도둑도 공부하는 방면이 나하고 같은 사람이던 모양으로 내가 애써 모으고 아끼던 고전, 국학 연구 관계 서적은 깡그리 가져가고 여남은 권 남은 건 다 낙질(落帙)로 병신이 돼버린 것이다. 값으로 따지면 비싼 것도 안 가져간 것이 있고, 초판본이나 보잘것없는 체제의 진귀본(珍貴本)을 다 가져간 걸 보면 견식이 있는 내 학문의 동지를 얻은 것 같은 느낌을 맛볼 때도 있다.

이 자료를 보면 책 도둑은 국문학 쪽으로 상당한 안목을 갖춘 사람이다. 초판본이나 진귀본을 모두 가져간 '견식이 있는 자'였으니 말이다. 선생의 집에 희귀하고 귀중한 책들이 있는 것을 알았던 사람이 아닐까? 한편 그 도둑을 '학문의 동지'로 일컫는 선생도 대단한 도량이다.

이희승 선생도 6·25전쟁 때 장서를 잃어버렸는데, 9·28수복 직전의 일이다. 선생은 〈서재〉란 글에서 '책 권'이나 쌓여 있었던 서재가 9·28 새벽이 채 밝기도 전에 원인 모를 화재로 사라졌다고 한다. 앞서 서재를 이야기할 때 들었던 '일석서실'의 1만 권 장서는 뒷날 다시 모은 것이다.

전쟁은 책만 없애는 것이 아니다. 책 외에도 문서, 서화 등 수많은 문화재를 소멸시켰다. 서예가 정해창(鄭海昌)은 〈구책(舊冊)의 정취〉란 글에서 전쟁으로 책을 잃어버린 사람이 자신만은 아니라는 생각에 억지로 스스로를 위로하고 지내기는 하지만 섭섭하고 답답하고 생각나는 것이 한두 가지가 아니라고 하면서, 자신이 잃어버린 것 중에서 가장 잊지 못하는 것은 책이 아니라 비첩(碑帖)이요, 무장사(鍪藏寺) 단비첩(斷碑帖) 중에서도 이석첩(二石帖)이라고 했다. 무장사비는 왕희지(王羲之)의 글씨를 집자(集字)한 비석이다. 그 비석의 세 조각이 남았는데, 그중 두 번째 것을 탁본한 비첩을 전쟁 통에 망실했다는 것이다. 전쟁은 이렇게 애써 모은 책과 문화재를 소멸시켰다.

전쟁은 책을 소멸시키지만 한편으로는 다시 모으게도 한다. 국문학계의 원로인 아무개 선생님은 희귀한 자료를 많이 소장한 것으로 유명한데, 그분의 자료는 6·25전쟁 이후 청계천 헌책방 거리에서 모은 것이라 한다. 국학 계통으로 연구하신 분들의 추억담을 들으면 다양한 문화재가 그때 쏟아져 나왔고 헐값에 구입할 수 있었다고 한다.

물론 내가 가장 흥미 있어 하는 쪽은 책이다. 소설가이자 문학평론가인 홍효민(洪曉民)은 〈탐서벽(探書癖)〉이란 글에서 30년 동안 서점 주인과 안면을 트고 외상으로 사들인 책이 6·25전쟁 때 다수

분실되었지만, "1·3후퇴(1·4후퇴를 말하는 듯) 때 다행히 대전에 와서 몇 군데 대학에 관계하게(시간강사를 한 것을 말하는 듯) 되어 다시 책을 모으기 시작했으나 워낙 책값이 비싸서 많이 모으지 못했다."라고 말하고 있다.

이어지는 말이 재미있다. 곧 남들은 1·3후퇴 때 곧잘 헌책을 '근으로' 샀다고 했지만 자신은 그런 경우가 거의 없었다는 것이다. 전쟁으로 책이 쏟아져 나오자 그냥 저울로 달아 팔았다는 것이다. 괜찮은 책들을 무게로 측정하여 판 것이니, 사는 사람 입장에서야 그야말로 횡재가 아니었을까?

홍효민 역시 대전에서 근으로 달아 파는 책을 만나기는 했지만, 그런 책이란 '태평양전쟁 때 일본 정신을 고취하는 책'이 아니면 펭귄북스였다고 한다. 별 가치가 없는 책이었다는 것이다(홍효민의 생각과는 별도로 '태평양전쟁 때 일본 정신을 고취하는 책'도 지금은 사료로서 중요한 가치를 지닌다!). 물론 그 뭉치 중에서도 좋은 책이 있어 덤비지만, 그럴 경우 주인은 '그건 달아 파는 책이 아니'라고 말한다. 홍효민은 좋다 말았다면서 실망감을 감추지 못한다.

전쟁과 같은 격변은 책을 소멸시키는 한편 책의 장소를 옮겨 다시 집합시킨다. 앞서 청계천 헌책방 거리를 들었는데, 그곳 역시 책이 쏟아져 나온 것은 6·25전쟁 이후다. 부산의 보수동 헌책방 골목 역시 6·25전쟁을 계기로 생긴 것이다. 보수동은 남포동·광복동·대신동을 옆에 두고 있고, 이 일대에 서울에서 피난 온 학교가 많았다. 따라서 당연히 책의 수요가 있었다.

한두 서점이 지금의 골목 어귀에 생기기 시작해서 긴 골목 전체가 책방으로 바뀌는 데 오랜 시간이 걸리지 않았다. 주인을 잃은 집에서 훔친 책이 흘러나오기도 했고, 기한(飢寒)에 몰린 책 주인이 헐값에 처분하기도 했던 것이다. 그리하여 책은 다시 모이기도 했다. 하나 첨언하자면, 보수동의 위쪽 대신동 일대는 일제강점기 일본인의 거주지였다. 보수동 책방 골목에 한때 많았던 일본 책들은 그들의 소유였을 것이다.

사라졌다
다시 나타난 책

　젊은 날 공부하는 친구들과 술자리를 벌여 이야기꽃을 피우고 있었다. 이야기가 사라진 책에 미쳤다. 이름도 남기지 않고 사라진 책이 얼마나 많을 것인가. 그런 책은 존재했으되 존재하지 않았던 책이다. 정작 사람을 더 애달프게 하는 것은 이름만 남기고 사라진 책이다. 움베르토 에코의 《장미의 이름》에 나오는, 사라진 것으로 알려져 있지만 그 수도원에만 비장되어 있는 그 책, 아리스토텔레스의 《시학》 제2권 희극 편을 둘러싸고 얼마나 흥미진진한 사건이 벌어졌던가. 이야기는 우리나라 역사에 이름만 남기고 사라진 책으로 번졌다. 만약 그런 책이 다시 나타난다면 어떻게 할 것인가. 내가 그 책을 소유하게 되었다면?

　그렇다면 그런 책으로 어떤 것이 있는가? 먼저 누구나 동의하는 책은 신라 진성여왕(眞聖女王, ?~897) 때 대구화상(大矩和尙)이 엮었다는 향가집 《삼대목(三代目)》이다. 알다시피 신라시대의 문학은 남은 작품이 많지 않다. 신라 말기 인물인 최치원(崔致遠)을 제외하면 문집을 남긴 사람도 없다. 신라라는 이름에 비해 문학은 쓸쓸하고 적막하기 짝이 없는 것이다. 향가만 해도 그렇다.《삼대목》이 전해지고 있다면 우리는 신라시대의 문학과 언어, 사회 등에 대해 보다 많은 것을 알게 되었을 것이다. 일본에는 7세기 후반에서 8세기 후반에 걸쳐서 만들어진 노래집 《만요슈(萬葉集)》가 남아 있다. 실린 노래는 장가(長歌) 265수, 단가(短歌) 4207수, 기타 64수로 총 4536수다. 이러니 《삼대목》이 실전된 것이 어찌 아쉽지 않겠는가. 한 친구는 《삼대목》이 나오면, 그리고 그것이 자기 것이 된다면, 어디 사람 없는 데로 가서 연구에 전념하여 일대 저작을 내겠노라고 했다. 실현 가능성이 전혀 없는 갸륵한 자료 독점욕, 연구욕이라서 이내 다들 나도 나도 하면서 찬동해 마지않았다.

그런데 이름만 남기고 사라진 것으로 알았던 책이 다시 불쑥 나타나 사람을 놀라게 한다. 판소리 열두 마당은 〈춘향가〉·〈심청가〉·〈흥부가〉·〈수궁가〉·〈적벽가〉·〈배비장타령〉·〈변강쇠타령〉·〈강릉매화타령〉·〈옹고집타령〉·〈장끼타령〉·〈무숙이타령〉·〈숙영낭자타령〉 등이다. 이 중에서 〈춘향가〉·〈심청가〉·〈흥부가〉·〈적벽가〉·〈수궁가〉는 지금도 불리고 있다. 이따금 텔레비전을 통해 공연하는 모습을 볼 수도 있다. 그 외 〈배비장타령〉·〈변강쇠타령〉·〈옹고집타령〉·〈장끼타령〉은 노래로 불리지는 않지만, 소설로는 남아 있어서 어떤 내용인지 알 수 있다. 하지만 〈강릉매화타령〉·〈무숙이타령〉·

〈숙영낭자타령〉은 노래도 내용도 아주 사라져버렸다. 사라진 것이기에 판소리나 소설 연구자들은 더욱 관심이 높다.

　세상을 살다 보면 가끔 희한한 일이 생기기도 한다. 지금 서울대학교 사범대학 국어교육과의 김종철 교수에게 그런 일이 일어났다. 김 교수는 판소리와 판소리계 소설의 전문가다. 어느 날 김 교수는 사라진 〈무숙이타령〉을 발견했다고 했다. 사라진 것이 어디서 나타났다는 것인가? 원광대학교의 박순호 교수가 평생 모은 필사본 국문소설을 수십 책의 영인본으로 발간했는데, 그 책 1권의 첫머리에 〈무숙이타령〉이 실려 있었던 것이다. 이 소설 전집은 어지간한 대학 도서관에 다 있었고, 나 역시 그 전집의 첫 권을 도서관 서가에서 빼서 본 적이 있었다. 왜 나는 〈무숙이타령〉을 발견하지 못했던 것인가.

　그 전집에 실린 〈무숙이타령〉의 제목이 '게우사'였기에 아무도 주목하지 않았던 것이다. '게우사'는 '誡愚詞'로서 어리석은 사람을 경계하는 말이란 뜻이다. 이 소설의 내용은 돈 많은 사내 무숙이가 평양 출신으로 서울의 기적(妓籍)에 매이게 된 의양이에게 반해 살림을 차리고서는 그녀에게 자신의 호기로움을 자랑하느라 재산을 유흥에 탕진하자, 의양이가 그의 낭비벽을 고치려고 본처와 무숙이의 친구와 짜고 그가 재산을 다 털어먹게 만들어 알거지가 되게 한다는 것이다. 무숙이를 회개하게 하려는 계획이었으니, 일종의 탕자 길들이기인 셈이다. 이 소설은 18, 19세기 서울 시정의 유흥 풍습을 생생하게 담고 있어 조선 후기 사회 풍속사에 중요한 자료가 되기도 한다. 만약 김종철 교수처럼 판소리 소설의 전문가도, 부지런한 연구자도 아니었더라면 지금까지도 이 소설은 실전 판소리로 불리고 있을지도 모른다.

비슷한 사례로 《설공찬전(薛公瓚傳)》의 출현도 있다. 조선 전기의 문인인 채수(蔡壽, 1449~1515)는 《설공찬전》이란 소설을 지었다. 이게 불교적인 내용을 담고 있어서 당시 대간들이 채수를 처벌해야 한다고 왕에게 요구하기도 했으니, 문제작이 아닐 수 없다. 하지만 이 소설 역시 어디로 갔는지 행방이 묘연했다. 이름만 문학사에 남았을 뿐이다. 조선 전기 소설사를 구성하는 연구자들은 이름만 남은 이 소설에 대해 이런저런 추리를 그치지 않았다.

그런데 어느 날 서경대학교 이복규 교수가 이 소설을 찾아내었다. 이 교수는 국사편찬위원회의 의뢰로 조선 전기의 문인 이문건의 《묵재일기》를 탈초(脫草)하고 있었다. 초서로 쓰인 일기를 해서로 옮기는 작업이었다. 그런데 옛날 책은 종이를 접어서 한 장으로 쓴다. 접힌 안쪽 부분은 쓸 수가 없는 것이다. 사실 종이의 반을 못 쓰는 것이 아까운 일이다. 어떨 때는 책을 뒤집어 안 쓴 쪽을 밖으로 드러내어 거기에 무언가를 쓰기도 했다.

《묵재일기》 역시 그런 재활용 책이었던 모양이다. 이 교수는 작업을 하다가 그 이면에 무언가 쓰여 있는 것을 보고 궁금해 뒤집어보았다. 읽어보니 뭔가 자신이 아는 지식과 접하는 곳이 있었다. 더 읽어보니 사라진 《설공찬전》이 아닌가. 공부하는 사람에게 이것은 엄청난 행운이다. 그다음은 다 아는 이야기다. 논문을 써서 발표하고 번역해서 책을 내었다.

그 뒤에 나 역시 옛 책을 보면 혹시나 하고 이면을 뒤집어보는 버릇이 생겼다. 하지만 모든 사람에게 행운이 오지는 않는 법이다. 하하!

사라질 뻔했다가
살아난 책

    사라졌다 다시 나타난 책을 이야기했는데, 사라질 뻔했다가 다시
살아난 책도 있다. 《오주연문장전산고(五洲衍文長箋散稿)》가 그런
책이다. 먼저 책 제목부터 보자. 이 책 제목은 오주, 연문, 장전, 산
고로 읽어야 한다. '오주'란 사람이 연문하여, 즉 문장을 부연하여,
장전, 곧 긴 부전지(附箋紙, 쪽지)를 붙인, 산고, 곧 이런저런 글이란
뜻이다. 내친 김에 대한민국 국민이라면 다 아는 《왕오천축국전(往
五天竺國傳)》도 읽어보자. 이건 '왕, 오천축국, 전'이다. 다섯 천축국
에 간 기록이란 뜻이다.

    각설하고, 그렇다면 '오주'는 누구인가. 이규경(李圭景, 1788~
1856)이다. 이규경이라면 대부분 모를 터이다. 하지만 이덕무의 손
자라면 알 것이다. 이덕무는 요즘 '책 읽는 바보'로 잘 알려져 초등
학생도 다 안다. 앞서 여러 차례 이야기했지만 이덕무는 서파여서

관료로 출세할 수 없었지만, 서울의 양반 사회에서 단정한 처신과 빼어난 문학적 역량으로 유명했고, 정조까지 알아주어 규장각에서 검서관(檢書官)으로 오랫동안 근무할 수 있었다. 규장각의 벼슬은 정조 당시 최고로 명예로운 벼슬이었다. 검서관 역시 잡직관(雜職官)이기는 하지만 역시 최고의 인재를 뽑았던 것이다.

이덕무는 치밀한 관찰에서 오는 탁월한 묘사와 섬세한 감성으로 이루어진 아름다운 산문으로 유명하지만, 한편으로는 박학으로도 당대에 당할 사람이 없었다. 그의 산문과 박학은 누가 계승했던가? 아들 이광규(李光葵)인가? 이광규 역시 아버지를 이어 검서관을 지냈지만 문학과 학문에 성과를 낳았던 것 같지는 않다. 그에 관한 기록을 도무지 찾을 수가 없는 것이다. 이광규의 아들, 곧 이덕무의 손자 이규경이 조부의 박학을 계승했다. 산문은 천품이 모자랐던 것인지 소식이 없고, 시간과 노력을 들이면 가능한 박학 쪽으로는 이덕무를 충실히 계승했다. 그 증거가 바로《오주연문장전산고》다.

《오주연문장전산고》는 60권 60책의 필사본으로 천지편·인사편·경사편(經史篇)·시문편 등 네 부문으로 나누어져 있다. 다루고 있는 주제, 곧 항목은 1417개다. 물론 이 책은 온전히 남은 것이 아니다. 규모는 알 수 없지만 상당 부분 망실되었으니, 이규경은 쉽게 말해 평생 1417편을 훨씬 넘는 논문을 쓴 것이다.

이 책의 맨 앞에 실린 글을 보자. 〈십이중천변증설(十二重天辨證說)〉이다. '십이중천'은 조선 후기에 한역 서양서를 통해 소개된, 우주가 모두 12겹으로 되어 있다는 프톨레마이오스의 천체 구조를 말한다. 〈십이중천변증설〉은 12중천설에 관련된 여러 문헌을 소개하고 그것의 타당성을 따지는 글이다. 이 형식, 곧 〈……변증설〉은 이 책 전체를 일관한다. 무슨 말이냐 하면,《오주연문장전산고》는 〈……변증설〉이란 글 1417편으로 이루어져 있다는 말이다. 곧 〈변증설〉의 집합인 것이다.

'변증'이란 따지고 증거를 들이댄다는 뜻이다. 아주 좋게 평가한다면 요즘의 논문이다. 예컨대 〈서사변증설(書肆辨證說)〉이란 글을 보자. 서사는 서점이다. 서점이 무엇인지, 조선에는 서점이 언제 출현했는지, 또 어떤 이유로 없어졌는지 등을 상세히 기술하고 있다. 이런 식으로《오주연문장전산고》는 이규경 자신이 당대에 인지하거나 경험하거나 상상할 수 있었던 거의 모든 주제를 변증의 방식으로 다루고 있다.

또한 이 책은 다른 곳에서는 볼 수 없는 자료를 다량 포함하고 있다. 〈대동여지도(大東輿地圖)〉를 만든 김정호(金正浩), 19세기 최고의 학자인 최한기(崔漢綺) 등에 대한 정보 역시 이 책에서 찾아볼 수 있다. 뿐만 아니라 이 책은 19세기 중반까지 북경에서 조선으로 유입된 최신의 서양 지식을 온전히 소개하고 있다. 이것은 다른 책에서는 찾을 수 없는 정보다. 물론 이 책에 대해서 비판성이 없는 정보의 조직일 뿐이라는 나무람이 없는 것은 아니지만, 그 학문적 방식과 주제 설정의 독특함, 다른 데서 찾아볼 수 없는 방대한 정보는 결코 평가절하 될 것이 아니다.

이런 박물학적이고 실증적인 지식은 조선조의 전통에서 극히 희귀한 것이다. 알다시피 조선조의 주류 학문은 성리학이다. 성리학이 다루는 학문 영역은 방대하다. 그것은 인간의 저 미묘한 심성부터 윤리학·예술학·문학·정치학·경제학·자연학 등 인간이 상상할 수 있는 모든 분야를 포괄한다. 하지만 그것의 주축은 어디까지나 이(理)·기(氣)·심(心)·성(性) 등의 지극히 추상적 언어로 이루어지는 관념학이다. 자연과 사물, 사회, 문화의 구체성을 대상으로 삼는 경우는 상대적으로 적다.

이에 반해 《오주연문장전산고》는 바로 그 구체성을 학문의 대상으로 삼는다. 이규경 역시 이 책의 서문에서 자신이 다루고자 하는 '명물(名物)과 도수(度數)의 학문'은 '성명(性命)과 의리를 주제로 하는 학문'에는 미치지 못하지만 유용한 것이라고 말하고 있다. 이러한 '명물과 도수의 학문'은 18세기 후반부터 유행하기 시작한 것이다. 곧 중국에서 전래된 고증학풍과 서양학의 영향을 제외하고는 이 책을 논할 수 없다.

이 어마어마한 양의 《오주연문장전산고》를 쓸 때의 이규경을 상상해보자. 그는 책 읽기에 일생의 거의 대부분의 시간을 소모했을 것이다. 친구와 어울려 술을 마시고 꽃놀이를 다니고 시를 짓고 엽관운동을 하는 일은 거의 없었을 것이다. 머릿속으로 늘 '변증설'의 주제를 생각했을 것이고, 한편으로는 그와 관련된 자료를 모으는 것이 일이었을 것이다. 그의 일상은 자료를 찾고 읽고 분류하고 그것을 바탕으로 글을 쓰는 것, 혹은 자신에게 없는 책을 빌리러 다니는 것, 오직 그것이 그의 일상이었으리라. 고단한 학자의 길을 외롭게 걸었던 그에게 경의를 표한다.

원래 이 책이 사라질 뻔했다가 다시 살아났고 그 뒤 원본이 사라지고 사본만 남게 된 사연 등을 말하려 했는데, 책을 소개하느라 정작 그 이야기는 하지 못했다. 원고를 달리해서 말하는 수밖에!

김춘동 선생과
《오주연문장전산고》

19세기 말 20세기 초의 지식인이자 국어학자였던 권보상(權輔相)은 광교 근처에서 군밤을 사다가 포장지를 유심히 보았다. 한자가 빽빽이 적혀 있었다. 심상한 종이쪽이 아닌 것 같았다. 군밤 장수에게 돈을 치르고 포장지를 모두 사서 당시 조선의 고전을 간행하고 있던 광문회(光文會)로 가져갔다. 광문회는 1910년 최남선이 민족의 고전을 수집하여 간행하고 염가로 보급하기 위해 세운 단체였다. 당연히 광문회에는 고전에 해박한 사람들이 있었고, 그들이 검토한 결과 군밤 포장지가 이규경의 《오주연문장전산고》라는 사실을 알게 되었다. 또 책의 상당 부분은 이미 망실되었다는 사실도 확인했다. 이 귀중한 책은 광문회에 보관되어 있다가 광문회의 해산 때 최남선의 차지가 되었다. 그런데 이 책의 가치를 알아본 경성제국대학 도서관 쪽에서 한 벌을 베껴 소장했으니, 이것이 오늘날 우리가 보는 《오주연문장전산고》다.

이 책은 현재 필사본으로만 남아 있지만, 현대식 활자로 간행될 뻔했다. 이 이야기를 잠시 해보자. 김춘동 선생은 김수항(金壽恒, 1629~1689)의 11세손으로 서울의 안동 김씨 집안 출신이다. 해방 후 고려대학교에 교수로 재직하면서 《대전회통(大典會通)》과 《만기요람(萬機要覽)》 등의 중요 문헌을 번역한 한학자이기도 하다. 선생은 《〈오주연문장전산고〉에 취(就)하여》란 글에서 자신과 《오주연문장전산고》와의 관계에 대해 소상히 언급하고 있다. 이 글을 읽어보자.

1937년 루거우차오(蘆溝橋) 사건으로 중일전쟁(中日戰爭)이 시작되고, 1938년 조선어 사용 금지, 일본어 상용, 1940년 창씨개명, 1941년 태평양전쟁으로 이어지는 질식할 것만 같은 상황이 한반도에 이어졌다. 일제의 감시 대상이던 김춘동은 1940년 설의식(薛義植)과 더불어 오문출판사를 설립했다. '우리 문화의 정리, 보급'이 목적이었다. 사실상 '배일(排日)' 정신에서 출발한 것이니 당시로서는 용기가 필요한 위험천만한 사업이었다. 그들은 출판사를 차린 후 먼저 간행해야 할 책을 물색했는데, 당시 이원조(李源朝)가 주관하고 있던 대동출판사에서 《오주연문장전산고》를 출판하려고 경성제국대학의 필사본을 다시 필사해놓고 있었으나 비용 문제로 출간을 못하고 있다는 것을 알게 되었다.

김춘동은 값을 치르고 그 필사본을 입수했다. 하지만 그 필사본은 읽을 수 없을 정도로 상태가 엉망이었다. 김춘동은 한문 실력이 날로 저하되고 있던 상황을 고려하여 이 책을 교열하고 구두점을 찍어 출판하기로 했다. 하지만 원문에 심각한 문제가 있었다. 오자, 탈자, 비문(非文)이 수두룩했던 것이다. 필사할 때 문제가 생긴 것이 아닌가 하여 경성제국대학의 필사본과 대조했지만, 그쪽도 마찬가지였다. 남은 길은 최남선의 소장본과 대조하는 것뿐이었다. 최남선에게 몇 차례 부탁했지만, 책에 대해 인색하기 짝이 없던 최남선은 광문회에서 보관하고 있던 중 어떻게 되었는지 모르겠다며 거절했다. 하는 수 없이 이규경이 읽었던 책의 원본을 경성제국대학과 보성전문·연희전문의 도서관에서 구해 교열했고, 그 과정에서 능력이 부족함을 통감한 김춘동 등은 위당(爲堂) 정인보(鄭寅普)에게 간청해서 함께 혹한·혹서를 무릅쓰고 10책 분량의 구두점을 친 원고를 정리했다.

원고를 정리하던 중 희한한 사건도 있었다. 하루는 이모(李某)란 사람이 최남선이 가지고 있는 《오주연문장전산고》는 이규경의 초고이고, 깨끗이 정리한 정본(正本)은 경상북도 문경에 살고 있는 이규경의 먼 친척이 갖고 있다고 했다. 그 정본을 빌리기는 어렵지만 그 동네를 찾아가 며칠 머무르며 오류 많은 사본과 대조할 수는 있을 거라는 말에 김춘동은 상당한 돈을 건네고 교섭을 부탁했지만 이모는 돈만 받고 사라져버렸다. 실제 그가 말한 주소지에는 그런 사람이 살고 있지 않았다. 한마디로 사기를 당한 것이었다.

1941년 태평양전쟁이 시작되자 일제는 전시체제를 선포하고 노무동원령(勞務動員令)을 내리는 등 한국인을 압박했다. 1942년 일제가 조선어학회 사건을 일으키자, 1943년 김춘동은 그때까지 정리한 원고를 가지고 지형을 뜨고 후일에 간행을 기약하는 수밖에 도리가 없었다.

1945년 해방이 되었다. 김춘동은 '사서연역회(史書衍譯會)'를 만들어 《삼국유사》와 《삼국사기(三國史記)》를 번역하는 데 몰두하면서 설의식과 《오주연문장전산고》쪽 작업을 계속하기로 했지만, 설의식은 언론계에 투신하고 김춘동 본인은 고려대학으로 옮기는 바람에 작업을 중단하고 말았다. 원래 〈동아일보〉기자였던 설의식은 해방 후 같은 신문의 주필, 부사장을 지냈고, 이어 〈새한민보〉를 창간하는 등 언론 활동으로 바빴던 것이다.

6·25전쟁이 일어나자 김춘동은 대구로 피난했다가 거기서 설의식을 만났다. 설의식은 김춘동을 만나자 눈물을 흘리며 "선생의 노고도, 이 소오(小梧)의 사업도 다 귀어허지(歸於虛地)가 되고 말았습니다."라고 하는 것이 아닌가? 《오주연문》이……?" 이것이 그들이 나눈 첫 대화였다. 설의식에 의하면, 전쟁 통에 《오주연문장전산고》의 원고도, 지형도 모두 불길에 사라졌다는 것이다. 공허감이 두 사람을 짓눌렀다. 최남선이 갖고 있던 《오주연문장전산고》 역시 전쟁 통에 재가 되고 말았다. 김춘동과 설의식은 서울로 돌아가면 다시 《오주연문장전산고》의 간행에 착수하자고 다짐했지만, 설의식은 1954년 55세의 나이로 사망하고 말았다. 《오주연문장전산고》의 간행은 영영 허사가 되고 만 것이다.

1968년 동국문화사에서 경성제국대학 소장본을 대본으로 하여

《오주연문장전산고》의 영인본을 만들었다. 김춘동은 그 오류투성이의 책을 보고 장탄식을 했다. 1982년 명문당에서 다시 이 책을 영인했고, 민족문화추진회(2007년 한국고전번역원으로 이관됨)에서는 일부를 번역해 5책으로 간행했다. 지금은 이규경이 인용했던 모든 책을 샅샅이 찾아 원문을 교열해 인터넷으로 제공하고 있다. 어쨌거나 이 책을 이용하는 분들은 김춘동 선생을 꼭 기억했으면 한다.

《금병매》와
음란서생

《오주연문장전산고》는 정말 방대한 주제를 건드리고 있다. 다른 곳에서는 결코 찾아볼 수 없는 자료가 허다한 것이다. 예를 들어 〈한화춘정변증설(漢畵春情辨證說)〉과 〈화동기원변증설(華東妓源辨證說)〉은 다른 데서 볼 수 없는 동양의 포르노그래피, 곧 춘화에 대한 귀중한 자료를 담고 있다. 전자는 남녀의 성행위 조각상인 '춘의(春意)'가 인조 때 처음 조선에 수입되었다는 사실, 후자는 북경에서 수입된 춘화를 사대부들이 즐겨 감상했다는 사실 등을 소개하고 있다. 이것은 성리학에 기반하여 윤리를 제일의 가치로 삼았던 조선 사족 사회의 이면(아니, 지배계급의 리얼리티!)을 정직하게 보여주는 것이기도 하다.

말이 나온 김에 한 걸음 더 나아가면, 조선 지식인들이 접했을, 성적으로 가장 노골적인 소설인 《금병매(金甁梅)》의 수입에 관한 자료도 이 책의 〈소설변증설(小說辨證說)〉이 유일하다. 약간 소개하면 왕세정(王世貞)이 《금병매》의 작가로 알려져 있으나 사실무근이라는 것, 조선에는 을미년(영조 51, 1775)에 영성부위(永城副尉) 신수(申綏)가 역관 이심(李諶)에게 북경에 가는 길에 은 한 냥을 주어 사오게 했다고 하는 것도 이 글에서만 보인다. 부위는 원래 군주(郡主)의 남편으로 의빈부의 정3품 벼슬이다. 군주는 왕세자와 정실 사이에서 난 딸이니, 결국 임금의 사위쯤 된다. 이 사람들은 벼슬길에 나아갈 수 없기 때문에 대개 이럭저럭 세월을 보냈으니, 《금병매》의 소문을 듣고 구입하게 한 것도 나름 이해할 만한 일이다. 신수가 구입한 《금병매》는 어떤 판본인지는 모르지만 20책이고 판각이 아주 정교했다고 한다.

《금병매》는 사대기서(四大奇書)의 하나로 워낙 유명한 소설이다. 나 역시 읽고 싶었지만, 이런저런 일에 쫓겨 읽을 짬을 내지 못했다. 시간이 한참 흘러 대학에 자리를 잡고 난 뒤 1993년인가 청년사 간행본으로 이 책의 서두를 읽다가 또 바쁜 일로 덮고 말았다. 그 후 2003년에 안식년을 처음 얻었을 때 비로소 이 책을 완독할 수 있었다. 이 책은 도판이 실려 있는데, 그중에는 남녀의 성행위를 그대로 묘사한 것이 적지 않다. 조선 후기의 독자들 역시 이 도판을 보고 충격을 받았을 것이다. 뿐만 아니라 이 책에는 최음제와 섹스토이 같은 것들도 있고, 동성애까지도 등장한다. 그러니 이 책은 골방에서는 열렬한(?) 애독의 대상이 되었겠지만, 공식적인 비평의 자리에서는 결코 좋은 소리를 들을 수 없었다. 아니, 긍정적이건 부정적이건 엄숙한 나라 조선에서는 비평이 있을 수가 원래부터 없었다.

〈소설변증설〉에는《금병매》에 대한 비판적인 평가로 청대 지식인 신함광(申涵光, 1619~1677)의 말을 인용하고 있다. 신함광은 세상 사람들이《금병매》가 인정(人情)을 잘 묘사한 것이 사마천의《사기》와 비슷하다고 하는데, 그렇다면 차라리《사기》를 읽지 왜《금병매》를 읽느냐는 것이다. 신광함을 만날 수 있다면 한마디 하고 싶다. "그걸 몰라서 묻느냐?"《금병매》는 도덕군자들에게 음란한 소설로 비난을 받았지만, 그렇다 해서 수준 낮은 포르노 소설은 결코 아니다. 그렇다면 사대기서에 끼이지 못했을 것이다. 이 소설이야말로 명대 지배계급의 타락상을 사실적으로 형상화한 수준 높은 사회소설이라고 할 수 있다. 신체적 욕망을 추구하는 인간의 모습을 이처럼 진솔하게 드러낸 작품도 없을 것이다.

《금병매》를 읽으면서 한국에도 성을 주제 또는 제재로 삼은 서사물이 있는지 궁금했다. 아무리 생각해도 그런 것은 없는 것 같다. 아주 없다고 한다면 물론 지나친 말이다.《춘담해이(村談解頤)》·《태평한화골계전(太平閑話滑稽傳)》·《어면순(禦眠楯)》·《어수신화(禦睡新話)》등 성을 제재로 삼은 짧은 서사물, 곧 색담(色談)은 다수 있다. 다만 이 색담들은 대개 사람들 사이에서 구비 전승되던 것들을 모은 것인데, 성 문제를 정색하고 정면에서 다룬 것은 아니다.《금병매》와 같은 심각한 비판 의식을 내장한 장편의 서사물이 되지 못한 상태에 있는 것이다. 물론 이 텍스트들은 다른 차원, 곧 조선조 사람의 성 풍속과 성 의식을 아는 데 중요한 자료가 될 수 있다.

몇 해 전 성균관대학교 안대회 교수가 《북상기(北廂記)》란 한문 희곡을 번역해 출판했는데, 상당히 '음란'하다는 소리를 들었다. 안 교수가 책을 보냈기에 성급한 마음으로 허겁지겁 읽었다. 아, 적잖이 실망했다. 이건 내가 생각하는 '음란'의 수준에 한참 못 미치는 것이었다. 사드 후작까지는 못 미치더라도, 적어도 《금병매》 급은 되길 기대했지만, 《북상기》는 그냥 그저 그랬다. 참고로 말하자면, 《북상기》는 《서상기(西廂記)》를 패러디한 것이다. 《서상기》는 앵앵(鶯鶯)과 장생(張生)의 연애담을 그린 희곡으로서 중국은 물론 조선에도 널리 읽힌 고전이다. 하지만 《북상기》는 그런 연애담도 아니다. 물론 《북상기》에 조선시대 기녀 제도에 대한 중요한 정보가 있는 것은 반갑기 짝이 없었다.

이야기가 어쩌다 보니, 《오주연문장전산고》에서 시작하여 《북상기》까지 왔다. 따져보니 조선시대에는 음란한 소설을 창작하는 '음란서생'이 없었던 셈이다. 《금병매》도 없고, 사드도 없는 이 역사는 괜찮은 역사인 것인가? 모를 일이다. 덧붙이면 그런 책이 없는 사회라 해서 결코 정결(貞潔)한 사회는 아니라는 것이다. 도리어 겉으로 정결함을 내세우는 사회야말로 그 이면이 썩고 있을 것이다. 또 따지고 보면 음란은 일반 민중의 것이 아니다. 음란은 음란할 만한 여유가 있는 자들의 것이었음을 역사가 증명하고 있다. 지금으로 말하자면 대한민국의 높은 양반들이 음란의 주체가 된다. 우리의 작가들에게 정중히 부탁한다. 오늘날 대한민국 지배층의 성적 향락

과 사치를 사실적으로 다룬 소설을 써서 이 시대의 리얼리즘을 성취해주었으면 한다. 아마도 그 작품은 이 시대에 대한 충실한 증언이 될 것이다.

일제의
우리 책
반출기 (1)

일본에는 엄청난 분량의 한국 책이 있다. 덴리대학교(天理大學校)의 책이 좋은 예다. 2006년 덴리대학교를 방문하여 도서관 서고에 들어가 본 적이 있다. 방대한 분량의 한국 책이 있었다. 일제강점기 경성제국대학 교수로 있으면서 '조선학'을 연구했던 이마니시 류(今西龍)가 주로 수집한 것이었다.

도서관 측에서는 방문객들에게 보고 싶은 책이 있으면 미리 말해보라고 했지만, 정작 우리 측에서 그다지 중요하지 않은 책을 신청하는 바람에 귀중본은 보지 못했다. 이 도서관에는 〈몽유도원도(夢遊挑源圖)〉도 있다. 혹시나 하는 마음에 보여달랬더니 보여준단다. 유리장 안에 얌전히 놓여 있는 〈몽유도원도〉를 보고 있자니, 옆에서 설명이 따른다. 원본은 아니고 복제본이란다. 다만 이 복제본도 워낙 정교한 것이어서 원본과 다름이 없다는 것이다. 그렇게 믿을 수밖에.

덴리대학교 도서관을 보고 도대체 얼마나 많은 한국 고서가 일본으로 건너갔을까 하고 거듭 생각하게 되었다. 1968년 국회도서관에서 낸 《한국고서종합목록》이란 책은 한국과 일본, 미국 등에 있는 고서를 조사하여 한 군데 모은 것이다. 물론 실사를 한 것은 아니고, 기존의 도서 목록을 종합한 것이다. 목록을 보면 일본에 건너간 책이 어마어마하게 많다는 데 놀라게 된다.

일본에 건너간 책에는 첫째, 정상적 경로를 통한 것이 있다. 예컨대 일본의 요청에 의해 조선 정부에서 하사한 것이다. 현재 일본 각지에 소장되어 있는 《대장경(大藏經)》을 위시한 불경은 대부분 그런 식으로 건너갔다. 둘째, 임진왜란 때 약탈한 것이다! 전쟁 중에 일본이 허다한 책을 약탈해간 것은 두말할 필요도 없다. 일본 궁내성(宮內省) 도서료(圖書寮)에 보관되어 있는 국보급의 조선 책들은 왜장(倭將) 우키타 히데이에(宇喜多秀家)가 약탈해간 것이라고 한다.

셋째, 일제강점기에 반출한 것이다. 먼저 국가권력을 동원하여 반출했다. 예컨대 《조선왕조실록》 태백산본의 경우는 그냥 동경제국대학으로 반출했다. 확실한 약탈이다. 대금을 치르고 구입한 경우도 있다. 일정한 금액을 지불했다고는 하지만, 물정 어두운 조선 사람의 눈을 속여 책을 쓸어갔다고 해도 과언이 아니다. 일제강점기에 일본인이 어떻게 조선의 책을 헐값에 쓸어 담았는지 다음 자료를 보자. 일본인이 직접 내뱉은 말이다.

나는 고본(古本) 매입의 목적으로 조선에 건너오기를 전후 두 차례 했다. 첫 번째는 1912년 3월 15일부터 27일간, 두 번째는 1923년 4월부터 90일간이다. 고본옥(古本屋)은 조선에 고본 매입을 위해 두 차례 다녀간 것. 1903년 명고옥(名古屋)의 기중당(其中堂) 주인 삼포겸조(三浦兼助)가 선봉이고, 동경의 촌구(村口) 선친이 2진, 동경의 기부귀길(磯部龜吉)이 3진이고, 그리고 고본옥이 넷째로 조선옥을 다녀간 것이다.

○ 기중당의 《고려사》 매입 과정은 이렇다. 경성에 도착한 지 4일째 되는 날 중개인 고씨(高氏)가 와서 《고려사》 외 수점을 살 것을 권한다. 이 《고려사》는 대형의 호장본(豪裝本). 전 73책으로 500년이나 이전의 고려시대의 출판이다. 지금은 내각(內閣)에도, 타 대신가(大臣家)에도 없는 한국 무이(無二)의 진본(珍本)인 때문이라고 중개인은 바람을 넣는다.

  그러나 방매인(放賣人)의 공능(功能)을 신용하기도 어렵거니와 동국의 학자 2, 3인에게 들어도 누구나 《고려사》는 희유(稀有)함을 보증하는 바로 입수하기 어려운 물품이라고 한결같은 회답에는 의의가 없다. 책 그 자체는 이미 보아 만족한 것, 《고려사》를 다루기는 이번이 처음이라 시가를 모르고, 73책의 고본이 250원(당시 쌀 20석 정도)이란 의외의 대금. (중략) 장사를 떠나 오락을 위한 기분으로 《고려사》를 사자. 대금에 불구하고 《고려사》 외 40, 50점 구입했다.

○ 한남서림(翰南書林) 주인 백두용(白斗鏞)은 학식 있고 풍채 있는 학자 같은 느낌을 주는 사람이었다. 《포은집(圃隱集)》 2책 1원 50전, 《이퇴계전집(李退溪全集)》 30책 18원 외 41책. 교동의 일호서림(一乎書林)에서 《역대사론(歷代史論)》 10책 3원 50전, 《두율비해(杜律批解)》 14책 5원 60전 외 15책. 그리고 파고다공원 앞 광학서포(廣學書鋪)에서 《호씨춘추(胡氏春秋)》 10책 3원 10전, 《청음집(淸陰集)》 10책 4원 50전 외 32책을 매입했다.

한성서화관(漢城書畫館)에서 《구봉집(龜峯集)》 5책 1원 75전. 한일서림(翰一書林), 모 고물점(古物店), 모 서림 등에서 각각 《공자통기(孔子通紀)》 (70전)를 샀다. 이 밖에도 《염락풍아(濂洛風雅)》 (70전), 《초사(楚辭)》 (4책 1원), 《송재시집(松齋詩集)》 (35전), 《성령집(性靈集)》, 《사명집(四溟集)》, 《이태백집》, 《정재집(定齋集)》, 《풍고집(楓皐集)》, 《백사집(白沙集)》, 《두율방운(杜律方韻)》, 《후산집(後山集)》 등을 사 가지고 귀향했다.

1903년부터 일본 고서상들은 조선으로 건너와 책을 구매하는 데 혈안이 되었다. 조선의 사족 체제는 끝장났고, 사족 체제 하에서 의미 있던 책은 청산해야 할 유산이 되었다. 과거의 체제, 문화를 지키다가 나라가 망했다는, 혹은 식민지가 되었다는 생각이 팽배해 있었고, 이것은 과거의 것을 몰아서 폐기 처분하는 행동으로 이어졌다. 수많은 책과 문서는 이렇게 해서 헐값에 일본으로 건너갔던 것이다.(인용한 자료는 하동호, 《近代書誌攷類叢》, 塔出版社, 1987, 13~14면)

일제의
우리 책
반출기 (2)

　앞서 일제의 조선 책 모으기에 대해 간단히 썼는데, 검토해야 할 자료가 더 있다. 일단 다음 자료를 읽어보자. 〈촌구(村口) 씨의 선친 경성(京城) 수서(蒐書)항〉에는 다음과 같이 기술되어 있다.

　급히 귀가하여 여장을 차리고, 있는 돈을 모두 가지고 한걸음에 경성에 왔다. 경성에 도착하자마자 조선인이 경영하는 고본옥(古本屋)을 내리 훑었다. 촌구 씨가 착목(着目)한 것은 주로 고간(古刊) 당본(唐本)이었다. 그 가운데는 송판(宋版)의 《육신주문선(六臣註文選)》이 있었다. 이러한 것에는 조선의 고본옥은 전연 눈을 뜨지 못했는지 61책 송판이 겨우 3원 남짓. 이 금액으로 입수했으니 꿈같은 이야기다. 당본의 옛것은 거의 1책 6전 정도로 살 수 있었고, 조선본보다 비교적 비쌌다.

촌구 씨는 이들 송판이나 원판(元版)의 귀중본을 가지고 경성을 떠나 동경으로 돌아왔는데,《육신주문선》만도 천몇백 원에 팔렸고, 기타 희구본(稀覯本)도 곧장 팔렸으므로 풍부한 자금을 준비할 수 있었다. 하여, 재차 도선(渡鮮)하여 어느 한 서포(書舖)의 재고품을 전부 사자고 할 정도로 배포 있는 흥정을 했는데, 만철(滿鐵)이 그 일에 대해 듣고 "조선본은 만철에서 수집하고 싶으니 일절 손을 대지 말아주었으면 좋겠다. 그 대신 당본은 그대에게 일임하고 만철 자신도 일절 손을 대지 않겠다."라고 타협을 해왔기에 응하기로 했다는 것이다.(하동호,《近代書誌攷類叢》, 塔出版社, 1987, 13~14면)

앞서 말했듯 '촌구의 아버지'는 조선에 2진으로 진출한 고서상이었다. 그는 조선의 고서를 사기 위해 건너왔다. 이자가 노린 것은 '고간 당본', 조선에 있는 중국본 서적이었다. 곧 그것은 당나라 때 판본이 아니라, 조선이 중국에서 수입한 중국 간행 서적을 말한다.

촌구의 아버지가 송판《육신주문선》을 구입한 것에 주목할 필요가 있다. 송대의 서적, 곧 송판본은 장서가들이 최고의 것으로 꼽는다. 교정과 글씨, 종이 모두 최고였던 것이다. 오죽했으면 송판본 책을 손에 넣기 위해 애첩을 넘겨준 사람까지 있을까. 고려는 송과의 무역이 활발했으니 적지 않은 송판본이 수입되었을 것이고, 그것은 조선조까지 남아 있었을 것이다.

하지만 조선 사람들은 송판 자체에 대해 별반 의미를 부여하지 않고 있었다. 촌구의 아비가 조선의 고서점이 전혀 그런 사실에 눈을 뜨지 못했다고 하면서《육신주문선》을 3원에 사서 동경에서 천몇백 원에 팔았다고 하니, 그 당시 일본 고서상들에게는 조선이 그 야말로 엘도라도였을 것이다.

《육신주문선》 등으로 500, 600배나 되는 이문을 남긴 춘구의 아 비는 다시 한 서점의 재고 전체를 사려고 흥정을 했는데, 그때 만철 의 만류로 그만두었다는 것이다. 여기서 만철은 남만주철도주식회 사(南滿州鐵道株式會社)를 말한다. 러일전쟁이 끝나고 일본은 '포 츠머스 조약'과 '만주선후협약(滿洲善后協約)'에 근거해서 러시아 가 남만주에서 가진 일체의 권리를 계승하고, 1906년 남만주철도 주식회사를 설립하여 러시아가 경영하던 철로의 일부, 곧 장춘(長 春, 창춘)에서 대련(大連, 다롄)에 이르는 철로를 경영했다. 만철은 철 도 사업뿐만 아니라 광업이나 제조업 등 광범위한 분야에 걸쳐 사업 을 전개했으며, 따라서 만주 식민화의 중핵기관으로서 역할을 했다.

1906년 만철 설립 당시 이사였던 교토제국대학 교수 오카마쓰 산타로(岡松參太郎)는 만철 조사부 도서실을 설립했는데, 여기서 중국의 고전과 일본어 도서, 서양 도서, 러시아어 자료를 정상적으 로 구입(값을 치르고 구입하는 것)하거나, 특별하게 구입(계획적인 프로그 램에 의한 구입)하거나, 기증 또는 권력을 이용한 강제적 '접수' 등으로 광범위하게 축적하기 시작했다. 만철의 도서관은 1922년에 '남만주 철도주식회사 대련도서관'이란 명칭을 얻었다. 만철 도서관의 자료 는 지금도 남아 있으며, 거기에는 한국 관계 자료도 방대한 규모로 남아 있다(이상은 한국정신문화연구원 편, 《한국관련 '滿鐵' 자료목록집》, 선인, 2004에 실린, 劉秉虎, 〈'만철' 대련도서관 및 소장자료 해제〉에 의함). 만철이 조선본을 수집하려 한다는 것은 이런 맥락을 갖고 있는 것이다.

만철 같은 거대한 기관뿐만 아니라 총독 데라우치 마사타케(寺內正毅) 같은 자는 권력을 이용해서 책과 서화를 긁어모아 일본으로 반출했고, 마에마 교사쿠(前間恭作)나 시라토리 구라키치(白鳥庫吉) 같은 학자, 아사미 린타로(淺見倫太郎) 같은 변호사도 조선에서 책을 긁어모았다. 이들의 책은 모두 일본으로 반출되었다. 마에마 교사쿠의 책은 일본 도요문고(東洋文庫)의 서고에 들어가 있고, 시라토리 구라키치의 책은 간토 대지진 때 소실되었다. 아사미 린타로의 책은 뒷날 미츠이(三井) 물산에 넘겨졌고, 미츠이 쪽은 다시 미국 버클리 대학교에 팔았다. 한국 학자들이 요즘도 방문하는 곳이다.

2006년에 도야마(富山) 대학교의 후지모토 유키오(藤本幸夫) 교수가 《일본 현존 조선본 연구(日本現存朝鮮本研究)》란 책을 출판했다. 일본에 있는 한국본 서적을 모두 모아서 목록을 만든 것이다. 물론 작업의 결과가 모두 출판된 것은 아니다. 경(經)·사(史)·자(子)·집(集) 중 일본에 있는 모든 조선 문집의 목차를 정리한 것이다. 이것만 해도 어마어마한 쪽수의 거창한 책이다. 전체가 간행된다면 일본에 있는 한국 책의 규모를 대충 짐작할 수 있을 것이다.

한편 이 목록을 만드는 데 평생을 바친 학자의 집념도 알 만하다. 대한민국 학자가 이런 '짓'을 하면 연구 성과 0퍼센트에 해당한다. 아마도 무능한 교수로 낙인이 찍혀 쫓겨날 것이다. 끝으로 한마디만 더하자면, 우리나라에 있는 고서의 전체 규모는 아직도 분명히 밝혀져 있지 않다는 것이다.

신채호의
고서 사랑

1876년 개항 이후 근대가 시작되면서 조선의 낙후한 현실의 원인을 전근대의 학문과 사상에서 찾는 분위기가 조성되었다. 전근대의 학문과 사상은 당시 '구학(舊學)'이라고 불렀다. 구학을 버리고 근대적 지식과 사상을 배워야 하는 것이 시대의 책무가 되었다. 신학이 필연이라면 구학을 어떻게 할 것인가? 이 문제를 둘러싸고 논쟁이 벌어지기도 했다. 차분히 정리할 여유가 없었다. 대세는 신학이었고, 구학은 조선을 정체시킨 주범으로 매도되었다. 이런 분위기에서 구학을 담은 서적들은 관심의 대상이 되지 않았고, 한편으로 일본 등 외국으로 반출되었던 것이다.

구한말의 우국적 계몽신문인 〈대한매일신보〉는 1908년 12월 18일·19일·20일에 걸쳐 〈구서간행론(舊書刊行論)〉이란 사설을 실어 고서를 수습, 보존하는 한편 가치 있는 구서적을 간행할 것을 제안했다. 이 글은 신채호(申采浩, 1880~1936)가 쓴 것으로 보인다. 그는 이 글의 서두에서 서적이란 한 나라의 인심·풍속·정치·실업·문화·무력을 산출하는 '생식기'이며, 역대 성현·영웅·고인(高人)·지사·충신·의협을 본떠서 모사한 '사진첩'으로 정의하고, 영국의 부와 독일의 강함을 만든 것은 금전과 광산, 창과 대포가 아닌 서적이라고 단언한다. 그러므로 서적을 간행, 광포(廣布)하는 사람은 국민의 '일대 공신'이다. 따라서 신서적을 광포하는 것은 당연한 일이다. 하지만 구서적을 광포할 이유는 어디에 있는가?

한국에 필요한 신서적이란 무엇인가? "반드시 한국의 풍속과 학술에 있어서 고유한 특질을 발휘하며, 서구에서 전래된 새 이상, 새 학설을 조입(調入)하여 국민의 심리를 활현(活現)하는 것"이 그것이다. 외국의 신서적을 수입하기도 바쁜데 왜 구서적을 수습해야 하는 것인가? 이런 신서적을 만들기 위한 토대를 이루는 것이 바로 구서적이기 때문이다. 또 외국의 신서적은 오늘이 아니라도 수입할 수 있지만 구서적은 뒷날 다시 수습할 수 없기 때문이다.

신채호는, 한국은 출판의 주체가 전할 만한 서적은 출판하지 않고 전할 필요가 없는 서적만 출판하기 때문에 서적계가 빈약하다고 지적한다. 그는 다섯 가지 이유를 든다. 첫째, 학계의 독재! 주자학에 어긋나는 사상을 이단사설(異端邪說)·사문난적(斯文亂賊)으로 몰고, 저자를 죽이고 자손을 금고(禁錮)했기에 새 진리가 있어도 외부로 공간하지 못했다. 둘째, 가족주의! 자신의 직계 선조가 아닐 경우 아무리 훌륭한 저작이 있어도 간행하지 않았다. 셋째, 중국 숭

배주의! 본국의 좋은 서적이 있어도 간행하지 않았다. 넷째, 맹목적 고인 추수주의! 고인을 따르기만 하므로 새로운 학설이 나온들 책으로 간행하지 않았다. 끝으로 금속활자 인쇄술은 세계에서 가장 일찍 발명했지만 저작권의 개념이 없어 출판의 상업화가 이루어지지 않았다. 따라서 저작은 초고로만 남고 간행되지 않았던 것이다. 이상의 다섯 가지 이유로 전할 만한 한국의 저작이 거의 멸종 지경에 이르렀다고 본다.

신채호는 박지원의 《연암집(燕巖集)》, 정약용의 《여유당전집(與猶堂全集)》, 안정복의 《동사강목(東史綱目)》, 이긍익의 《연려실기술(燃藜室記述)》, 작자 미상의 《조야집요(朝野輯要)》 등이 여전히 초본의 상태에 있음을 지적한다. 그리고 자신이 우연히 본 책으로 이중환(李重煥)의 《택리지(擇里志)》, 최강(崔岡)이 소개한 '삼국 이래 외국을 물리친 명장의 사적을 상세히 기록한' 《이십사걸전(二十四傑傳)》, 남장희(南章熙)가 소장한 한국의 고대·삼국시대·고려시대 등의 지도를 그린 산수 명화 두 권 등을 소개하고 있다.

이런 이유로 간행된 서적도 너무나 희소하다고 주장한다. 예컨대 《징비록(懲毖錄)》과 《동국이상국집(東國李相國集)》은 도쿄의 서사(書肆)에서는 어렵지 않게 구할 수 있지만 서울에서는 한두 종도 보기 어렵다는 것이다. 또 구서적의 수집가 역시 일본인이다. 경화세족 가문에서는 신서적이 무엇인지도 모르면서 구서적을 경시하고 천시하여 '구름'처럼 팔아먹고 있고, 그 책이 서점에 나오면 즉시 구입하는 자는 일본인이라는 것이다.

놀랍고 애석한 바는 이런 책이 서포에 나온 뒤에 한국이 사서 보는 경우는 절대로 없고, 저 시골벅적 팔아치우는 사람은 대판아(大阪兒)가 아니면 살마객(薩摩客)이며, 견양씨(犬養氏)가 아니면 반총랑(飯塚郎)이라, 무릇 한국 역사 및 선철(先哲)의 유집(遺集)이라 하면, 한 권 좀 먹은 책에 황금을 어지러이 던지니, 그런즉 몇 년이 지나면 한국의 문헌은 모두 일본인의 손바닥으로 들어갈 것이니, 오호라!

오사카와 사츠마(薩摩)에 있는 일본인의 수중으로 한국의 구서적이 넘어간다. 한국의 서적이 외국으로 모두 건너가면 어떻게 될 것인가? 신채호는 그 결과 후세의 한국인은 선민(先民)을 우러러 존경할 수도, 조국을 존중할 수도, '독립의 자존심'을 만들 수도 없으리라 말한다. 그리하여 그는 "오늘 구서를 보전하여 후인에게 물려주는 사람은 곧 일대의 명성(明星)이며 만세의 목탁"이라고 말한다. 또한 그 일을 할 사람은 학부(學部)의 술에 취해 꿈꾸는 듯한 관리도 아니고, 귀족 가문의 비루한 사내도 아닌 각처의 서점 주인이고, 그들이 구서를 수습하여 유용한 신서를 간행하는 것이야말로 '국민의 앞날에 큰 행복'이 될 것이라고 주장한다.

그의 마지막 말이다. "금일에 구서가 죄다 없어지면 사천 년 문명의 땅을 쓴 듯 없어지리니, 급급하다, 구서의 보존의 도(道)여!" 하지만 신채호의 열변에도 수많은 책이 일본으로 흘러나갔던 사정은 이미 앞서 말한 바 있다. 가슴이 쓰리구나!

3장

한문학자의 연구실 단상

학자의
전쟁터,
서재

　어떤 교수의 연구실에 들렀더니 참으로 멋이 있었다. 책이 꽉 차 있지는 않았지만, 텅 빈 곳은 아무 데도 없었다. 한쪽에는 중국인 친구에게서 선물로 받았다는 산수화가 걸려 있고, 또 작지만 좋은 글씨 족자도 드리워놓았다. 북경 유리창(琉璃廠, 리우리창)에서 구입했다는 낙관도 여러 개 서가에 얹어놓았다. 책도 그저 그런 책이 아니라 중국에서 수입한, 책갑(冊匣)에 넣은 책, 우리나라 고서 등이 이곳저곳에 있어 무언가 고색창연한 분위기가 감돌았다. 더 둘러보면 붓글씨를 쓰는지 벼루와 연적, 필가(筆架)도 있고, 먹으로 얼룩진 천도 있었다. 향로도 있고, 다관(茶罐)을 놓은 다포(茶布) 근처에는 찻물 자국이 진했다. 선비다운 서재의 모습이었다. 주인의 인격도 고아(古雅)하리라 짐작이 되었다.

　옛날 선비들의 서재는 어떠했을까? 남아 있는 그림을 보면 역시 책으로 꽉 차 있지는 않다. 필요한 책만 서가에 놓여 있고, 서안(書案, 예전에 책을 얹던 책상)에는 지금 읽고 있는 책만 단정하게 펼쳐져 있다. 서안 옆에는 연상(硯床, 벼룻집)이 있다. 조촐하구나! 사실 많은 책을 보고 저술하는 것은 18세기 후반 이후에 생긴 현상이다. 그 전에는 광람(廣覽)과 박학(博學)을 통해 엄청나게 많은 저술을 하는 풍조가 없었다. 아니, 가장 많은 저서를 남긴 다산조차도 서재에 책을 꽉 채웠을 것 같지는 않다. 그가 가장 많은 저술을 했던 강진의 초당(草堂)은 좁은 곳이다. 거기에 책이 있었으면 얼마나 있었겠는가?

공부하는 사람이 책을 모아두고 읽는 공간인 괜찮은 서재를 갖고자 하는 것은 예나 지금이나 마찬가지다. 이희승 선생은 《한 개의 돌이로다》라는 책에 실린 〈서재〉란 글에서, 학자에게는 예지(叡智)와 끈기와 건강이 있어야 하고, 아무리 작더라도 서재가 있어야 한다고 말한 뒤, 자신은 아무것도 타고나지 못했으며 서재다운 서재 역시 가져보지 못했다고 한탄한다. 이어 "공부하는 사람에게 서재가 없다는 것은 농부에게 전답이 없는 것이나 마찬가지다."라고 말하고, 서재는 학자들에게 '육탄전·백병전의 싸움터'로서 '책과 대결'을 하여 그 싸움에서 이기면 살고 지면 죽는다고 한다. 따라서 '서재 안에서의 전쟁이 우리에게는 성패의 계기요, 사활 문제'라고 말한다. 아, 서재를 두고 이런 비장한 말을 할 수 있다니, 부럽기 짝이 없다.

선생은 서재를 몇 종류로 분류한다. 첫째, 응접실보다 화려한 기구를 차려놓고, 가난한 학자보다 훨씬 더 많은 책을 간수해둔 경우다. 그 책들은 금박으로 책등에 제목을 새긴 외국 서적으로서 전문적인 학술서에 가까운 전집들이다. 그 장서를 보면 주인공의 학식만이 아니라 외국어 실력도 매우 높은 것 같지만 대화를 잠깐 나누어보면 무식이 확 드러난다고 말한다. 장서는 장식품에 지나지 않는다.

둘째, 책이 '저장'되어 있을 뿐 전혀 읽히거나 이용되지 않는 경우다. 첫 번째 서재와 달리 서재 주인은 책도 잘 알고 책 탐도 있어 책을 부지런히 주워 모은다. 하지만 읽지 않는다. 선생은 이런 사람을 돈만 모으는 수전노와 유사하다고 한다. 다만 첫 번째 부류보다는 격이 높다고 평가한다.

셋째, 책이 정리되어 있지 않고 대개 어지러이 흩어져 있는 경우다. 서재 주인의 시선도 책갈피나 글줄 사이로 기어들어가 오직 먹칠한 종이에서 금강석이나 노다지 이상의 보물을 파내려는 듯 눈을 부릅뜨고 덤비는 모습을 이 서재에서 볼 수 있다. 선생은 이 서재야말로 이른바 서적과 대결하려는 학자의 전쟁터다! 그리고 그 전쟁에서의 승리를 이렇게 표현한다.

머리를 싸 동이고 몇 날 몇 달을 부비대기를 치다가, 바늘 끝만큼이라도 무슨 새로운 사실이나, 남이 지금까지 생각해내지 못한 것을 발견한 때에는, 그야말로 희희작약(喜喜雀躍)하여, 가슴속에서 용솟음쳐 흘러나오는 기쁨을 주체하지 못하여, 어쩔 줄을 모른다. 이러한 기쁨을 실지로 체험하여보지 못하고서는 그 진미를 알 도리가 없다. 수천 명의 경쟁자와 함께 시험을 치르고, 입학의 관문을 돌파한 사람이 맛보는 승리의 술잔도 방향(芳香)하지 않은 바 아니요, 등산가가 험준한 암벽을 기어오르고 기어올라서, 무쌍한 고난을 극복한 나머지, 절정에 도달하여 하계를 눈 아래 내려딛고, 길게 휘파람을 불 때에 그 쾌감도 여간한 것이 아닐 것이다. 그러나 이 서재에서 얻은 적은 진리와 작은 발견으로부터 오는 환희야말로, 전자와 같은 척도로 헤아리고 견줄 수 없는 커다란 무엇이 있다.

아마도 선생은 서재가 책과 씨름하여 학문적 깨달음을 얻는 곳이라 생각했을 것이다. 그리고 그것은 선생이 서재에서 학문적으로 많은 성취를 이루었기에 하신 말씀일 것이다.

정작 선생의 서재는 어떠했던가? 선생은 반평생 서재다운 서재를 가져보지 못했고, 서재 겸 침실 겸 응접실 겸용의 공간을 이용해왔다고 말한다. 그마저 선생의 전용 공간이 아니라 아내와 자식들이 같이 사용하는 혼용의 공간이고, 항상 정돈되어 있지 않고 조용할 때가 드물었다고 한다. 하지만 선생의 서재야말로 진정한 서재가 아닌가 한다.

나는 어떤가. 나 역시 직업이 직업인지라 읽고 쓸 곳이 필요하다. 집에 책을 쟁여둔 방이 있어 거기서 읽고 쓴다. 좋은 말로 서재다. 하지만 앞에서 말한 어떤 교수의 서재에서 풍기는 그런 옛스런 멋은 전혀 없다. 그냥 사방에 아무 장식 없는 나무 서가를 두르고 창가에 넓은 앉은뱅이책상을 두었을 뿐이다. 학교 연구실도 마찬가지다. 그냥 서가와 책뿐이다. 책상 위에 컴퓨터 모니터만 있을 뿐이다. 그날 하루 보아야 할 책이 있으면 뽑아다가 보고 용도가 없어지면 다시 본래의 위치에 꽂거나 도서관에 반납할 뿐이다. 그러니 연구실도 휑뎅그렁하다. 아니, 삭막하다! 언제나 서두에서 말한 분의 서재와 같은 멋있는 곳을 한번 가져보나. 하지만 그만두자. 일석 선생이 말씀하신 첫째, 둘째 서재가 아닌 데 만족하고 말 일이다. 무슨 내 주제에 멋있는 선비의 서재란 말인가.

도서관의
이용 불가
도서

이른바 한국학을 전공하는 연구자라면 도서관과 이런저런 관계가 없을 리 없다. 연구하는 시대가 해방 이전으로 올라간다면 도서관 신세를 지지 않을 수 없기 때문이다. 그 과정에서 생긴 '불유쾌한' 추억 역시 한둘은 갖고 있을 것이다. 연구자들 사이에는 종종 입에 올리는 추억들이다. 먼저 저 유명한 《열하일기(熱河日記)》로 물꼬를 터보자.

몇 해 전《열하일기》를 깔끔하게 번역한 모 대학 교수님의 이야기다. 이 교수님의 박사 학위논문의 주제 역시 《열하일기》였는데, 논문에는 여러 이본을 조사하는 부분이 있었다.《열하일기》는 18세기 말부터 많이 읽힌 책이지만 인쇄된 적이 없다. 모두 필사본으로만 전한다. 필사 과정에는 필사자의 실수로 인해 수많은 변개(變改)가 일어난다. 또 원작의 특정한 부분이 필사자의 마음에 들지 않는다 하여 의도적으로 개작한 경우도 있다. 이럴 경우 전혀 다른 책이 되는데,《열하일기》의 한 이본이 그렇게 만들어진 것이다. 문제는 박지원이 쓴 원본이 남아 있지 않다는 데 있다. 그래서 남아 있는 여러 이본을 대조해가며 원본을 짐작하는 작업이 퍽 중요한 일이 된다.

국내의 어떤 대학은《열하일기》의 중요한 이본을 많이 가지고 있다. 이 교수님은 당연히 그 도서관에 가서 복사를 신청했다. 하지만 복사가 허락되지 않았다. 앉아서 베껴 가란다.《열하일기》가 그 도서관에만 있는 책이고, 또 세상에 알려진 적이 없는 책이라면 베낄 수밖에 없을 것이다. 하지만 이본 연구가 아닌가? 아무리 사정을 이야기해도 소용이 없었다. 하는 수 없이 앉아서 베끼는 수밖에. 보다 못한 사무원이 담당 사서가 없을 때 조금씩 복사를 하게 해주었다. 그렇게 해서 자료를 손에 넣을 수 있었다고 한다.

이름을 들면 누구나 아는 서울의 유명 대학 도서관에 다른 곳에 없는 중요한 필사본 책이 있다. 이 도서관 역시 귀중한 책이 많다고 자랑하는 곳이다. 그 필사본의 전편은 이미 영인본이 나와 있어 나 역시 충분히 검토한 바 있었다. 하지만 후편에 해당하는 부분은 출간된다는 광고만 있을 뿐 출간되지 않고 있었다. 그 대학 도서관에서 복사를 해볼까 하고 친구를 통해 가능성을 타진해보았더니 안 된다는 답이 돌아왔다. 그런 경우 늘 그렇듯 즉각 체념하는 것이 인격을 수양하는 지름길이다. 그런데 얼마 뒤 그 친구의 말을 듣고 인격 수양의 포기를 재고하게 되었다. 그 친구가 우연히 도서관에 갔더니, 문제의 그 책, 부전지(附箋紙)가 많이 붙어 있어 복사가 안 된다던 그 책이 복사기 위에서 한참 열을 올리고 있더라는 것이다. 누구에게 복사해주는 것이냐고 물었더니, 어떤 서양인 학자를 위한 것이란다. 무슨 말이 더 필요하랴!

이런 일은 거의 모든 도서관에서 반복된다. 박사 학위논문을 준비할 때다. 서울에서 가장 큰 도서관에 학계에는 알려지지 않은 자료가 있다는 것을 알게 되었다. 여러 차례 찾아가서 그 책을 빌려 검토하고 복사를 했다. 하루는 책을 신청했더니 사서가 책을 내어주며 작은 소리로 "읽을 줄이나 아나?"라고 하는 것이었다. 중얼거리는 듯 작은 소리였지만 내 귀에 똑똑히 들렸다. 새파랗게 젊은 친구가 찾아와서 자꾸 고서를 빌려달라고 하니 귀찮기 짝이 없었던 모양이다. 서고는 쇠그물 건너편에 있었기에, 나는 그 사람의 얼굴도 이름도 모른다. 어쨌거나 얼굴이 화끈 달아올랐고, 한편으로는 증오감이 불쑥 치솟았다. 하지만 나는 갑이 아니라 을이 아닌가. 다시 인격을 수양하는 수밖에.

그로부터 얼마 뒤 도서관을 찾아 그 책을 다시 빌리려 했다. 지난번 복사할 때 제대로 복사되지 않은 부분이 있었던 것이다. 한데 그 얼굴 모르는 사서는 그런 책은 없다고 했다. "목록에는 있는데요, 그리고 지난번에 빌렸는데요?" "아, 없다는 데 왜 그래요!" 그 책은 끝내 빌릴 수 없었다. 그 뒤 서울에 있는 아무 대학의 교수가 된 친구 아무개 역시 도서관에 가서 그 책을 빌리려 했지만 책이 없다는 소리를 들었다고 한다. 나는 책이 왜 갑자기 없어졌는지 지금도 알지 못한다.

대학에 자리를 잡고 나면 사정이 좀 나아질 줄 알았다. 하지만 별로 그렇지도 않았다. 일제강점기 조선총독부의 기관지였던 〈매일신보〉라는 것이 있다. 1910년 국권피탈 이후 모든 신문이 폐간되고 거의 유일하게 이 신문만이 남았기에 총독부 기관지지만 일제강점기를 이해하는 데 중요한 자료가 된다. 이 신문은 아무나 볼 수 없다. 워낙 오래된 것이기에 만지면 부스러진다. 국립중앙도서관에 가면 이 신문을 찍은 마이크로필름을 볼 수 있었다. 한데 1980년대에는 마이크로필름은 사진 인화지로만 출력할 수 있었고, 그 값은 상상을 초월할 정도로 비쌌다. 몇 번 이용한 적이 있는데, 비용을 감당할 수 없어 꼭 필요한 부분이 아니면 감히 출력할 엄두를 내지 못했다. 그런데 이 신문이 영인본이 되어 나왔다. 하지만 이것 또한 너무나 비싸서 개인이 소장한다는 것은 꿈도 꿀 수 없었다.

부산대학교에 부임한 이후 학교 도서관에 가서 즉시 〈매일신보〉 영인본이 있는지 확인하고 대출을 신청했더니 안 되었다. 담당 사서에게 물었더니 이게 정기간행물이라서 대출이 안 된단다. 이게 무슨 말인가? 신문은 1세기 전의 것이고 영인본을 만들었다는 것은 이미 사료가 되었다는 것인데, 무슨 정기간행물이냐? 사리를 들어 따졌지만, 그 어린 사서는 그런 말씀일랑 도서관장님한테 가서 하란다. 그것으로 끝이다. 도서관장이라니! 도서관장에게 말을 하면 물론 빌려줄 것이다. 하지만 그게 무슨 꼴인가? 나는 지인을 통해 서울의 모 대학 도서관에서 〈매일신보〉를 빌려 보고 연구에 참고했다.

　도서관은 책을 이용하는 사람이 있어서 존재하는 곳이다. 이용하는 사람이 없다면, 도서관은 필요 없는 곳이 될 것이다. 귀중한 책의 복사를 허락하지 않는 원칙은 이해가 간다. 그럴 수 있다. 귀중한 도서를 마구 복사하다가는 원본이 손상될 수 있기 때문이다. 하지만 특별한 경우가 아니라면 한 번 복사한다고 해서 원본이 아주 못 쓰게 되지 않는다. 스캔을 한 디지털 자료든, 사진이든, 아니면 종이로 복사한 것이든, 복제본을 만들어두면 된다. 모든 자료가 디지털화되는 요즘은 어떤지 모르겠다.

귀중본은
보여주기 싫은
책인가

도서관 이야기를 좀 더 하자. 개인이 아무리 책을 많이 가졌다 해도 국가나 공공 기관만큼은 아닐 것이다. 조선 전기의 어지간한 문인들도 상당한 양의 책을 가지고 있었겠지만, 장서가라고 부를 만한 사람은 드물었을 것이다. 홍귀달(洪貴達)의 경우도 원래 책이 없었는데, 외직을 돌다 오면 왕이 많은 서적을 하사해서 꽤나 모으게 되었다고 한다. 하지만 그런 경우 아무리 모은다 해도 수백 종을 넘지 않았을 것이다.

앞서 소개한 이문건의 《묵재일기》와 유희춘의 《미암일기》를 읽어보면 그들이 갖고 있었던 장서량을 대충 짐작할 수 있다. 유희춘의 경우는 의식적으로 책을 모은 사람이고 또 수천 권의 책을 소장하고 있었던 것으로 알려져 있다. 장서가라고 부를 만하다. 하지만 이문건의 경우는 장서가라고 하기에는 좀 부족하다. 18세기 이후에는 상당한 규모의 장서를 갖춘 장서가가 나오지만, 그 역시 국가가 소장한 서적과는 비교가 되지 않는다.

어쨌거나 가장 큰 규모는 역시 국가의 도서관이다. 내가 흥미 있어 하는 고서를 소장한 곳을 말하자면 국립중앙도서관, 한국학중앙연구원, 서울대학교 규장각 등이다. 서울의 모모한 사립대학은 구입 혹은 기증을 통해 방대한 규모의 고서를 소장하고 있다. 이런 도서관에서는 두꺼운 고서 목록을 간행하고 서문에서 이 자료를 널리 이용해서 좋은 연구 업적이 나오기를 기대한다는 말을 빼놓지 않는다. 자료를 열심히 모으고 목록집을 내고 열심히 이용하라고 선전하니, 정말 훌륭한 일이라 하겠다. 하지만 연구자들이 그 자료에 손쉽게 접근할 수 있을 것이라고 생각한다면, 오산이다.

모든 도서관에서 고서는 별도로 관리한다. 앞에서 모 대학의 《열하일기》에 대해 말했지만, 좀 귀중한 고서는 보기가 상당히 어렵다. 흔한 책은 당연히 열람이 쉽다. 또 그런 책은 대개 영인본이 있어서 굳이 아쉬운 소리를 하지 않아도 된다. 그런데 영인본이 없는 책은 어떻게 할 것인가? 과거 서울대학교 규장각에서는 문집 복사를 요청하는 사람에게 그 문집을 두 벌 복사할 비용을 내게 했다. 한 벌은 복사해서 주고, 한 벌은 가지고 있다가 혹 다른 사람이 복사를 요청하면 복사해주기 위해서였다. 이용자로서는 꽤나 부담이 되는 것이었지만, 원래 도서관의 예산이 적고, 또 고서를 보호하기 위한 조처이니, 좀 비싼 값이기는 해도 그대로 따랐다. 게다가 다른 사람이 이미 복사 비용을 댄 복사본은 내가 비용을 들이지 않고 복사할 수 있으니 다행스런 일이 아닌가.

이런 규칙을 둔 규장각은 정말이지 양반이었다. 다른 도서관에서는 그런 규정이 없었다. 연구자가 보고자 하는 책 중에서 특정 도서관에서 소장한 유일본이거나 귀중본이라면 문제가 달라진다. 고서 목록의 서문에 우리 도서관이 많은 귀중본을 가지고 있다고 말하거나 목록에 '귀' 자가 많이 찍혀 있다면 문제가 사뭇 심각해진다. 그 귀중한 책은 자료적 가치가 아주 높다는 의미고, 그 귀중본을 연구자들은 선용해서 좋은 연구 결과를 내놓아야 할 것이다. 하지만 귀중본을 선정하는 진짜 목적은 사실 연구자와 격리하기 위해서다. 보여주기 싫어서 귀중본으로 만드는 것이다!

정말 귀중본이라면 그것을 열람할 절차가 따로 마련되어 있어야 한다. 열람자의 신원을 보다 확실하게 밝힌다든지, 약간의 비용을 지불하게 한다든지, 원본은 보여줄 수 없으니 마이크로필름을 보라든지, 아니면 디지털화된 이미지 자료를 보라든지, 그것도 아니면 복사본을 보라든지 말이다. 이렇게 무슨 납득할 만한 절차가 있어야 하지만, 대부분의 경우 그런 절차는 아예 마련되어 있지 않다. 무조건 안 된단다! 정말이지 귀중본을 한 번 보려면 필설로 형용할 수 없는 과정을 겪는다. 그럼에도 아예 보여주지 않는 경우가 대부분이다.

개인이 소장하고 있는 귀중본이라면 문제는 다르다. 그것은 개인의 사적 소유물이니까 본인이 보여주지 않겠다면 할 수 없는 일이다. 굉장히 섭섭하겠지만 어떻게 할 도리가 없는 것이다. 하지만 도서관의 귀중본은 사정이 다르다. 그것은 공공을 위한 것이다. 내가 겪은 일로 말하자면, 20년도 전에 어느 대학 도서관에 귀중본(아니, 한 면짜리 귀중 문서)이 있어 한번 보고자 했더니 당연히 안 된단다. 나는 그 한 면짜리 문서가 왜 귀중본인지 알 수가 없었다. 그 문서에 대한 가치 평가를 할 수 있는 사람을 꼽자면 나도 자격은 있다고 생각한다. 그러니 워낙에 귀중한 자료라서 그런 것이라면 이해할 수도 있다. 하지만 그런 정도는 아니다. 어떻게 그것이 귀중본이 되었는지 짐작조차 할 수가 없었다. 요컨대 도서관 사정이 이렇다. 도서 목록에 실린 책이나 문서 옆에 귀중본이란 명사가 붙어 있다면, 그건 대체로 학계의 연구자와 영원히 하직한다는 표시라고 이해하는 편이 심신 수양에 좋다.

더욱 한심한 것은 그림 쪽이다. 미술사 방면의 학회에 참석했더니 발표자가 화면에 그림을 비추고 설명을 한다. 흥미진진하다. 한데 어떤 그림은 참으로 보기 민망할 정도로 화면 상태가 좋지 않다. 이게 원 그림을 제대로 찍은 것이 아니고 어떤 책(혹은 논문)에 실린 것을 슬라이드로 만든 것이다. 미술사, 특히 회화사 연구는 그림이 생명이다. 그림은 자세한 부분까지, 미세한 색채까지 엄밀한 관찰을 요한다. 그래서 원화를 보는 것이 결정적으로 중요한 것이다. 하지만 어떤가? 그림을 소장하고 있는 거의 대부분의 박물관과 미술관은 원화에 가까운 믿을 만한 도판을 제공하지 않는다. 어느 미술관에서는 원화를 찍자고 하면 엄청난 돈을 요구하기도 한다. 참으로 알 수 없는 일이다.

요즘은 디지털 시대니, 각 도서관의 귀중본을 모두 디지털화하여 사이버공간에 '한국 귀중본 디지털 도서관'이란 것을 만들어 누구나 공짜로 아니면 염가로 이용할 수 있게 하면 어떨까 싶다. 특정한 건물도 필요 없고, 돈도 많이 들지 않을 것이다. 《조선왕조실록》도 디지털화해서 사이버공간에 내놓으니 좀 좋은가 말이다.

일제강점기의
신문들

《조선왕조실록》은 《철종실록(哲宗實錄)》으로 끝난다. 부록으로 끝에 《고종실록(高宗實錄)》과 《순종실록(純宗實錄)》이 붙어 있지만, 이것은 정식 《실록》으로 치지 않는다. 왜냐하면 이 두 《실록》은 일제강점기인 1927년부터 1935년까지 이왕직(李王職)에서 편찬한 것이기 때문이다. 편찬 책임자는 경성제국대학 교수 오다 쇼고(小田省吾)였다. 이왕직은 일제강점기에 이왕가(李王家)와 관련된 사무를 처리하기 위해 만든 관청이고, 그 장관이 일본인이었으니, 이 두 《실록》이 일제의 입장에서 쓰인 것은 물론이다. 1876년 개항 이후 '천지개벽'이라는 말로도 표현하기 부족한 국가와 사회, 개인의 차원에서 일어난 엄청난 변화를 떠올린다면, 두 종의 《실록》으로는 그 변화를 읽어내기에 아주 부족하다고 하겠다.

《실록》을 대신할 수 있는 것은 신문과 잡지다. 그중에서도 〈대한

매일신보〉와 〈황성신문〉, 〈독립신문〉은 필독서로 꼽힌다. 하지만 이 신문의 영인본은 한 번 발간된 이래 다시 발간되지 않았다. 나는 경인 선생님 댁에서 〈대한매일신보〉를 가져와 한동안 끼고 살았다. 너무나도 흥미로운 자료였다. 〈황성신문〉은 도서관에서 빌려 보았다. 중요한 자료는 복사했는데, 복사한 것도 아주 한 짐이었다. 〈대한매일신보〉는 오랫동안 보았기에 책이 좀 망가졌다. 돌려드릴 때 선생님 뵙기 사뭇 무안했다. 그 뒤 책을 빌려 볼 때 아주 조심하게 되었다.

〈대한매일신보〉를 돌려드린 뒤, 나는 늘 이 신문을 한 질 구했으면 했다. 하지만 절판되어서 어쩔 도리가 없었다. 그런데 얼마 뒤 이 책이 다시 영인되었다는 말을 듣고 당시 형편으로는 거금을 들여 어렵게 한 질을 샀다. 그날 밤 얼마나 기뻤던지 쉽게 잠을 이룰 수가 없었다. 〈황성신문〉도 도서관에서 빌려서 읽다가 뒤에 영인본이 나왔다는 소문을 듣고 역시 무리를 하면서까지 한 질을 구했다. 〈독립신문〉도 간행된 지 오래되어 구할 수 없었는데 뒤에 모 교수님의 연구실에 갔다가 새로 찍은 책이 있는 것을 보고 출판사에 연락해서 구했다. 다른 소소한 신문들은 쉽게 구할 수 있었다.

위의 세 신문은 모두 1910년 국권피탈 이전에 발간된 것이다. 그 이후 신문은 어떠했던가? 일제는 한반도를 집어삼키자 항일적 논조의 신문을 모조리 폐간했다. 그리고 그동안 항일적 논조를 가장 강경하게 유지했던 〈대한매일신보〉를 인수해, '대한' 두 글자를 떼어버리고 〈매일신보〉로 만들어 총독부의 기관지로 삼았다. 〈매일신보〉는 〈조선일보〉와 〈동아일보〉가 생기기 전 유일한 신문이 되었다. 그 논조가 일제의 식민 통치를 정당화하는 것이었음은 물론이다. 하지만 이 신문은 동시에 다분히 계몽성을 띠고 있었다. 또 이 신문은 이수일과 심순애의 신파로 유명한 조중환(趙重桓)의 《장한몽(長恨夢)》과 이광수의 《무정》도 실었다. 총독부 기관지이지만 이 신문만큼 조선의 사정을 소상히 다룬 신문도 없고, 또 당시 어지간한 문인들이 모두 이 신문에 글을 썼기에 일제강점기 초기를 연구하려면 이 신문을 읽어야 하는 것은 물론이다. 앞서 이야기했듯이, 20세기 초 서울에 관한 자료를 모아 《사라진 서울》이란 책으로 엮을 때 서울 성곽과 시전에 관한 자료를 이 신문에서 뽑아 넣었다.

이 신문은 국립중앙도서관에 소장되어 있었는데, 신문 원본은 볼수 없고 마이크로필름만 볼 수 있었다. 1986년 나는 이 신문의 마이크로필름을 보아야만 했는데, 그게 무척 피곤한 일이었다. 신문처럼 판면이 크고 내용이 많은 자료는 한 면, 한 면 화면에 띄워놓고 기사를 읽어야 하는데, 이게 정말 고역 중의 고역이었다. 글자가워낙 작아 보이지도 않았다. 해당 자료를 찾아 프린트를 하면 되는데, 값비싼 사진 인화지에 해야 하니 가난한 대학원생의 입장에서는경제적으로 적지 않은 부담이었다. 어쨌거나 한동안 남산을 오르락내리락하며 〈매일신보〉를 보면서 자료를 찾던 일이 엊그제 같다.

누군가 연구자들의 고통을 헤아렸는지 1985년에 이 신문을 영인했다. 보고 싶었지만 개인이 살 수 없을 정도로 막대한 금액이었다. 앞에서 언급한 바와 같이, 아는 선배를 통해 서울 모 사립대학에 소장된 영인본을 빌려 보기 시작했다. 1910년부터 1919년 3·1운동 직전까지 훑었는데, 20세기 초반 한국 사회의 급격한 변동을 이 신문을 통해 짐작할 수 있었다. 충격적인 것도 있었다. 그동안 항일 언론인으로 알려졌던 장지연이 이 신문에 700편이 넘는 글을 싣고 있었던 것이다. 황성신문사 사장으로 을사조약의 체결에 거세게 항의해 〈시일야방성대곡〉이란 논설을 쓰고 급기야 그 일로 투옥까지 된 장지연이 조선총독부의 기관지에 글을 싣다니 정말 이해할 수 없는 일이었다.

대학원에서 계몽기 신문을 자료로 삼는 강의를 개설했더니 학생들이 〈대한매일신보〉 등을 복사해온다. 영인본에서 복사한 것이 아니다. 물었더니 인터넷에서 원문을 찾아볼 수 있다고 한다. 세월 많이 좋아졌구나! 하지만 아무리 자료 보기가 편리해져도 부뚜막의 소금도 집어넣어야 짠 법이다. 그것을 읽어 의미를 찾는 일은 역시 연구자의 일인 것인데, 듣자 하니 요즘 대학원생들은 옛날 신문을 읽지 않는다고 한다. 〈대한매일신보〉와 〈황성신문〉의 한문에 가까운 국한문혼용체는 물론이고 한자가 많이 섞인 다른 신문도 읽을 수가 없다는 것이다.

사족. 마이크로필름은 자료를 볼 수 있는 방법으로 상당히 괜찮은, 하지만 한편으로는 상당히 불편한 방법이었다. 뒤에 한국학중앙연구원에서도 상당히 많은 마이크로필름을 제작하여 거기서 필요한 자료를 열람할 수 있었다. 연구원의 마이크로필름은 사진 인화지가 아니라 보통의 종이에다 프린트할 수 있기에 값이 아주 쌌다. 부산대학교에 부임한 뒤 경제학과에 계시는 선생님(아주 친한 친구의 숙부이기도 하다)이 도서관장으로 계시면서 주선하여 규장각의 마이크로필름을 복제하여 도서관에 들였다. 그때 어떤 사람들은 그게 무슨 소용이 있냐고 했지만 어쨌든 가져오고 나니 많은 사람이 이용한다. 일단 연구에 필요한 자료는 많이 확보하는 것이 우선이다.

테크놀로지의
발달과
학문

    18세기 이후 조선 지식인들의 저술 형태를 보면 갑자기 저술의 양이 많아졌다는 느낌을 받는다. 다산이 대표적이거니와, 다른 학자들도 다산만큼은 아니지만 그 지적 노동의 양이 결코 적지 않다. 서유구(徐有榘, 1764~1845)의 《임원경제지(林園經濟志)》 같은 책도 오랜 시간이 소요된 엄청난 분량의 저작이다. 정조의 문집 《홍재전서(弘齋全書)》 역시 어마어마한 분량이다.

    저술의 양이 불어난 이유를 궁리하다가 안경이 도입된 것도 중요한 이유라는 생각이 들었다. 당시 조선 지식인들이 즐겨 보던 중국 책들은 대개 글씨가 작았는데, 노안으로는 볼 수가 없었다. 안경은 임진왜란 이후 북경에서 수입되기 시작하여 18세기면 지식인들 사이에 널리 사용되었으니, 안경의 보급으로 보다 많은 책을 볼 수 있게 되고, 많은 저술도 가능하게 되었을 것이다.

이처럼 테크놀로지의 발달은 학문에 결정적으로 기여한다. 구텐베르크의 금속활자 인쇄술이 지식의 확산에 기여했듯, 우리가 범상히 여기는 안경이나 복사기 역시 학문의 발달에 기여했을 것이다. 물론 컴퓨터라면 말할 것도 없지만 말이다. 내 생각에 한국학 쪽에서는 영인본의 제작이 학문 발달에 크게 기여했다고 생각한다. 영인본은 극소수의 사람이 독점하고 있던 희귀한 자료를 관심 있는 학자들에게 개방하는 역할을 했기 때문이다.

내가 20대 중반부터 책을 사들이던 분이 있다. 그분은 주로 한국학 관계 영인본을 팔러 다녔다. 평생 책을 팔러 다녔기에 알 만한 학자들은 다 알았다. 하도 오래 거래하다 보니 조금은 무람없는 사이가 되었다. 어느 날 다리품을 쉬어 가자며 내 연구실로 찾아와 이제 이 노릇도 그만둘 생각이라고 속내를 털어놓았다. 그분이 책을 팔러 다닌 지도 30년을 훌쩍 넘었을 것이다. 이런저런 이야기 끝에 어느 날 자신이 처음 《훈민정음》과 《월인천강지곡(月印千江之曲)》 등 국학 관계의 중요 문헌의 영인본을 팔았던 그날의 기억을 떠올린다. 원본과 꼭 같은 영인본, 그것도 고서처럼 선장한 책이 앞에 있어 눈이 휘둥그레지던 국어 교사와 역사 교사들의 모습이 눈에 선하다고 했다. 하기야 이름만 들었지 누가 《훈민정음》을 보았으며, 《용비어천가(龍飛御天歌)》와 《월인천강지곡》을 넘겨보았더란 말인가?

1970년대 국학 붐이 불면서 영인본 시장은 활황을 맞았다. 문집이며 사료들이 영인본으로 쏟아져 나왔던 것이다. 영인본은 사실

제작하기 수월한 편이다. 누구나 뜻만 있으면 마스터 인쇄로 값싼 영인본을 만들 수 있었던 것이다. 좀 더 신경을 쓰는 곳에서는 기획을 하여 일정한 주제 아래 책을 모아서 내고 사진 원판을 제작하여 영인본의 수준을 높였지만, 일부만이 그렇게 했을 뿐, 대개는 돈만 되면 어느 책이나 손쉽게 영인본을 찍었다. 그래도 큰 상관은 없었다. 도서관의 서고에 갇혀 있던 책들이 깔끔한 양장본의 형태로 눈앞에 나타났으니 말이다. 연구자들은 영인본을 사들였고, 그것에 의지해서 논문과 책을 썼다. 확실히 영인본 제작은 학문 발달에 적지 않게 기여했다.

영인본을 찍는 출판사는 거의 대부분 영세했고, 한 번 영인본으로 찍은 책은 다시 찍는 법이 없었다. 그 영세한 영인본 제작의 시대도 오래가지는 않았다. 민족문화추진회에서 영인본의 대종을 이루는 문집을 정교한 영인본으로 만들어 보급하면서 영인본 시장은 타격을 입었던 것이다.

하지만 뭐니 뭐니 해도 가장 큰 변화는 컴퓨터와 인터넷의 출현이 가져온 것이다. 한국고전번역원, 규장각, 국사편찬위원회, 한국학중앙연구원, 국립중앙도서관 등에서는 인터넷으로 검색할 수 있도록 원전 자료를 디지털화해놓았다. 이런 판이니 굳이 돈을 들여 영인본을 구입할 필요가 없다. 이제 영인본 자료는 거의 사라지고 보이지 않는다. 예전에 남이 사니까 나도 산다는 식으로 경쟁하듯 책을 사들이던 대학원생들도 책을 사지 않는다. 연구동을 들락거리던 책 장수들도 사라진 지 오래다. '공부해봐야 무슨 소용인가' 하는 자조적인 분위기도 한몫을 할 것이다.

　테크놀로지의 발달은 학문하는 행태도 바꾼다. 〈대한매일신보〉나 〈황성신문〉 등 구한말 신문도 모두 인터넷으로 검색할 수 있다. 편리한 세상이기는 하지만, 조금 걱정은 된다. 옛날 〈대한매일신보〉를 볼 때는 한 면, 한 면 넘겨가면서 읽고 자료를 찾았다. 그러는 중에 내가 찾는 자료뿐만이 아니라 다른 자료를 읽을 수 있었고, 그 시대의 분위기를 느낄 수 있었다. 연구의 새로운 아이디어를 얻기도 했다. 하지만 검색어를 찾아서 원하는 것만을 얻는 방법은 그런 과정을 없애버린다. 편리하긴 하지만 연구자로서의 자세는 아니다. 또 검색된 자료는 많지만 그 자료가 어떤 맥락에 놓여 있는지는 알 수 없다. 즉 빙산의 윗부분만 보고 그 아래의 거대한 부분을 놓치게 되는 것이다. 편리한 것이지만 그 편리가 도리어 학문을 망치는 경우도 허다하다.

　《열녀의 탄생》을 쓸 때 경험을 들어본다. 하고많은 문집 속에 열녀에 관한 자료가 어디에 있는 줄 어떻게 알겠는가. 지금은 고전번역원에서 그동안 영인한 한국문집총간(韓國文集叢刊) 300책을 디지털화해서 인터넷에 올려놓았다. 검색 기능도 괜찮아 내가 찾고 싶은 자료가 있으면 적당한 검색어로 찾아보면 된다. 만약 '열녀'란 말이 나오는 문헌을 찾고 싶다면 '열녀'란 검색어로 검색하면 된다. 그 검색 결과는 많지만 읽고 필요한 것을 취하면 된다.

　그런데 《열녀의 탄생》을 처음 쓸 때는 디지털화는 꿈도 꾸지 못할 때였다. 하는 수 없이 책을 모두 가져다놓고 목차부터 읽어나가는 수밖에 없었다. 결과는 어떠했냐고? 귀찮고 힘들기는 했지만 아주 좋았다. 필요한 자료를 챙길 수 있었던 것은 물론이고, 그 기회를 통해서 다른 자료들도 폭넓게 읽을 수 있었던 것이다. 하지만 인터넷의 검색 기능만으로는 이런 것이 불가능하다.

정리하자. 컴퓨터와 인터넷의 발달은 앞으로 학문 연구에 어떤 변화를 일으킬 것인가? 긍정적인가, 부정적인가? 실로 궁금한 문제다.

사라지는
논문집

책이 점점 불어나면 아이들 방으로 옮겨다 쌓는다. 아이들이 자라서 서울로 떠났으니 빈방이다. 책장을 사서 벽면에 가득 채우고 거기에 넘쳐나는 책을 꽂는다. 한참 지나면 그것도 모자란다. 다시 방 하나를 비우고 같은 과정을 반복한다. 그럴 때마다 버리는 책이 나오게 마련이다. 그리고 거기 딸려서 오만 가지 종이 뭉텅이, 문서 따위가 나온다.

책을 옮기다가 오래된 상자 하나를 열었더니, 정말 가관이다. 옛날 노트, 자료를 옮겨 적은 카드, 발표문 요지, 그리고 논문을 복사한 것이 쏟아져 나온다. 가장 양이 많은 것은 역시 논문이다. 스테이플러를 이용해 세로로 세 번 찍고 맨 앞면에 논문이 실린 잡지 이름을 붉은 글씨로 적어둔 것이었다. 20대 중·후반 석·박사 과정 때 복사해서 정성껏 제본한 것과 30대 중반 책을 쓰기 위해 읽으려고 모아둔 것들이다. 그동안 몇 번 버릴 기회가 있었지만 혹시 하고 버리지 못한 것들이다. 하지만 역시 다시 읽을 기회가 없었고, 그래서 상자는 닫힌 채 그냥 버려져 있었던 것이다. 이번에는 남김없이 노끈으로 묶어 버렸다.

생각해보면 그 논문들은 쉽게 구한 것이 아니다. 친구를 통해 다른 대학의 도서관에서 어렵사리 복사해낸 것도 있다. 논문을 찾는 것은 어려운 일이었다. 논문이 실린 논문집은 개인 연구실에는 거의 없고 도서관 참고열람실에 있었다. 도서관 로비에 도열해 있는 카드 박스를 뒤적이면서 참고 논문을 찾는 것이 공부의 첫걸음이었다. 카드 박스를 뒤적이는 것도 어려웠다. 그 많은 박스 어디에 내가 찾는 연구 논문이 있는 줄 안단 말인가. 또 대학 도서관 참고 열람실에 논문집이 다 있는 것도 아니었다. 희한하게도 내가 찾는 논문집만 빠져 있는 경우가 많았다. 해방 이후 나온 국문학 관계 논문의 제목과 목차만 적어서 만든 제법 두꺼운 목록집도 있었지만 학생 처지에 구입할 수 없었다. 논문이 실려 있는 논문집을 찾았다 해도 그것을 손에 넣는 것은 별개의 문제였다. 복사기가 도입된 것이 1970년대 후반이니, 그래도 나는 그 혜택을 보았다. 하지만 그전에는 어떻게 했는지 알 길이 없다. 이런 사정 때문에 영인본 출판사에서는 그런 논문집에서 필요한 논문만을 모아 따로 찍어 팔기도 했다.

대학에 자리를 잡고는 각 학회에서 보내오는 논문집을 모아두었다. 연구실 한쪽 서가에 논문집 별로 나란히 꽂아두고 필요하면 꺼내 보곤 했다. 하지만 4년 전 이 논문들 역시 모두 버렸다. 워낙 빨리 불어나는 까닭에 감당이 되지 않았던 것이다.

왜 논문집들이 이렇게 늘어났는가? 약 10년 전부터 대학에 '경쟁력 강화', '무한 경쟁' 등등 '경쟁'이란 말이 화두가 되면서부터였다. 교수들에게 논문을 증산하라고 강요했고, 논문의 편수로 교수의 업적을 평가했다. 논문 생산량이 많으면 높은 등급을 받고 인센티브를 더 받을 수 있다. 물론 그 반대의 경우도 성립한다. 학술지가 갑자기 두꺼워졌다. 1년에 한 번 내던 학술지를 두 번 내기 시작했고, 이제는 서너 번씩 낸다. 놀면서 쉬면서 하던 사람들이 갑자기 연구에 열을 내기 시작한 것은 물론 아니다. 발등에 떨어진 불을 끄기 위해 열심히들 논문을 쓴다. 그게 논문집이 폭발적으로 늘어난 이유다.

논문집이 늘어나는 것만큼 논문집을 소중하게 여기는가 하면 결코 그렇지 않다. 공부하는 사람은 줄어들고 학회는 늘어나고 또 논문집도 늘어나니, 거기에 실리는 논문의 수준이 떨어지는 것은 자연스러운 일이다. 쓰레기 같은 논문을 써서 이곳에 투고했다가 떨어지면 저곳에 투고하기도 한다. 학회 쪽에서는 논문이 모이지 않으니 투고 기한을 연장해가면서 받는다. 논문의 편수로 모든 것을 평가하니 견실하게 공부하는 분위기는 사라지고 어설픈 논문을 삼류 논문집에 여러 편 싣고 높은 평가를 받아 돈을 더 받고 이런저런 자리를 꿰차는 경우도 허다하다. 도무지 옥석을 가릴 수가 없다. 논문의 편수로 연구 업적을 평가할 수 없다고 아무리 이야기해도 아무도 귀를 기울이지 않는다. 문제를 다 알고 있으면서 그 누구도 나서서 고치려고 하지 않는다. 이런 식으로 나가면 학문은 자연스레 멸종의 길로 접어들 것이다.

사정이 이러하니 자연히 논문집도 예전처럼 소중한 대접을 받지 못한다. 논문집을 보내준다고 해도 사양한다. 요즘은 인터넷으로도 논문을 볼 수 있다. 글을 쓰다가 참고해야 할 논문이 있으면 학교 도서관 홈페이지에 들어가서 해당 논문을 검색하고 불러와 작업하던 창에 띄울 수 있다. 최근의 논문이어서 전자파일 형태로 있는 것이라면 관련 있는 부분을 복사해올 수도 있다. 물론 오래된 논문은 피디에프 파일로 보아야 하겠지만. 그러니까 이제 논문을 굳이 종이로 출력해서 볼 필요가 없는 것이다. 대학원생을 모아서 발표를 시킬 때면 종이로 출력해서 보는 사람이 반이고, 태블릿 컴퓨터로 보는 사람이 반이다. 종이책이 사라질지 사라지지 않을지 예측할 수 없지만, 종이 논문집의 용도는 확연히 줄어들었다.

같은 대학의 경제학을 전공하는 친구가 연구실을 옮겼다. 이전 연구실은 원래 강의실을 막아서 만든 것이라 천장이 높고 컸다. 하지만 새로 지은 건물의 연구실은 확실히 좁다. 깨끗하고 전망도 좋지만 좁아서 문제가 생긴다. 책을 놓을 공간이 부족한 것이다. 어느 날 그 친구가 내게 희한한 작업을 하고 있다고 말했다. 책을 쪼개어 스캔하는 것이다. 수백 권 스캔해보아야 얼마 안 된다. 외장 하드디스크에 담으면 그만이다. 그동안 모은 자료집이며 논문도 모두 집어넣는다. 또 어느 날 이메일로 광고가 날아들었는데 내 친구가 했던 그런 작업을 대신해주는 회사란다. 말하자면 얼마의 비용으로 책을 스캔해서 하드디스크에 담아주니 널리 이용해달라는 것이다.

약간은 우스웠다. 옛날 노교수님들의 연구실에 가면 사방이 오래된 책들이었고, 군데군데 각종 문서며 자료가 끼워져 있었다. 그것을 보고 무언가 거룩한 학문의 분위기를 느끼며 주눅이 들곤 했다. 앞으로 10년 뒤면 책이라고는 한 권도 없고, 그냥 컴퓨터만 달랑 한 대 있는 교수 연구실을 보지 않을까? 하지만 학문의 수준이 정말 높아져 있을까? 그게 더 의문스럽다!

　박사 학위논문을 쓸 때다. 구한말에 관심이 많아서 〈대한자강회보〉 같은 잡지며 〈대한매일신보〉·〈황성신문〉·〈만세보〉 같은 신문을 읽었다. 이쪽은 지금은 연구자가 꽤 있지만 당시에는 관심을 갖는 사람이 드물었다. 학위논문을 쓴다 해도 별반 읽어주는 사람이 없을 것 같았다. 그때 조선 후기 역관이나 의관 등 기술직 중인과 서울 관청의 하급 관리인 서리(경아전京衙前)가 주축이 된 한문학(여항문학閭巷問學이라고 한다)에도 관심이 있어 자료를 읽고 있었는데, 구한말보다는 아무래도 여항문학 쪽이 나을 것 같았다.

　여항문학 방면의 최초이자 대표적 저술로 구자균(具滋均) 선생의 《조선평민문학사(朝鮮平民文學史)》가 있다. 이 책은 원래 구자균 선생의 경성제국대학 조선어학과 졸업논문이다. 요즘 대학에도 졸업논문을 쓰는 관행은 남아 있다. 하지만 대부분 베끼기로 일관하기에 별 의미가 없다. 그런데 구자균 선생의 시대에는 학부 졸업논문이 엄청난 무게를 갖는 것이었다. 한국 한문학의 역사를 최초로 엮은 김태준(金台俊)의 《조선한문학사(朝鮮漢文學史)》 역시 경성제국대학의 졸업논문이다.

어쨌거나 구자균 선생의 《조선평민문학사》는 당시로서는 사뭇 새로운 시각의 논문으로서 양반도 아니고 상민도 아닌 중인의 한문학을 연구한 것이었다. '평민'이란 말에서 보듯, 그는 양반과는 구분되는 어떤 문학적 성격을 찾으려 했지만 그런 것이 있을 리 없었다. 《평민문학사》는 '평민적' 성격보다는 대개 중인들의 문학 활동 자료를 사적(史的)으로 거칠게 엮어내는 데 그치고 말았다. 구자균 선생이 멈춘 그 지점에서 출발해서 무언가 중인 문학의 성격을 찾아보자는 것이 나의 속내였다. 다만 여기서는 그것에 대해 상론할 것까지야 없겠다.

자료를 모으는 것이 급선무였다. 먼저 알려진 자료부터 챙겨 모았다. 그 뒤 당시까지 알려지지 않은 자료도 상당수 손에 넣을 수 있었다. 하지만 꼭 보고 싶은 몇몇 자료들은 도저히 찾을 수가 없었다. 예컨대 《조선평민문학사》의 참고문헌에 《우봉집(又峰集)》이란 문집이 있었지만 어디서도 찾을 수가 없었다. 《우봉집》은 조희룡(趙熙龍, 1789~1866)의 문집이다. 조희룡은 《호산외기(壺山外記)》란 중인들의 전기집을 쓴 사람으로 유명하다. 아울러 그는 김정희의 고제(高弟)로서 추사의 글씨, 곧 추사체를 완벽하게 재현할 수 있었던 사람으로도 유명하다. 현재 돌아다니는 추사의 글씨 중 많은 부분이 조희룡의 작품이라는 말이 있을 정도다. 어쨌거나 조희룡은 19세기 여항문학사에서 빼놓을 수 없는 인물인데, 그의 문집을 볼 수 없다는 것은 낭패가 아닐 수 없었다. 지금까지도 《우봉집》은 모습을 드러내지 않고 있다.

또 하나 보고 싶었던 책은 《벽오당유고(碧梧堂遺稿)》였다. 이야기가 약간 우회하지만, 먼저 오세창(吳世昌, 1864~1953)의 《근역서화징(槿域書畫徵)》부터 시작해보자. 《근역서화징》은 근대 이전 한국의 서화가에 대한 정보를 편집한 책이다. 물론 오세창의 저작은 아니고, 오세창이 여러 문헌에서 발췌하여 편집한 책이다. 이 책은 한국 서화사를 연구하는 데 둘도 없이 중요한 자료다. 오세창은 《근역서화징》의 첫머리에 자신이 인용한 서적들의 목록을 제시해두었다. 이 중 《근역서화징》을 제외하고 다른 곳에서는 찾아볼 수 없는 책이 있었다.

오세창의 집안은 원래 19세기에 알아주는 역관 집안이었고, 또 서화를 많이 소장하기로 유명한 집안이었다. 부친 오경석(吳慶錫, 1831~1879)은 김정희의 제자였고 유명한 서화 수장가이자 비평가이기도 했다. 오경석은 집에 천죽재(天竹齋)라는 서화 수장고를 두고 있었다. 천죽, 곧 '하늘 대나무'는 불에도 타지 않는다 하니, 서화 수장고로는 안성맞춤인 이름이다. 《근역서화징》에는 《천죽재차록(天竹齋箚錄)》, 곧 오경석의 서화 비평집에서 인용한 글이 상당수 실려 있다. 하지만 《천죽재차록》도 현재 어디로 갔는지 오리무중이다.

이외에 유최진(柳最鎭, 1791~1869)이란 사람의 《초산잡저(楚山雜

著)》란 책도 자주 인용되었고, 거기에는 중인들의 시회에 관한 활동이 실려 있었다. 이 책과 유최진의 다른 책들은 국립중앙도서관의 오세창문고에서 찾아 연구에 귀중한 자료로 이용할 수 있었다. 하지만 단 하나《벽오당유고》는 찾을 수 없었다. 이 책은 나기(羅岐, 1828~1874)란 사람의 문집이었는데, 이 책에서 인용된 자료가 중인의 문학 활동을 꽤나 담고 있었던 것이다. 하지만 어떤 도서관에도 이 책은 있지 않았고,《근역서화징》을 제외한 어떤 문헌에도 이 책의 이름은 나오지 않았다. 오세창의 책을 모두 소장하고 있는 국립중앙도서관의 위창문고(葦滄文庫)에도 없었다.

어느 날 교보문고에 갔다. 보통은 인문서 코너 서가를 훑고 필요한 책을 구입해 나오는데, 그날은 별 이유도 없이 예술서 쪽 서가로 가보았다. 서예와 관련한 책을 모아두는 곳이었다. 서가의 크기보다 큰 책이 불쑥 튀어나와 있었다. 내가 만약 직원이라면 '미학적 견지'에서 그 책을 뽑아버렸을 것이다. 판형이 보통 책의 두 배나 됨직한 그 책을 뽑아보니, 왕희지의 글씨, 곧 법첩(法帖)을 영인한 책이었다. 그저 그렇고 그런 책이었다. 후루룩 넘겨보니, 몇 면이 안 되는 책이라 금방 끝이 났다. 그런데 눈에 확 들어오는 면이 있었다. 다시 그 면을 열었더니, 내가 그토록 보고 싶어 하던《벽오당유고》의 첫 면이 아닌가. 가슴이 쿵쿵 뛰었다.

찬찬히 책을 넘겨보니, 책의 대부분은 왕희지의 〈난정서(蘭亭序)〉 법첩이고, 끝부분은 다른 자료를 영인해 실어놓은 것이다. 정교(鄭喬)의 《대한계년사(大韓季年史)》도 한 면 실어놓았다. 나수연

(羅壽淵, 1861~1926)에 관련된 자료였다. 나수연은 구한말 황성신문사의 사장을 지낸 인물이다. 이 책의 편자는 나수연이 나기의 아들이라면서 특별히 나수연에 관한 자료를 실어놓은 것이었다. 그런데 흥미로운 것은 나수연 아래에 딸린 정교의 주석이었다. 그는 나수연이 대원군의 겸인(傔人)이라는 것, 또 겸인은 서울 경화세족(京華世族) 가문의 청지기라는 것, 그들이 중앙 관서의 서리가 된다는 것을 밝혀놓았다.(계속)

우연히
찾은 책
(2)

나는 당시 여러 문헌을 통해 서울의 큰 양반집의 겸인, 곧 청지기가 중앙 관서의 서리가 되고 있음을 알고 있었다. 다만 여러 구체적인 경우만을 접했을 뿐, 그것이 이미 관례화되어 있었던 것을 증언해줄 자료를 찾지 못해 부족한 느낌을 지울 수 없었다. 그런데 뜻밖에도 정교의 《대한계년사》에서 정말 내가 원하는, 더할 수 없이 정확한 자료가 나왔다. 말하자면 꼭 맞는 열쇠를 찾은 셈이다.

《대한계년사》는 1957년에 국사편찬위원회에서 한국사료총서의 하나로 간행한 책이다. 구한말의 정계와 사회에 대한 자세한 보고서다. 하지만 그 책은 그 시대를 연구하지 않는 사람이라면 굳이 볼 필요가 없고, 나 역시 관심을 둘 필요가 없었다(지금은 번역본도 나와 있다). 그 책의 한 모퉁이, 그것도 주석 부분에 내게 필요한 자료가 있는 줄 어떻게 알았겠는가. 어느 날 교보문고 서가에서 우연히 뽑은 책에서 내가 그렇게 찾던 자료 둘을 동시에 찾았으니, 정말 희한한 인연이 아닐 수 없었다.

잠시 멍한 상태로 있다가 정신을 수습했다. 무엇보다《벽오당유고》를 직접 확인해야만 했다. 또 이 조악한 책을 누가 왜 만들었는지 궁금하기 짝이 없었다. 책의 편자를 보니 '박박식'이란 분이었다. 뒤에 안 것이지만 '박식'이란 이름은 자신이 박식하기에(?) 붙인 이름이고 본명이 아니라 했다. 책은 출판사도 없었다. 박박식 개인이 그냥 인쇄소에서 찍어 교보문고에 납품한 것이었다.

궁금하여 책 뒤에 실린 전화번호로 전화를 했더니 엄청나게 반가워하면서 "선생과 같은 분을 기다렸소."라고 하는 것이 아닌가.《벽오당유고》운운했더니, 어쨌든 당장 만나잔다. 술을 한 병 사들고 그 집으로 찾아갔더니, 일반 주택이다. 마당에 비닐을 뒤집어쓰고 있는 종이 박스 더미부터 범상치 않았다. 그 종이 박스는 집안 거실까지 쌓여 있었는데, 모두 교보문고에서 본 책을 넣어둔 상자였다. 인사를 하고 어떤 이유로 그 책자를 내었는지 물었더니, 먼저 병풍을 내 보인다. 아주 잘 쓴 병풍이다. 낙관은 없고 '소봉(小蓬)'이란 호만 적혀 있다.

이것이 문제의 씨앗이었다. 박박식 씨는 병풍의 글씨에 반한 나머지 '소봉'이 누구인지 너무나 알고 싶었다. 하지만 물어볼 곳이 없었다. 그는 시장에서 점포를 열고 있는 상인이었다. 학계와 끈이 닿을 수가 없었다. 학계와 끈이 닿지 않아도《한국인명대사전》의 부록을 찾아보면 된다. 부록에는 사전에 실린 인물들의 호가 실려 있으니 소봉이 나수연인 것은 금방 확인할 수 있다. 하지만 그는 이 길도 몰라 '소봉'을 찾아 헤맸고, 10년이 훨씬 지난 뒤에야 나수연이란 사람이 소봉이란 호를 쓴다는 것을 알았다. 그리고 그는 자신이 갖고 있는 병풍의 글씨를 쓴 사람이 나수연이라고 믿게 되었다. 물론 그 병풍의 소봉과 나수연이 일치한다는 것은 그분만의 믿음일 뿐이다.

희한한 일은 그 뒤에 일어났다. 박박식 씨는 나수연의 후손을 찾았다. 오랜 시간이 흐른 뒤, 드디어 그는 나수연의 증손자가 경기도 어디에 살고 있다는 것을 알게 되었고, 그 집을 찾아갔다. 오랫동안 드나든 끝에 후손과 제법 친한 사이가 되었다. 〈난정서〉 법첩 역시 그 집안에서 얻은 것이었고, 그 법첩이 대단히 귀중한 것임을 입증하기 위해 대만의 고궁박물관에까지 보내어 감정을 받기도 했다. 그 감정서는 교보문고에서 본 문제의 책 속에도 들어 있었다. 어쨌거나 지금 나의 기억으로는 그는 나수연의 후손을 찾기까지 20년 이상이 걸렸다고 했다. 엉뚱하지만 대단한 일이 아닐 수 없다.

내가 《벽오당유고》 이야기를 꺼내자 그분은 당장 후손을 찾아가 보잔다. 그래서 쇠고기 몇 근을 사서 경기도의 모 군(郡)으로 찾아 갔더니, 후손이 반갑게 맞아주고 점심까지 거룩하게 차려주어 내가 도리어 황송할 지경이었다. 그분은 농사를 짓는 농민으로 정말 순박한 분이었다. 인사 끝에 《벽오당유고》를 보자고 했더니, 그 책은 물론 다른 책과 서화까지도 잔뜩 내놓았다. 대원군의 글씨, 최북(崔北)의 그림, 그리고 내가 알고 있는 19세기 말 20세기 초의 문인

지식인들의 유묵(遺墨)도 잔뜩 있었다. 지금도 기억에 남는 것은 이름을 대면 알 만한 명사들이 어울려 놀며 지은 시와 그린 그림으로 만든, 직경 30, 40센티미터 되는 두루마리다. 편지도 꽤나 많이 있었다. 구한말의 것으로 박은식(朴殷植), 장지연 등의 이름이 보였다.

《벽오당유고》는 조선총독부의 출판 허가를 받기 위해 정사(淨寫)한 것이었다. 나수연이 아버지 나기의 시문을 모아서 출판하기 위해 정리한 것을 오세창이 어떤 인연으로 빌려 보았던 것이다. 후손으로부터 나수연과 나기에 관한 이야기도 들을 수 있었다. 삼청동에 서울 집이 있었다는 것, 경기도 일대에 몇만 석에 해당하는 거대한 전장(田莊, 개인이 소유한 논밭)을 갖고 있는 부유한 집안이었다는 이야기는 문헌에 전혀 등장하지 않는 것이었다.

박박식 씨가 중간에서 말을 잘하여 나는 《벽오당유고》를 빌려올 수 있었다. 한 권 분량이었으니 그리 내용이 풍부한 문집은 아니었다. 또 중요한 것은 이미 《근역서화징》에 발췌되어 있었다. 그렇다 해서 실망스럽지는 않았다. 내 눈으로 보고 싶은 자료를 확인했으니까 말이다. 자료는 뒤에 《여항문학총서》를 만들 때 같이 영인해 넣었다. 박박식 씨는 따로 《벽오당유고》를 영인해주고, 그 책을 발견한 공을 생각해 해제에 자신의 이름을 꼭 넣어달라고 했다. 영인본이 나오기까지 시간이 걸렸는데, 기다리기 지루했던 박박식 씨는 자주 전화를 하여 채근하곤 했다. 어느 날 전화 속의 목소리가 이상했다. 뇌경색에 걸려서 몸이 잘 움직이지 못한다면서 그 책의 영인본을 보는 것이 자신의 소망이라 했다. 이내 영인본을 만들어 그에게 보냈다.

　학문과는 전혀 인연이 없는 사람이 자신이 구입한 병풍 글씨의 필자를 찾기 위해 오랫동안 노력하고, 그 결과가 나의 연구와 접속하게 되었으니, 세상 인연이란 참으로 희한한 것이다. 그런데 아직 이야기는 끝나지 않았다. 그 집에서 나는 조희룡이 남긴 자료와 또 만나게 되었던 것이다.

조희룡과의
이상한
인연

조희룡의 문집 《우봉집》이 현재 전해지지 않는다는 이야기는 앞서 했다. 문집이 있으면 작가 개인에 대해 많은 것을 알 수 있다. 이런 이유로 조희룡의 문집이 어디에 있는지 늘 궁금했다. 그런데 이상한 인연이 이어졌다.

나수연 후손 집에서 책과 서화를 보고 있는데, 희한한 책이 눈에 들어왔다. 불과 10면의 손바닥만 한 작은 시집이다. 제목은 '일석산방소고(一石山房小稿)'다. 열어보니, 첫 면에 '철적도인(鐵笛道人)'이란 저자명이 보인다. 철적도인은 '조희룡'의 호다. 내가 그토록 보고 싶어 한 《우봉집》의 저자가 아닌가. 또 글씨를 보니 조희룡이 직접 쓴 것이 분명하다. 이제까지 조희룡의 한시를 묶은 시집은 발견된 적이 없다. 흥분을 누르고 《벽오당유고》와 함께 빌려달라고 하니, 선선히 그렇게 하라며 큰 서류 봉투에 넣어준다. 가져와 당장 복사를 하고 읽어보니 조희룡이 노년(?)에 쓴 한시다. 시는 모두 고담(枯淡)하고 아취가 있었다.

박박식 씨를 만나 《벽오당유고》를 돌려주려는 날이었다. 《벽오당유고》는 큰 책이기에 아무 문제가 없었으나, 분명 복사한 뒤 봉투 안에 넣어둔 《일석산방소고》가 보이지 않았다. 큰일이 아닐 수 없었다. 후손에게 무어라 변명을 한단 말인가. 남의 귀중한 책을 빌려 없어졌다고 한다면 말이나 되겠는가. 봉투를 쥐고 거꾸로 쏟아보았지만 역시 없었다. 한참 정신을 놓고 있다가 혹시 하는 생각에 봉투를 열어 손을 넣었더니, 무언가 잡혔다. 《일석산방소고》였다. 책이 워낙 얇아 봉투 안에 착 들러붙어 뒤집어 쏟아도 나오지 않았던 것이다. 가슴을 쓸어내리고 원주인에게 돌려주었다. 《일석산방소고》는 《여항문학총서》에 실어 학계에 공개했다. 이 시집이 학위논문의 한 부분을 차지했음은 물론이다.

조희룡과의 인연은 계속 이어졌다. 국립중앙도서관에서 1970~1972년 사이에 낸 《선본해제(善本解題)》란 책이 있다. 이 책은 국립중앙도서관에서 소장하고 있는 고서들 중에서 중요하다고 생각되는 책에 대해 쓴 해제를 모은 것이다. 요컨대 귀중한 책들이니 특별히 그 내용에 대해 소상히 알려주겠다는 책이다. 나는 평소 공부를 하다가 지겨울 때면 《선본해제》를 읽곤 했다. 책을 직접 접하기 어렵지만 귀중한 옛 전적에 대한 정보를 얻을 수 있고, 또 옛 전적에 대한 감각을 익힐 수 있기 때문이다. 한데 왜 '선본'인지, 곧 왜 훌륭한 책인지 납득할 수 없는 해제도 적지 않았다.

어느 날 《선본해제》를 읽다가 《수경재해외적독(壽鏡齋海外赤
牘)》이란 책의 해제에 눈길이 갔다. '수경재'란 사람이 해외에서 보
낸 짧은 편지집이란 뜻이다. 적독(赤牘)은 '척독(尺牘)'과 같은 말로
짧은 편지를 말한다. 해제를 읽어보니, 신원이 확인되지 않은 어떤
사람이 귀양을 가서 자기 친지들에게 보낸 편지를 묶은 책이라고
한다. 누군지 모르는 사람이 쓴 사신(私信, 개인의 사사로운 편지)을 묶
은 것이 무슨 중요한 책인지 도무지 알 길이 없었다. 《선본해제》에
는 이런 경우가 종종 있어 이상할 것도 없었지만, 그래도 우습기는
마찬가지였다.

해설 뒤에 편지의 목록을 실어놓았다. 누구누구에게 보낸다는 것
이다. 그런데 이름을 쓰지 않고 주로 자(字)를 써놓았다. 자를 자세
히 보니 모두 알 만한 사람들이다. 중인들이었던 것이다. 나는 그 당
시 중인들을 연구하고 있었기에 자만 보고도 쉽게 편지의 수신자가
누구인지를 알 수 있었다. 수신자를 확인한 뒤 조사를 더 해보니, 이
편지의 발신인, 곧 편지를 쓴 사람은 다름 아닌 조희룡이었다. 조희
룡은 1851년 김정희의 수족과 복심(腹心)이라는 이상한 죄(?)로 임
자도로 귀양을 간 적이 있었다. 그때 친지들에게 보낸 편지를 모은
것이 바로 《수경재해외적독》인 것이다. 이 편지집 역시 《여항문학
총서》에 영인해 넣었다.

조희룡 글과의 인연은 이것으로 끝이 아니었다. 어느 날 책을 보
다가 머리가 아파 고서 목록을 들추어보았다. 고서 목록은 고서를
소장하고 있는 도서관에서는 으레 내는 것이다. 대학 도서관도 고

서가 있으면 따로 고서 목록을 낸다. 그런데 그 당시 내가 즐겨 읽던(?) 《고서 목록》은 규장각과 장서각, 국립중앙도서관, 국사편찬위원회의 고서 목록을 복사해 오려 편집한 것이었다. 불법 복제물로서 당연히 저작권법에 저촉되는 책이지만, 연구자로서는 편리하기 짝이 없었다. 또 머리가 아프거나 심심할 때 보면 꼭 좋은 책이기도 했다.

그런데 어느 날 《제재진상(諸宰珍賞)》이란 책이 눈에 띄었다. 여러 재상의 진귀한 감상품이란 뜻이다. 그런데 거기에 조희룡의 편지가 실려 있다고 밝혀놓았다. 당시 조희룡의 작품을 번역하는 곳이 있었기에 그쪽에 간접적으로 알려주었다.

조희룡의 저작은 다섯 권의 《조희룡전집》으로 간행되어 있다. 이미 알려져 있는 《호산외기》·《일석산방소고》·《수경재해외적독》 외에 《화구암난묵(畵鷗盦讕墨)》·《우해악암고(又海岳庵稿)》·《석우망년록(石友忘年錄)》·《한와헌제화잡존(漢瓦軒題畵雜存)》 등이 더 실려 있다. 《화구암난묵》은 〈독서신문〉에 진작 소개된 적이 있고, 《석우망년록》은 임창순 선생이, 《우해악암고》와 《한와헌제화잡존》은 정경주 교수가 발굴하여 소개한 것이다. 《우봉집》은 아직 발견되지 않았고, 지금도 소소한 자료는 계속 발견되고 있지만, 어지간한 큰 덩어리는 망라된 셈이다.

작년에 성균관대학교 국문학과 한영규 교수의 연구실에 갔다가 바깥 표지를 벗긴 《조희룡전집》을 보았다(한 교수는 조희룡을 연구하여 박사 학위를 취득한 조희룡 전문가다). 한 교수는 자기에게 한 질이 더 있으니 가져가란다. 고맙기는 하지만 그것을 부산까지 끌고 갈 생각을 하니 아득했다. 부쳐주면 좋겠다고 했더니, 그러겠단다. 일주일쯤 뒤에 책이 왔다. 책을 훑어보면서 오랜만에 옛날 학위논문을 쓰던 시절을 떠올렸다. 너무 힘들어서 조희룡 쪽은 바라보지도 않았는데, 한 교수 덕분에 다시 들여다보게 되었다. 고맙소! 한 교수!

대갓집
청지기들의
문학

　역시 박사 학위논문을 쓸 무렵이었다. 앞서 말했듯이, 논문 주제는 조선 후기 기술직 중인과 경아전의 한문학이었다. 기술직 중인은 의원이나 역관, 계사(計士), 화원 등 주로 조선의 관료 체계에서 특정한 전문 분야의 관료직을 수행하는 신분층이고, 경아전은 서울의 관청에서 하급의 행정 실무를 맡는 축들이다. 양반 사족 아래고, 보통 백성보다는 위에 위치한다. 어떤 경우 이들을 싸잡아 중인이라 하지만 정확한 것은 아니다. 대개 서울 사람이고 또 사족이 아닌 '시정(市井)'의 사람이란 뜻에서 여항인(閭巷人)이라 부른다. 시정의 뜻으로 옛날에는 '여항'이란 문자를 썼던 것이다. 서울의 양반 관료가 아닌 '시정의 사람'이란 뜻이 되겠다.

　서울에는 중앙관청이 밀집해 있었던 만큼 양반 벼슬아치가 주류를 이룬다. 하지만 그 아래 양반이 하지 않는 벼슬들이 수도 없이 많다. 그중 가장 중요한 부류가 서리, 곧 경아전이다. 양반 관료들은 일단 관리직이다. 구체적인 행정 실무는 잘 모른다. 또 벼슬을 하고자 하는 양반 대기자가 워낙 많아서 한자리에 오래 둘 수가 없다. 아침에 와서 저녁에 옮기는 것이 양반들이 벼슬하는 행태였다. 그래야 많은 사람에게 벼슬을 줄 수 있었기 때문이다. 이래서는 행정이 안 돌아간다. 이런 이유로 관청의 행정 실무에 전문적인 지식과 경험을 가지고 있는 서리가 중요해진다. 양반 관료들은 흘러가는 물이라면, 서리는 바위다.

서리는 조선 전기에는 취재(取才)란 간단한 시험을 쳐서 뽑았지만, 조선 후기가 되면 이 제도가 시행되지 않는다. 그 대신 서울의 큰 양반집, 다른 말로 경화세족 가문의 겸인이 서리가 된다. 서리는 비록 말단직이지만 취급하는 중앙 관서의 업무가 엄청나게 중요했다. 그런데 귀족가의 겸인을 서리로 삼았으니 조선은 그만큼 내부적으로 썩고 있었던 것이다. 어쨌든 이들은 행정 실무를 보려면 당연히 한문을 알아야 하고, 그것을 바탕으로 하여 한시나 한문 산문도 지을 수 있었다. 이들이 한문학 창작에 뛰어든 것은 대개 17세기 중·후반 이후다. 이들의 문학을 여항인이 창작한 것이라 하며 특별히 여항문학이라 한다.

여항문인들의 이름은 상당히 많이 남아 있지만, 그들이 어떤 관청의 서리였는지는 확인하기 어렵다. 여러 자료를 보고 추적하면 확인되는 사례들이 모이긴 한다. 하지만 그들이 어느 집 겸인이었는지 밝힐 자료는 남아 있지 않다. 벼슬도 양반 벼슬이 제일이라 어느 관청 서리인 것도 밝히기 꺼리는 판인데, 무슨 자랑거리라고 어느 대갓집 청지기라고 밝힐 것인가. 연구자인 나로서는 그 사례가 나와주었으면 좋겠지만 찾을 수가 없어 고민이 아닐 수 없었다.

어느 날 이만수(李晩秀, 1752~1820)의 문집인 《극옹집(屐翁集)》을 훑어보고 있는데, 〈음정축서(陰庭軸序)〉란 글이 있었다. 읽어보니 1809년 이만수 집안의 겸인들이 모여서 시를 짓고 노래를 부르며 술을 마신 것을 기념하여 만든 시축(詩軸), 곧 《음정축》에 붙인 이만수의 서문이었다. 축은 두루마리를 뜻한다. 모여서 시를 지으면 그 종이를 이어 붙여 두루마리로 만든 것이 축이다. 어떤 기록에 의하면, 황소에 싣고 다닐 정도로 큰 시축도 있었다고 한다. 나는 직경 30센티미터쯤 되는 축을 본 적이 있다. 펼치니 그 속에는 유명한 사람들의 시와 그림과 글이 한없이 이어지고 있었다.

〈음정축서〉가 흥미로운 것은 한 사람의 양반이 겸인을 얼마나 거느리는지, 또 그 겸인이 어떤 중앙 관서의 서리인지를 구체적으로 보여준다는 것이다. 이만수 집안은 소론 명문가였다. 연안 이씨(延安李氏) 월사파(月沙派)로 알려진 이 집안은 월사 이정귀(李廷龜) 이래 사환이 끊이지 않는 명문이었다. 집은 서울 낙산(洛山) 아래 동촌에 있었다. 이 자료를 통해 이 가문에서 거느리고 있는 겸인의 규모를 보자. 이철보(2명), 이길보(2명), 이복원(7명), 이성원(8명), 이시수(5명), 이만수(7명)다. 이철보 이하는 이정신(李正臣)의 후손이다. 즉 이정신—이철보—이복원—이시수·이만수, 이정신—이길보—이성원이 된다. 즉 이정신의 후손 3대가 거느린 겸인의 수가

31명이란 것은 결코 적지 않은 숫자다. 이들이 이 집안의 대소사를 처리했던 것이다.

이들은 어느 관청의 서리였던가? 이만수의 예를 들어보자. 이만수는 김진악·전취인·김재묵·김기영·김재만·최정우 등 여섯 명의 겸인을 거느렸다. 그런데 이들은 모두 호조의 서리였다. 호조는 국가의 재정을 담당하는 관청이다. 호조의 서리는 엄청난 수입을 올릴 수 있었다. 물론 그 수입은 관례화된 부정이었다. 19세기 호조 서리가 남긴 일기에 의하면 당시 호조 서리 자리는 약 2000냥에 거래되었다. 서리 자리가 막대한 이윤을 남기는 자리가 아니라면 이처럼 고가에 거래될 리 만무했다.

이들이 어떻게 호조 서리가 되었던가? 《음정축》이 만들어지기 한 해 전인 1808년 9월 이만수는 호조판서가 되었다. 호조판서가 된 이만수가 자신의 겸인을 호조 서리로 박아 넣었다는 것을 충분히 짐작할 수 있다. 또 이만수의 영향력으로 호조 서리가 된 자들이 자신의 수입을 독차지했을 것인가? 당연히 자신을 호조에 넣어준 이만수와 나누었을 것이다. 이런 점에서 〈음정축서〉야말로 조선 후기 겸인과 경화세족 가문의 관계를 명징하게 보여주는 더할 수 없이 중요한 자료인 것이다.

어느 날 경인 선생님께서 희한한 자료를 하나 구했다고 하셨다. 선생님의 자료를 보고 싶을 때는 그 자리에서 금방 말씀드리면 좀 곤란할 것 같아서 언제나 한참 뜸을 들이다가 다시 말씀드렸다. 그러면 선생님은 "그래, 그러지 뭐."라고 하신다. 역시 그렇게 해서 그 귀중한 자료를 볼 기회를 얻었다. 카메라로 찍어도 좋다는 허락을 받고 댁으로 찾아갔더니, 조심스럽게 자료를 내놓으신다.

낯선 자료를 볼 때는 나도 모르게 약간 흥분하게 된다. 들뜬 마음을 애써 가라앉히고 자료를 보니, 어디서 많이 본 글이 아닌가. "어, 이거 《음정축》이네." 나도 모르게 말이 나왔다. 이어 나는 사진을 찍었다. 아무튼 결론은 이렇다. 원본이 있으면 좋겠지만 없으면 또 어떠랴. 연구자인 나는 내용만 있으면 된다.

그 많던
고문서는
어디로 갔을까

어느 날 19세기의 '자매문기(自賣文記)'란 것을 보았다. 어떤 사람이 부모의 장례를 치르느라 빌려 쓴 돈을 갚기 위해 자신과 딸을 얼마의 돈을 받고 누구에게 노비로 판다는 내용의 문서였다. 이 문서를 본 순간 가슴이 먹먹해졌다. 사람이 자신을 팔다니! 또 부모의 장례를 치르기 위해 빚을 낼 수밖에 없다니, 이게 무슨 일인가. 관(冠)·혼(婚)·상(喪)·제(祭) 등 유가의 의례(儀禮)가 산 사람을 노비로 만들 정도로 압력이 되었던 사회가 눈에 선연히 보이는 듯했다. 도대체 사람이 예를 위해 존재하는가, 예가 사람을 위해 존재하는가 하는 생각과 함께 분노가 치밀었다.

고문서 중에 '고풍(古風)'이란 것이 있다. 조선시대 현감·군수 등 지방관의 자리는 360개쯤 되었다. 이 사람들이 발령을 받을 때 대궐 안에 있는 발령에 관계된 문서를 꾸미는 말단 관료들에게 팁을

주는 것이 관례였다. '고풍'이란 문서는 그 돈을 보내고 받은 영수증이다. 지방관은 쉴 새 없이 교체되니, 말단 관료들은 지방관보다 수입이 짭짤했을 것이다. 한편 그렇게 돈을 보낸 지방관들은 부임 뒤 돈을 벌충하기 위해 틀림없이 백성을 쥐어짰을 것이다. 이처럼 한 장의 고문서는 다른 어떤 자료에서도 찾을 수 없는 정확한 사회상을 온전히 드러낸다.

조선은 문서의 나라였다. 토지 문서, 호적 문서, 관청 간의 행정 문서 등등 국가 경영에 오만 가지 문서가 사용되었다. 따라서 지금 엄청나게 많은 문서가 남아 있어야 마땅하다. 대학이나 연구 기관, 예컨대 한국학중앙연구원 같은 곳에서 열심히 모아 자료집을 내기도 하지만, 그것은 실재했던 고문서의 1000분의 1도 되지 않을 것이다. 고문서의 99퍼센트는 사라진 것으로 보아야 마땅할 것이다. 영국이나 프랑스, 이탈리아 등의 도서관에서는 고문서를 풍부하게 소장하고 있고, 또 그런 고문서만 소장, 관리하는 기관도 있다. 하지만 한국에는 아직 고문서만을 모아서 제공하는 기관이 없다. 왜 이렇게 되었을까?

가을이면 학생들을 데리고 답사를 간다. 졸업할 때까지 3회를 참여해야 하고 돌아오면 보고서를 써 내야 학점이 나간다. 전국을 4권역으로 나누어 다니니, 졸업할 때까지 한 번도 빠지지 않고 참여한다면 어지간한 유적지는 보는 셈이다. 충청북도 제천의 배론도 즐겨 찾는 곳이다. 18세기 말부터 조선을 흔들었던 천주교와 불가분의 관계에 있는 곳이기 때문이다. 작년 가을 배론으로 가서 황사영(黃嗣永, 1775~1801)이 숨어 〈백서(帛書)〉를 쓴 곳을 보았다. 〈백서〉는 비단에 쓴 글이다. 예전에 산 복제본의 글씨가 잘 보이지 않아 다시 구입하려고 지금도 파느냐고 물으니 그런 것은 없다고 한다.

〈백서〉의 내용과 중요성에 대해서야 여기서 굳이 말할 필요조차 없다. 관심이 있는 것은 그것이 발견된 내력이다. 〈백서〉는 원래 조선시대 왕명을 받들어 죄인을 문초하던 관서인 의금부(義禁府)에 있던 것이다. 황사영이 의금부에서 국문(鞫問)을 받았기에 〈백서〉역시 증거물로 남은 것일 터이다. 그런데 1894년 갑오개혁으로 조선의 관제가 완전히 바뀌자 의금부도 당연히 없어졌고, 의금부 문서도 소용없는 물건이 되었다. 그래서 문서를 폐기하던 중 좀 유별난 문서가 눈에 띄었다. 곧 〈백서〉였다. 이것이 천주교 관계 사람들에게 전해졌고, 결국 로마교황청까지 흘러간 것이다.

고문서가 이렇게 허망하게 폐기된 것은 의금부에서만 일어난 일이 아니다. 전근대의 모든 것이 무의미한 것으로 여겨지고, 국가와 사회의 제도가 완전히 뒤바뀌었으니 과거의 관청 문서들이야말로 한 푼어치의 값도 없는 것이었다. 폐지로 팔린들 누구 하나 아까워하지 않았다. 호적, 토지 문서 등 사회경제사의 기본 자료가 되는 문서들이 어느 날 어디론가 사라지고 말았다. 만약 조선이 식민지가 되지 않고 국민국가로 순탄하게 전환되었다면 결코 일어나지 않았을 일들이 일어나고 만 것이다.

광복 후 분단이 되지 않았다면 남은 문서와 전적은 그나마 제대로 보존될 가능성이 높았을 것이다. 하지만 분단은 전쟁을 낳았고,

그 전쟁은 문서와 전적에 거대한 재앙이 되었다. 목숨을 부지하기 위해 제 살던 곳을 탈출하는 판에 어찌 책이며 낡은 문서를 챙긴단 말인가. 피난을 갔다가 돌아와 보니 문서며 책이 모두 사라져 있었다. 1910년 식민지가 되었을 때보다 더한 재앙이었다. 이어지는 세월 역시 만만치 않았다. 1950년대, 1960년대 먹고살기 팍팍한 시절 책은 뒷전이었다. 수많은 책과 문서가 종이 재생 공장으로 사라졌던 것이다.

서울의 모 대학 도서관에 〈기생관안(妓生官案)〉이란 한 면짜리 문서가 있다. 어떤 고을의 기생 이름을 모아놓은 문서다. 내가 보기에 지방 관아에서 기녀를 어떻게 관리했는지를 확인할 수 있는 좋은 자료 같았다. 평소 여성사에 관심이 있기에 이 문서가 보고 싶었다. 나는 그 대학과 아무런 관계가 없었기에 중간에 사람을 넣어 문서를 복사하려 했지만, 뭐 귀중본이라나 뭐라나 안 된다고 했다. 귀중본이 아니라 귀찮은 거겠지! 또 그게 귀중본인 이유도 모르겠지! 워낙 거절을 많이 당해본 터라, 별로 안타깝지도 않고 섭섭하지도 않았다.

요즘 말끝마다 문화 콘텐츠니 콘텐츠 사업이니 하는데, 정작 그 결과물을 보면 한숨이 절로 난다. 그렇지 않은 것도 있지만, 실상 많은 사업은 그냥 돈 나눠 먹기 경연장 같다. 엉뚱한 곳에 나라 예산 퍼붓지 말고 남아 있는 고문서나 한곳에 모아 분류하고 스캔해서 인터넷에 올려주면 좋겠다. 누구라고 볼 수 있게 말이다. 그런 작업이 선행되어야 좋은 문화 콘텐츠가 개발될 것이 아닌가.

한 번도
들추어보지
않은 책

어릴 때부터 이상하게도 책 냄새가 좋았다. 그 냄새, 아니 나에게는 향기인데, 정작 그 향기의 정체가 무엇인지는 모른다. 화학을 전공하거나 향료업에 종사하는 분들에게 물어보면 알 수 있을지도 모르겠다. 하지만 그렇게 하여 이상한 화학기호를 알아내고 그것이 내 호감의 근거라고 말하고 싶지는 않다. 어쨌든 책의 향기를 실컷 맡고 싶었지만 그럴 수 없었다. 입시가 책에 대한 접근을 막았다. 물론 지금처럼 지독하지는 않았지만, 또 공부에 목을 매지는 않았지만, 그래도 입시 때문에 책에 가까이 가는 것은 수월하지 않았다. 규모가 작은 도서실이 교사(校舍) 맨 위층에 있었지만, 그곳에 무시로 출입할 수 없었던 것이다.

대학에 들어와서 가장 마음에 드는 것이 도서관의 서고에 출입할 수 있다는 것이었다. 도서관은 개가식이었다. 지금 생각해보면, 당시 대학 도서관의 장서 양과 내용은 그리 높은 수준이 아니었지만, 스무 살 대학생의 눈에는 실로 어마어마한 것이었다. 다행하게도 (?) 나는 학과 공부에는 거의 흥미를 느끼지 못했다. 다만 도서관은 좋아서 이따금 서고에 들어갔다. 그곳은 서늘하고 조용했다. 공기조차 무겁게 가라앉은 그 장중한 느낌이 무척이나 좋았다. 그곳에 들어서면 들뜬 마음, 분노하는 마음이 가라앉았다.

그렇게 자주 다니다 보니, 어디에 어떤 책이 있는지 알게 되었다. 그중 한쪽 서가에 정연하게 꽂혀 있는 책이 눈에 들어왔다. 이름하여 《고금도서집성(古今圖書集成)》이었다. 책이 엄청나게 컸다. 한 권 뽑았더니 한 손으로 들기 거북할 정도로 묵직한 무게감이 느껴졌다. '고금의 책들을 한데 모은 책'이라니, 무슨 이런 시건방진 이름의 책이 있단 말인가 하는 생각이 들었다. 펼쳐보니 이건 사람이 볼 책이 아니었다. 책은 4단으로 글자 크기가 파리 머리만 했다. 그리고 당연히 모두 한자였다. 이걸 누가 본단 말인가? 책 표지 안쪽에 있는 대출 카드를 뽑아보니, 한 번도 대출된 적이 없었다. 본 사람이 아무도 없다는 사실을 확인하자 이상한 안도감이 들었다. 만약 이 책을 읽은 사람이 부산대학교에 있다면 그 사람의 존재만으로 위축될 것 같았기 때문이다. 이렇게 해서 《고금도서집성》과의 조우는 야릇한 안도감으로 끝났다.

《고금도서집성》은 어떤 책인가? 청나라 강희제 때 진몽뢰(陳夢雷, 1651~1723년경)가 시작한 것을 옹정제 때 장정석(蔣廷錫, 1669~1732)이 이어받아 1725년에 완성한 유서(類書)다. 유서란 주제별로 분류한 책을 말한다. 쉽게 말해 천문학·윤리학·예술학·자연학·경학·문학·정치학 등의 큰 분류 아래 다시 작은 분류항을 두고, 세상의 오만 가지 책에서 그에 해당하는 것을 발췌해 넣은 것이다. 그러니까 금성(金星)에 관한 정보를 보고 싶으면 천문학 부분을 찾아보면 된다. 물론 발췌한 자료이므로 보다 상세한 것은 원전을 찾아 읽어야 한다. 어쨌거나 세상의 모든 책에 실린 정보를 일정한 기준으로 분류해 넣겠다는 의도는 대담하기 짝이 없는 것이다.

이 책과 다시 만나게 된 것은, 대학원에 진학한 뒤 정조에 관한 논문을 읽을 때였다. 알다시피 정조는 호학군주다. 마음깨나 졸이는 과정을 거쳐 왕위에 오르자마자 이 호학의 군주가 맨 먼저 한 일은 당시 북경에서 편찬하고 있던 《사고전서(四庫全書)》를 수입하는 것이었다. 1776년 11월 정조의 명을 받들고 북경으로 떠난 동지사 일행은 이듬해 2월 귀국하기 전 미리 보고서를 올리는데, 이에 의하면 《사고전서》는 여전히 제작 중에 있어 구하지 못하고 대신 5020권, 502갑(匣)의 《고금도서집성》을 은자 2150냥에 구입해 운송 중이라고 했다. 꿩 대신 닭, 아니 메추리 정도였지만, 정조는 메추리에도 만족감을 표했다.

정조는 이 어마어마한 책을 모두 다시 제본하라고 명했다. 중국 책은 표지가 얇다. 그래서 두텁고 질긴 조선종이로 표지를 다시 씌우고 명필 조윤형(曺允亨)을 불러 제목을 다시 쓰게 한 뒤 열고관(閱古觀)에 두고 규장각에서 관리하게 했다. 규장각의 책은 엄격한 절차를 거쳐 차람(借覽)할 수 있었다. 그 책을 볼 수 있는 이는 역시 규장각에 근무하는 사람일 터이다. 하지만 양반 출신 각신(閣臣)은 매일 규장각에 출근하지 않았다. 그럼 누가 그 책을 보았는가? 책 벌레 이덕무였다. 규장각의 검서관이던 그는 벼슬이 오를 일도, 다른 관청으로 옮길 일도 없었다. 오로지 규장각에서 책을 보는 것이 그의 일이었다. 세상의 모든 책을 다 읽을 수 있다고 한 이덕무는 환호작약했고, 그 책들을 열심히 읽었다.

이 거창한 책을 부산에 있는 어떤 출판사에서 영인본으로 다시 찍었다는 소리를 들었다. 그런데 값이 너무 비싸서 구입할 마음을 먹기 힘들었다. 진행 중인 연구에 필요한 책도 아니었다. 한참이 지난 뒤, 그 출판사 사장이 연구실로 찾아와 《고금도서집성》을 사란다. 내게는 조금 부담스러운 가격이었지만 정말 파격적으로 샀다. 망설이고 있노라니, 지금 당장 책값을 주지 않아도 된다고 했다. 에라, 그럼! 다음 날 연구실로 책이 배달되었다. 두껍고 무거운 책은 족히 한 수레는 되는 것 같았다. 연구실 서가 맨 위쪽을 비우고 좍 꽂았다. 갑자기 부자가 된 것 같았다.

하지만 나는 이후로 이 책을 한 번도 펼쳐보지 않았다. 생각해보니, 젊은 날 이 책을 보고 심하게 느낀 이상한 열등감 같은 것이 작용해서 사들인 것 같다. 앞으로 내 연구실의 《고금도서집성》은 어떻게 될까? 이 책 역시 디지털화되었으니 종이 공장으로 들어가 폐지가 되지 않을까? 200년 전 정조가 그토록 애중하면서 규장각에 간직했던, 아무나 볼 수 없고 선택받은 극소수만 볼 수 있었던 그 거창한 책이 폐지가 된다 생각하니, 너무 허망하다.

《사고전서》,
지식의
만리장성

　이왕 말이 나왔으니 《사고전서》에 대해서도 한마디 해보자. 정조는 《사고전서》를 구입하려다가 《고금도서집성》을 구입했다. 정조가 어떻게 《사고전서》의 존재를 알았는지는 알 길이 없다. 하지만 그가 과연 《사고전서》의 규모를 알았는지도 의문이다. 왜냐하면 《사고전서》는 운반하기조차 쉽지 않은 거창한 총서이기 때문이다.

　한 질의 《사고전서》는 그 자체로서 도서관이다. 지금 영인본 《사고전서》에는 '문연각사고전서(文淵閣四庫全書)'라는 이름이 책 앞에 붙어 있는데, 문연각이란 《사고전서》를 보관했던 건물 이름이다. 엄청나게 큰 건물이니, 그 자체로서 도서관인 것이다. 《사고전서》가 얼마나 대단한 총서인가는 그 규모를 보면 알 수 있다. 수록된 책은 약 3500종, 권수로는 8만 권쯤 된다. 1741년 천하의 책을 모두 모은다는 건륭제의 명령이 내려졌고, 1771년 그 작업을 담당

할 관청인 사고전서관(四庫全書館)이 만들어졌다. 중국 천하의 책을 북경으로 옮기고, 그것을 읽고 《사고전서》에 넣을지 말지를 판단하고, 넣을 책을 베끼는 작업이 본격적으로 시작되었다.

《사고전서》한 벌이 완성된 것은 1781년이었다. 앞서 정조가 《사고전서》를 구입하고자 사신을 보냈던 때가 1776년이니, 그로부터 5년이 지난 뒤였다. 이어 열하(熱河, 러허)의 문진각(文津閣), 북경 원명원(圓明園)의 문원각(文源閣), 자금성(紫禁城, 쯔진청)의 문연각, 봉천(奉天, 펑톈)의 문소각(文溯閣)에 간직한 네 벌, 그리고 민간의 세 벌 등 모두 일곱 벌이 만들어졌다.

이런 거창한 사업의 배경은 단 한 가지로 압축되지 않는다. 사람들은 이 거대한 총서의 편집 의도를 헤아리기 바빴다. 무엇보다 청이 한인(漢人)을 지배하게 되자, 한인들의 사상을 검열하기 위해서 이 사업을 벌였다고 한다. 그 결과 청 체제에 저촉이 될 만한 책들은 모두 솎아내어 따로 목록을 만들었으니, 역시 설득력 있는 견해다. 한편 저항의 중심이 될 수 있는 한인 지식인들을 침묵시키기 위해 거창한 지식 사업을 벌였다는 견해도 있다. 지식인이란 책을 주어 놀게 하면 정신을 못 차리는 법이 아니던가. 수많은 책을 읽고 베끼고 하는 과정에서 무슨 딴생각을 할 수 있을 것인가. 하지만 그것만은 아니다. 《사고전서》이면에는 강남에서 발달한 고증학이 있다. 고증학자가 북경으로 진출해서 거창한 총서를 만들려고 했던 것이다. 이에 대해서는 켄트 가이의 《사고전서》에 자세히 나와 있다.

내가 《사고전서》를 처음 본 것은 한국학중앙연구원 도서관에서

다. 연구원 쪽이 대만과 어떤 협정을 맺었는지 중국 책을 잔뜩 기증
받았는데, 거기에 《사고전서》가 있었던 것이다. 꼭 같은 크기의 영
인본이 서가를 한없이 채우고 있었다. 그 서가 앞에서 나는 문득 가
보지도 않은 만리장성을 상상했다. 시간이 흐른 뒤 만리장성 성벽
위에 섰을 때 나는 다시 《사고전서》를 떠올렸고, 나의 상상력이 그
리 허망하지 않았음을 확인했다. 《사고전서》는 그런 책이다.

　아무리 광적인 독서가라 할지라도 《사고전서》 전체를 읽을 수는
없다. 또한 전공자가 아니라면, 어지간한 애서가라 할지라도 《사고
전서》를 접할 기회가 거의 없을 것이다. 한문으로 쓰인데다가 소장
하고 있는 도서관도 그리 많지 않으니 말이다. 하지만 나처럼 전공
이 한문학이면 이 책을 정말 불가피하게 보아야 할 경우가 생긴다.
십수 년 전 어떤 책을 집필하고 있을 때다. 명나라 문인 왕세정(王
世貞, 1526~1590)의 문집을 볼 필요가 있었다. 그의 저술 속에서 어
떤 어휘를 찾고, 그 어휘가 담긴 글을 꼼꼼하게 읽어야만 했다. 그
러지 않고는 책을 쓸 수가 없었다. 왕세정의 저술을 읽으면 될 게
아니냐고 하겠지만, 이게 간단치 않다.

　왕세정은 저술을 많이 남긴 사람으로 유명하다. 문학·비평·예술·
연극 등등 다양한 분야에서 엄청난 저술을 남겼다. 그의 저술을 소
개한 책이 문고본 1권 분량이다. 《사고전서》 외에 이 사람의 문집
을 볼 수 있는 곳은 없다. 도서관에 가서 《사고전서》에 실린 왕세정
의 저술을 확인했더니 끔찍한 양이었다. 열댓 권이나 되는 무거운
책을 혼자 들고 올 수가 없어 학생들의 손을 빌려 겨우 연구실로

끌고 왔다. 이제부터 보는 것이 일이다. 하지만 하루가 가고 이틀이 가고 사흘이 가도 내가 찾는 내용은 보이지 않았다. 약 2만 면을 세 번이나 훑었지만, 결국 실패하고 말았다. 나는 이 부분에 대한 서술을 자신 있게 할 수가 없었다. 물론 헛수고만은 아니었다. 그 과정에서 왕세정에 대해 꽤나 많이 알게 되었던 것이다.

어쨌거나 왕세정 부분에 대해서는 부족한 대로 원고를 마무리 지어 책을 냈다. 책을 낸 직후 《사고전서》가 디지털화되었다는 소문이 있었다. 즉시 구해서 검색해보니, 내가 원하던 바를 금방 찾을 수 있었다. 허망하기 짝이 없었다. 이와 관련해서 다시 떠오른 생각! 책을 읽으며 내가 원하는 내용을 찾는 것도 어렵지만, 《사고전서》가 워낙 어마어마한 분량의 총서다 보니, 내가 찾고자 하는 책이 《사고전서》 전체의 어느 부분에 실려 있는가를 알아내는 것도 일이었다. 어떤 분이 노고를 하여 《사고전서》에서 원하는 책을 찾는 색인을 만들었고, 나 역시 그것을 이용했다. 하지만 이 색인집이 나오기 전에는 《사고전서》 안에서 원하는 책을 찾는 것도 쉽지 않았다.

이제 《사고전서》가 디지털화되어 마음대로 검색할 수 있다. 하지만 문제는 너무 많은 자료가 검색된다는 데 있다. 이게 연구자에게 엄청난 작업량을 던져준다. 또한 검색된 자료는 원래의 콘텍스트에서 떨어져 나온 것이다. 어떤 맥락에 있는 자료인 줄을 모른다. 이 것은 또 다른 문제를 제기한다. 어쨌거나 《사고전서》가 한국에 없던 시절, 또는 디지털화되지 않았던 시절, 사방팔방을 헤매며 책을 찾고 자료를 읽던 그 우직한 노동을 생각하면 절로 웃음을 짓게 된다.

《사고전서》를
보기 위한
책

《사고전서》는 만리장성 같은 책이라, 도서관이 아니면 소장할 수 없다. 그런데 도서관에 소장된 것이라 해도 이용하기는 무척 어렵다. 왜냐? 어떤 작가의 어떤 책이 어디에 있는지 알 수가 없기 때문이다. 그래서 색인이 만들어진다. 하지만 이 색인은 한자의 배열 방법이 한국과 달라 한국인의 입장에서는 이용하기가 너무나 어렵다. 그러면 어떻게 하는가? 이런 어려움을 겪는 사람은 나 하나만이 아니다. 어려움을 겪는 사람이 많으면 어떤 사람이 해결책을 낸다. 김쟁원이란 분은 지루하고 힘든 과정을 거쳐《사고전서 한글색인집》을 엮는다. 이 책을 나침반 삼아 저 만리장성에서 특정한 벽돌을 쉽게 찾을 수 있다. 다만《사고전서》가 디지털화되고 나서는 이 색인집의 위력도 사실 거의 사라졌지만 말이다. 그런데 정조 이후, 즉 18세기 후기 이후 조선 사람들은《사고전서》에 대해 어떻게 생각했을까? 수입이 되지 않았으니, 아예 몰랐던 것인가? 이 물음은《사고전서》의 이용에 편의를 제공하는 책과 또 관계가 있다.

정조 때 그 존재가 알려진《사고전서》는 조선조 말까지 수입되지 않았다. 물론《사고전서》중 활자화된 극히 일부의 책은 수입되었지만, 그것으로《사고전서》전체를 논할 수는 없는 것이다. 하지만 서울의 유수한 지식인들은《사고전서》에 어떤 책이 실려 있는지는 알았다.《사고전서》가 워낙 거질의 책이다 보니, 그 책을 소개한 책이 또 있었던 것이다.《사고전서총목제요(四庫全書總目提要)》와《사고전서간명목록(四庫全書簡明目錄)》이란 책이다.

《사고전서》에 실린 책은 맨 앞부분에 '제요(提要)'가 있다. 곧《사고전서》의 편찬자가 그 책의 저자, 의의, 가치, 이본 등에 대해서 해설한 것이다. 이를테면 요즘의 해제에 해당된다. 이 제요만을 모은 책이 곧《사고전서총목제요》다. 그런데 이 책 자체도 200권의 거질이다. 이것을 영인한 책도 있는데, 책은 불과 두 권이지만 모두 1800면쯤 된다. 그런데 한 면에 원본의 10면 정도를 축소해서 집어넣었으니, 원본의 면수는 약 1만 8000면쯤 될 것이다. 어마어마한 책이 아닐 수 없다.

《총목제요》조차 쉽게 볼 수 있는 책이 아니고 또 보기도 불편하다. 어디에 어떤 책의 '제요'가 실려 있는지도 쉽게 알 수 없다(현재 이 책의 영인본 뒤에는 검색할 수 있는, 한국인의 입장에서 불편하기 짝이 없는 색인이 붙어 있다). 이런 문제로 인해 따로 만든 것이《사고전서간명목록》이다. 이것은《총목제요》보다 훨씬 간략한 정보만을 담고 있다.

《총목제요》는 18세기 말 이후 조선에 아주 드문 책이었다. 19세기의 실학자 서유구가 숙부인 서형수(徐瀅修)에게 보내는 편지에 한 번 이름이 보일 뿐이다. 아마도 이 거질의 책을 소장한 사람은 아주 드물었을 것이다. 《간명목록》은 상당히 많이 수입된 것 같다. 이규경의 〈사고전서변증설(四庫全書辨證說)〉에 의하면, 자신이 아는 것만으로도 서너 집은 된다는 것이었다. 정조가 총애한 윤행임(尹行恁, 1762~1801)은 〈서사고전서간명목록후(書四庫全書簡明目錄後)〉라는 글에서 《간명목록》을 읽고 《사고전서》에 실린 저작들이 주자학에 반하는 성격을 띤다고 거친 목소리로 성토했으니, 그는 《사고전서》를 편찬한 주축들이 무언가 문제 있는 지식인임을 눈치 챘던 것이다. 하지만 그들이 강남의 고증학자였음은 몰랐을 것이다.

《사고전서》는 한국학이나 동양학을 하는 사람에게 엄청난 축복이다. 마테오 리치 이후 서양 선교사들은 북경에 와서 서양의 천문학과 수학, 지리학, 천주교 등의 서적을 한문으로 번역했는데, 이 책들이 조선 후기, 특히 18세기에 조선으로 들어왔다. 이 한역 서양서들이 조선 후기 지식계와 사상계에 끼친 영향은 이루 말할 수 없을 정도다. 천주교 신자들이 자생적으로 생겨난 것도 결국 이 서적들 때문이고, 신유사옥도 이 책들의 연장선상에 있다. 홍대용이 〈의산문답(醫山問答)〉에서 주장한 지전설(地轉說)도 모두 이 책들과 관계가 있는 것이다. 좀 더 나가면 최한기의 온갖 저작도 한역 서양서에서 뿌리를 내리고 있다.

이 분야에 대해 어느 정도 공부를 해야 조선 후기 문화사와 사상사를 이해할 수 있는데, 문제는 접근하기가 꽤 까다롭다는 것이다. 무엇보다 책을 구하기 어렵다. 쉽게 말해 홍대용이 읽었던 한역 서양서, 그중 특히 천문학서를 읽어봐야 홍대용이 무슨 소리를 하는지 짐작할 것이 아닌가. 과거에는 이런 책들을 보기가 몹시도 어려웠다. 중국 대륙은 '중공'이었으니 오갈 수 없었고, 대만은 갈 수 있었지만 해외여행 자체가 쉽지 않았다. 더욱이 알아주지도 않는 희귀한 분야의 연구에 필요한 한역 서양서를 구하기 위해(그것이 대만에 있는지 없는지도 모르면서 말이다) 대만까지 간다는 것은 사실상 불가능한 일이었다. 《사고전서》는 그런 불편을 덜어주었다. 《사고전서》에는 중요한 한역 서양서가 포함되어 있었던 것이다. 이제는 자료를 구득하기 어려워 볼 수 없다는 소리를 하지 못하게 되었다.

나 역시 근래에 《사고전서》의 서양 과학서를 볼 기회가 있었다. 사실 피하고 싶었지만 볼 수밖에 없었다. 그중 가장 인상적인 것은 《수리정온(數理精蘊)》이란 책이다. 이것은 청나라 강희제의 명으로 엮은 수학 책이다. 마테오 리치 이후로 서양의 수학서가 한문으로 꽤 많이 번역되었는데, 그 최종판이 곧 《수리정온》이다. 이 책은 유클리드의 기하학과 삼각비(삼각함수) 방정식 등을 소개하고 있다. 더 이상은 말할 필요가 없을 것이다. 너무 전문적인 것이니까 말이다. 어쨌거나 이 책을 검토해서 특정한 부분을 이해할 필요가 있었는데, 이거 고등학교를 졸업한 지 강산이 세 번 정도 바뀌었다. 한문으로 쓴 기하학이라니, 눈앞이 캄캄했다. 수포자(수학 포기자)는 아니었지만, 원래 오수자(수학 증오자)였던 나로서는 고통이 아닐 수 없었다.

조선판
총서
기획

　17세기 후반부터 청대 학자들의 저작이 조선에 알려지기 시작했다. 물론 본격적으로 들어온 것은 18세기다. 18세기 말이면 조선조 문인들은 《사고전서》를 본 적은 없었지만, 앞서 언급한 바와 같이 《사고전서총목제요》와 《사고전서간명목록》을 통해서 그것이 거대한 총서라는 것을 알고 있었다. 그런데 이 본 적도 없는 책과 조선 후기 지식인들의 저술 형태가 상당한 관련성을 갖는다.

　《사고전서》는 규모가 거대하기는 하지만 어쨌든 어떤 원칙에 의해 다양한 종류의 책을 수합한 '총서'다. 그런데 이 총서라는 것이 대단히 주목할 만하다. 왜냐? 지금보다 책이 귀한 시절이었다. 그러니 한곳에 모아놓으면 보기 편리하지 않겠는가? 이런 이유로 명·청대에 와서 거대한 규모의 총서를 만드는 일이 성행했다. 김창업(金昌業)이 형인 김창집(金昌集)을 따라 1713년 북경에 갔을 때 강희제는 《연감유함(淵鑑類函)》·《전당시(全唐詩)》·《패문운부(佩文韻府)》·《고문연감(古文淵鑑)》 등 모두 370권을 하사했다. 이 책들은 모두 의미가 있는 것이지만, 설명하기 복잡하니 생략하고 《전당시》만 간단히 살펴보자. 《전당시》는 1705년 강희제의 명으로 편찬된 당시(唐詩) 전집이다. 수록 시인은 2200명, 수록 작품은 4만 8900편이다. 어떤가? 끔찍하지 않은가?

이렇게 명·청대에 와서 어떤 의도 하에 다량의 자료(곧 책이다)를 총서의 형태로 집적하는 것이 유행했다. 《사고전서》도 그런 총서 중 가장 크기가 큰 것일 뿐이다. 실제 '총서'란 이름을 달고 있는 책 중에서 조선조에 알려진 것만 대충 들어도 《야객총서(野客叢書)》·《격치총서(格致叢書)》·《당송총서(唐宋叢書)》·《소대총서(昭代叢書)》·《단궤총서(檀几叢書)》·《기진재총서(奇晉齋叢書)》·《지부족재총서(知不足齋叢書)》 등 일일이 열거하기 힘들 정도다. 물론 '총서'라는 이름을 달지 않았지만 책의 성격이 '총서'인 경우는 더 많다.

총서는 다양한 방식으로 이루어진다. 말하자면 꽃에 관한 총서를 내고 싶다면, 가능한 한 광범위한 책을 읽고 거기서 꽃에 관한 자료만을 뽑아서 '백화총서(百花叢書)'라는 제목으로 엮을 수도 있다. 이런 총서류는 18세기 후반 조선에 엄청나게 유입되었던 것 같다. 정조는 성균관 유생들에게 〈위서(僞書)〉, 곧 '가짜 책'이란 이름의 문제를 출제한다. 핵심 구절을 들어보자.

자칭 신서(新書)의 명가라는 자들은 잡가(雜家)·소설가(小說家)·총서가(叢書家)·예완가(藝玩家) 등이 열에 여덟아홉이다. 이런 책들이 심신에 무슨 이로움이 있을 것이며, 나라에 도움이 되겠느냐?

아무것도 아닌 말 같지만, 음미해보면 상당히 의미 있는 것이다. 당시 북경에서 서울로 쏟아져 들어오는 새로운 책이란 것이 도대체 심신의 수양과 국가의 경영에 결코 도움이 되지 않는 그런 책이라는 것이다. 여기서 '총서'도 비판의 대상에 올라 있는 것에 주목할 필요가 있다. 즉, 여러 문헌에서 자료를 잘라내어 어떤 주제 하에 모으는 저술 형태 역시 부정적으로 본 것이다.

정조 당시까지 조선 지식인의 저술 형태는 중국과 사뭇 달랐다. 일정한 주제를 정하고서 광범위한 자료를 집적하는 그런 형태의 저작은 없었던 것이다. 주로 성리학, 그것도 주자의 저술을 정밀하게 음미하거나, 아니면 그것들을 종으로 횡으로 다시 편집하는 것이 대부분이었다. 그런 것들을 제외하면 학문적인 내용이라고 해봐야 학자들끼리 주고받는 편지, 다른 사람의 문집 앞뒤에 붙이는 서문·발문, 짧은 에세이 등에 실린 것이 거의 전부였다.

명·청대 지식인들의 굉박한 저술과 《사고전서》와 같은 편집서는 조선 지식인들에게 충격을 주었다. 하여 조선의 지식인도 총서를 기획하기 시작했다. 박종채(朴宗采, 1780~1835)가 아버지 연암에 대한 여러 이야기를 모아 쓴 《과정록(過庭錄)》을 보면, 연암은 중국과 조선의 문헌 가운데서 조선과 외국과의 교섭에 관련된 책자를 선발해 《삼한총서(三韓叢書)》란 거창한 총서를 만들려고 했다고 한다. 연암은 실제 작업을 진행해 20, 30권 정도의 책을 만들었다고 한다. 《과정록》에는 178종의 문헌 이름을 적어두고 있다.

비슷한 기획은 이덕무도 시도한 바 있다. 이규경은 〈소화총서변증설(小華叢書辨證說)〉에서 조부인 이덕무가 이의준(李義準)과 서유구에게 아이디어를 제공해서 경익(經翼)·별사(別士)·자여(子餘) 등 세 분야에 걸쳐 '소화총서'란 제목으로 조선 지식인들의 저술을 모으려 했다고 한다. 그 책에 들어갈 목록의 일부가 위의 〈변증설〉에 실려 있다. 물론 책은 만들어지지 않았다.

실제 이런 작업을 수행한 사람도 있다. 정조의 문체반정에 걸려들어 시험 케이스로 처벌을 받은 유일한 인물, 그러나 끝내 문체를 고치지 않았던 이옥(李鈺)의 절친 김려(金鑢, 1766~1822)는 이옥의 작품을 거두어 모았다. 곧 그가 엮은 《담정총서(潭庭叢書)》에 이옥의 작품이 고스란히 실려 있는 것이다. 《담정총서》의 '총서' 역시 중국의 '총서'를 의식한 것이 아닌가 한다. 한데 김려가 엮은 총서가 이것 하나로 그치지 않았다는 것이다. 그는 조선조가 남긴 필기류 산문을 엮어 《한고관외사(寒皐觀外史)》(140권 70책), 《창가루외사(倉可樓外史)》(책 수 미상), 《광사(廣史)》(200책) 등으로 엮었다. 김려는 조선에 존재하는 모든 필기류 산문을 집대성하고 싶었을 것이다. 《한고관외사》와 《창가루외사》는 부분적으로 남아 있고, 《광사》는 일제강점기 시라토리 야스키치(白鳥安吉)에 의해 일본으로 유출되었다가 간토 대지진 때 재가 되고 말았다. 저주받을 일제여!

족보가
있는지?

    집안이 중요하다는 것은 다 안다. 누가 어떤 사람인지 알려면 그에 관한 정보를 자연스레 모으게 된다. 대한민국 사회에서 어떤 사람에 대해 아는 것이 없다면 먼저 이렇게 묻는다. "어느 대학 나왔는데?" 실제 학벌이 그 사람의 사회적 위상을 정하는 카스트라는 것을 모르는 사람은 없고, 이것은 모두에게 깊이 내면화되어 있다. 전근대 사회로 가면 약간 다르다. 사람을 만나 정보가 없다면 먼저 그의 집안부터 알려고 든다. 그가 어떤 성씨이며 어떤 파에 속하는지, 또 그의 직계는 어떤 관직에 있었는지 등등을 묻는다.

    박지원이나 정약용처럼 유명한 사람이라면 그럴 필요가 없지만, 이름을 들어 금방 감이 오지 않는 사람이라면 족보를 찾아서 계보를 따져볼 필요가 있다. 족보를 보고 그 인물의 직계나 방계를 훑어보면 그 집안의 위상이 대개 짐작이 된다. 보통 조선시대 작가 연구를 하려면 이 작업부터 해야 한다. 그런데 약간 허망한 경우도 있다. 족보에서 일껏 찾는 사람의 이름이 나와서 순간 기뻐했는데, 맞추어보니 동명이인(同名異人)이다. 이럴 때 실망감은 이루 말할 수 없이 크다.

김천택(金天澤, 1680년대 말~?)이란 인물이 있다.《청구영언(靑丘永言)》이란 시조집을 엮은 사람이다. 원래 시조는 노래로 부르는 것이다. 곧 노래 가사다. 언제 생겼는지는 분명하지 않지만, 고려 말 인물이 작가로 나타나는 것으로 보아 대개 고려 말에는 있었던 것 같다. 그런데 원래 노래인데다가 표기 수단이 없으니, 입에서 입으로 전해졌을 뿐이다. 그걸 1728년 김천택이란 사람이 모아서《청구영언》이란 책, 곧 노래 가사집을 엮었다. 이토록 중요한 가집을 엮었으니, 그 편집자 김천택에게 국문학자들의 관심이 쏠린 것은 당연했다.

좀 오래된 이야기지만, 어떤 연구자가 족보를 뒤진 결과 그 이름을 찾아냈다. 김천택이 광산 김씨(光山金氏) 족보에 있었던 것이다. 김천택은 김춘택(金春澤, 1670~1717)의 삼종제(三從弟)란다. 김춘택의 조부는 김만기(金萬基, 1633~1687)다. 김만기의 딸이 숙종의 첫 비(妃)인 인경왕후(仁敬王后)다. 김만기는 왕의 장인, 곧 국구(國舅)인 것이다. 김만기의 동생이 곧《서포만필(西浦漫筆)》을 쓴 김만중(金萬重, 1637~1692)이다. 김춘택의 작은 할아버지인 것이다. 노론 중의 노론, 양반 중의 양반, 벌열 중의 벌열인 것이다. '광김(光金)'이라면 조선 후기 벌열가의 대표다. 김천택이 이런 집안사람이란다.

'택'은 돌림자다. 김춘택이 있으면 '김천택'이 있음직하다. 그런데 '천'이란 글자는 흔한 글자가 아니던가. 아무리 맞추어보아도 그 김천택이 《청구영언》을 엮은 김천택이라고 할 수가 없다. 김천택과 같은 시대를 살았던 김수장(金壽長, 1690~?)은 《해동가요(海東歌謠)》란 가집을 엮었는데, 거기에 김천택을 '포교'라고 써놓았다. '광김' 김천택이 '포교'라? 이건 조선시대 문화에 대한 상식이 있으면 말이 안 되는 소리란 걸 알 것이다. 김천택이 '광김'이라는 학설은 학계에서 이제 수용되지 않는다.

족보라는 것은 대개 고려 때부터 있었다고 한다. 하지만 조선조에 들어와서 성행하기 시작했다. 대개 1423년에 간행된 문화 유씨(文化柳氏)의 《영락보(永樂譜)》를 조선 최초의 족보로 본다. 유교적 가부장제에 입각한 친족제가 성립하자 남성 사족의 혈통을 파악하는 것이 매우 중요한 일이 되었다. 이에 족보를 만들어 자신과 타자를 구별하기 시작했다. 또 양반 사회에서는 타인을 만났을 때 그가 어떤 집안의 어떤 사람의 자손인가를 아는 것이 퍽 중요한 일이 되었다. 이렇게 남의 집 족보에 대해 쌓은 지식을 '보학(譜學)'이라 했고, 이것을 행세하는 양반의 교양으로 알았다.

족보는 양반들만 만든다고 했다. 상민이나 노비는 족보가 있을리 없다. 양반 외에 족보가 있는 축으로는 중인이 있다. 중인은 조선시대의 기술직을 맡은 신분이다. 외국어 통역을 맡은 역관, 의술을 담당하는 의관, 그 외 중앙의 관청에서 재정과 관련된 여러 회계를 다루는(그러니까 이들은 수학자이기도 하다) 계사, 관상감에 소속되어 천문학을 공부해 역법(曆法)과 책력(册曆)의 제작을 담당하는 천문학관, 도화서에서 국가와 왕실에 필요한 그림을 그리는 화원(畵員) 등이 중인에 속한다. 물론 관상감에는 풍수지리학을 전공하는 지리학관, 인간의 운명과 길흉화복을 점치는 명과학관(命課學官)도 있지만 중요하게 생각하지 않았고 사회적으로 눈에 띌 정도의 세력을 형성한 것도 아니어서 중인을 말할 때 거론된 적이 거의 없다. 이들 중 역관과 의관이 중인의 70, 80퍼센트를 차지하므로 보통 의역중인(醫譯中人)이라 부른다. 또 의관과 역관, 천문학관은 비록 잡과(雜科)라고 부르기는 하지만 어쨌건 과거를 통해 뽑았다. 계사와 화원은 취재라는 약식 시험으로 선발했다.

중인들은 의외로 추적하기 쉽다. 서울에만 있었던 신분이고, 또 자기들끼리 결혼하는 폐쇄적인 집단이었기 때문이다. 역과 시험은 《역과방목(譯科榜目)》, 의관 시험은 《의과방목(醫科榜目)》, 음양과는 《운과방목(雲科榜目)》, 계사는 《주학입격안(籌學入格案)》을 냈다. 이것을 보면 누가 어느 해에 어떤 잡과에 합격했는지 알 수 있다. 여기에는 합격자의 인적 사항, 곧 이름과 사조(四祖), 관향(貫鄕) 등을 기록해놓았다. 《의역주팔세보(醫譯籌八世譜)》란 책이 있는데, 이 책은 의원과 역관, 계사만 모아서 족보를 만든 것이다. 서로 통혼하는 사이였기 때문에 엮어서 함께 족보를 만든 것이다.

중인 족보로는 《성원록(姓源錄)》이라는 책이 있는데, 고맙게도 모 출판사에서 영인본을 내었다. 구입해서 책이 너덜너덜해질 때까지 부지런히 보았다. 비전공자에게는 아무 소용이 없지만, 나는 이 책에서 꽤나 귀중한 정보를 얻곤 했다. 예컨대 신윤복(申潤福)은 그때까지 그 가계가 알려지지 않았는데,《성원록》을 보고 그가 저 유명한 신숙주의 동생 신말주(申末舟)의 후손인 것을 알게 되었다. 물론 그 계통에 문제가 전혀 없는 것은 아니고, 서파일 가능성이 있었다. 어쨌거나 조선의 치밀한 족보 문화가 연구자에게 큰 편리를 제공하는 셈이니, 후손으로서 한편 고마운 마음이 든다.

시간에 엮인 평생, 연보

조선시대 문인에 대해 공부를 하다 보면 언제 어떤 작품을 썼고, 언제 그가 무슨 일을 하고 있었는지 궁금하다. 꽤나 중요한 작품이어서 창작 연도를 꼭 알고 싶은데도 알 길이 없을 때가 많다. 이럴 때면 소상한 연보가 있었으면 한다. 물론 유명한 문인이라면 문집에 문인의 비문이나 행장 같은 것이 있어서 대충 그 사람의 생애를 짐작할 수 있다. 또 조금 더 유명한 인물로 벼슬을 했다면《조선왕조실록》이나《승정원일기》같은 관찬 사료에 이름이 나온다. 이것으로 많은 부분이 해결이 되지만, 그래도 좀 더 자세한 것을 알고 싶은 경우도 있다. 일반적이라고 말할 수는 없지만, 유명한 학자나 정치인이라면 문집 끝에 연보가 있다. 이 경우 해당 인물을 이해하는 지름길을 만난 것 같다.

〈연보〉도 갖가지인데, 내가 본 정말 상세한 연보는《주자연보(朱

子年譜)》다. 모두 네 권인데, 약 600면쯤 된다. 우리나라라면 송시열(宋時烈, 1607~1689)의 연보가 압권이다. 송시열은 워낙 주자를 절대적인 진리의 담지자로 알고 살았던 사람이고, 그의 제자들은 송시열을 꼭 주자처럼 섬겼다. 그래서 그의 문집도 《주자대전(朱子大全)》을 따라 《송자대전(宋子大全)》이란 이름을 붙였고, 그 권수도 체제도 《주자대전》을 따랐다. 이건 좀 건방진 일이라 정조 역시 그게 뭐냐고 비꼬았을 정도다.

어쨌건 《송자대전》의 송시열 연보는 《주자대전》을 본떠 양도 엄청나다. 모두 215권이고, 그 뒤에 부록 19권, 습유 9권, 《송자대전》속 습유 부록 2권, 《송자대전》 수차(隨箚)가 13권이 붙어있다. 뭐가 이렇게 복잡하냐고 할 것이다. 원래는 《송자대전》과 부록까지가 끝이다. 나머지는 뒤에 새로 찾아 추가한 것이다. 연보는 부록의 2권에서 12권까지다. 모두 11권이다. 연보는 뒤로 갈수록 자세하다. 송시열이 죽은 해인 1689년의 경우 1월부터 사약을 받고 죽은 날인 6월 8일까지가 한 권 분량이다. 그런데 이 연보는 희한한 것이 송시열이 죽고 난 뒤 1787년 정조가 〈대로사비(大老祠碑)〉의 비문을 써서 내릴 때까지 거의 100년 가까이 더 작성된다. 송시열은 죽었지만 그의 당파가 계속 정치권력을 장악했기에 가능한 일이었다.

송시열의 연보는 그가 노론의 영수였기 때문에 당연히 그의 모든 행위를 정당화한다. 예컨대 연보는 자연사하기 전에 사약을 받겠다면서 재촉하고 몸을 일으켜 단정히 앉은 채 약을 마시고 의연히 죽는 송시열을 그리고 있지만, 반대 당파의 기록은 죽음을 모면하기 위해 치졸한 궁리를 하는 송시열을 그리고 있다. 송시열과 동시대를 살았던 인물들의 연보도 있지만 그 내용이 판이하다. 송시열과 원수지간이었던 박세당(朴世堂)·윤증(尹拯)의 연보는 동일한 사건이라도 당연히 의미 부여가 다르고 어떤 경우 사건의 구성 자체까지 다르다.

연보는 인물을 이해하는 데 있어 1차 자료가 된다. 이토록 중요한 것이지만, 현재 한국에서는 연보에 대한 관심이 희박하다. 다산 정약용은 한국인이 가장 존경하는 학자이지만, 현대에 만들어진 연보는 없다. 송재소 선생님이 최근 번역한《다산의 한평생》(《사암선생연보(俟菴先生年譜)》의 완역본)은 원래 후손 정규영(丁奎英)이 작성한 것이다. 21세기의 관점에서 다산과 관련된 자료를 모두 섭렵하고 작품의 창작 연대까지 포괄한 그런 연보는 아직 만들어지지 않은 것이다. 다산뿐만이 아니다. 실학자로 이름난 사람들, 곧 박지원이라든가 박제가, 서유구 등은 모두 연보가 없다.

중국의 경우는 사정이 다르다. 어지간한 사람이면 연보가 작성되어 있다. 내 연구실에도《완원연보(阮元年譜)》·《염약거연보(閻若璩年譜)》·《이지연보(李贄年譜)》등 여럿이 있다.《이지연보》는 이지, 곧 이탁오(李卓吾)를 공부하는 데 큰 도움을 준 책이다. 이처럼 중국은 '연보'가 아예 학문의 한 장르가 되어 있는 것이다.

일본 쪽도 사정은 같다. 몇 해 전 부산대학교 일문과 오경환 교수님과 연보를 주제로 이야기를 하다가 나쓰메 소세키(夏目漱石)의 연보에 대해 듣고 연구실을 방문해 확인한 적이 있다. 아라 마사토

(荒正人)란 비평가가 만든 《소세키 연구 연표(漱石硏究年表)》인데, 1867년 소세키가 태어난 해부터 1916년 사망할 때까지의 연표다. 이 연보는 이루 말할 수 없을 정도로 자세하다. 하루를 오전, 오후로 나누어 소세키가 무슨 일을 했는지 정리하고 있으니 연보 작성의 극한치를 보는 것 같다. 오경환 교수님과 함께 마사토는 소세키보다 소세키에 대해서 더 많이 알았을 것이라고 하며 웃었다.

이야기가 약간 옆으로 새지만, 범인(凡人)들도 연보가 필요하지 않을까? 자식들에게 보여주기 위해서 말이다. 예컨대 마성린(馬聖麟)이란 사람을 보자. 그는 서리 신분으로서 《안화당사집(安和堂私集)》이란 필사본 문집을 남기고 있다. 이 문집에는 18세기 서울 서리, 곧 경아전 사회의 동태를 여실히 보여준다는 점에서 퍽 중요한 자료다. 특히 이 문집 말미에 실린 〈평생우락총록(平生憂樂總錄)〉이란 연보가 비상하게 중요하다. 마성린이 대단한 양반 명문가 출신도 아니고, 과거에 합격해서 화려한 벼슬을 거친 것도 아니며, 무슨 대단한 학자가 되어 학문적 업적을 쌓은 것도 아니고, 또 무슨 대단한 시인이나 산문작가가 되어 길이 남을 작품을 남긴 것도 아닌 다음에야 무슨 연보를 꾸밀 만한 것이 있으랴.

그런데 마성린은 이런 보통 사람의 생각을 뛰어넘는다. 그는 자신의 평생 즐겁고 기쁜 일, 걱정거리를 연보로 만들었던 것이다. 친구들과 노래 부르는 가객(歌客), 거문고 명인인 금객(琴客), 그림을 그리는 화가를 불러 술을 마시고 시를 지으면서 놀았던 일, 긴긴 겨울날 친척 어른으로부터 《삼국지》·《수호지》·《서유기》·《금병매》

등을 이야기로 들었던 일, 김홍도(金弘道)·신한평(申漢枰) 등의 서화가와 그림을 그리고 글씨를 썼던 일을 이 연보에 실었다. 무슨 대단한 일이 아니라도 연보를 꾸밀 수 있는 것이다. 또 이 연보를 통해 우리는 18세기 서울 시정인의 구체적 삶을 엿볼 수 있다. 정말 중요한 자료가 아니겠는가.

우리나라에도 지금 드물지만 좋은 연보가 있다. 그중 정석태 선생이 엮은 《퇴계선생연표월일조록(退溪先生年表月日條錄)》이 가장 상세하고 방대한 것일 터이다. 이런 연보가 앞으로도 많이 나왔으면 한다. 이런 책이 문화 발전의 증거다!

독서한담

지은이 | 강명관

1판 1쇄 발행일 2016년 10월 24일
1판 2쇄 발행일 2017년 8월 7일

발행인 | 김학원
편집주간 | 김민기 황서현
기획 | 문성환 박상경 임은선 김보희 최윤영 조은화 전두현 최인영 이보람 정민애 이효온
디자인 | 김태형 유주현 구현석 박인규 한예슬
마케팅 | 이한주 김창규 함근아
저자 독자 서비스 | 조다영 윤경희 이현주(humanist@humanistbooks.com)
스캔 출력 | 이희수 com.
용지 | 화인페이퍼
인쇄 | 청아문화사
제본 | 정성문화사

발행처 | (주)휴머니스트 출판그룹
출판등록 | 제313-2007-000007호(2007년 1월 5일)
주소 | (03991) 서울시 마포구 동교로23길 76(연남동)
전화 | 02-335-4422 팩스 | 02-334-3427
홈페이지 | www.humanistbooks.com

ⓒ 강명관, 2016

ISBN 978-89-5862-062-4 03810

이 도서의 국립중앙도서관 출판예정도서목록(CIP)은 서지정보유통지원시스템 홈페이지(http://seoji.nl.go.kr)와 국가자료공동목록시스템(http://www.nl.go.kr/kolisnet)에서 이용하실 수 있습니다.(CIP제어번호: CIP2016024773)

만든 사람들
편집주간 | 황서현
기획 | 전두현(jdh2001@humanistbooks.com) 박상경
편집 | 임미영
디자인 | 김태형 박인규
사진 | 현진
일러스트 | 김선미